草木初心

杨先武◎著

安徽师范大学出版社

·芜湖·

责任编辑：郭行洲
装帧设计：桑国磊

图书在版编目（CIP）数据

草木初心 / 杨先武著 . — 芜湖：安徽师范大学出版社，2017.1
ISBN 978-7-5676-1761-2（2017.9重印）

Ⅰ.①草… Ⅱ.①杨… Ⅲ.①散文集－中国－当代Ⅳ.①I267

中国版本图书馆 CIP 数据核字（2016）第 278671 号

草木初心

杨先武　著

出版发行：安徽师范大学出版社
　　　　　芜湖市九华南路 189 号安徽师范大学花津校区　邮政编码：241002
网　　址：http://www.ahnupress.com
发 行 部：0553-3883578　5910327　5910310（传真）　E-mail:asdcbsfxb@126.com
印　　刷：虎彩印艺股份有限公司
版　　次：2017 年 1 月第 1 版
印　　次：2017 年 9 月第 2 次印刷
规　　格：787mm×960mm　1/16
印　　张：17.75
字　　数：234 千字
书　　号：ISBN 978-7-5676-1761-2
定　　价：35.00 元

草木初心

草木为知音，它恰为你而生，演绎一阕情辞浪漫的告白。花叶为故交，它恰为你而来，栩栩如生地站在你的面前，向你一个人做着抒情。

花草树木，既是我们生活的环境，也是我们自身的映照，更是我们心灵的折射。当下心性浮躁，人渐行渐远，本心也渐行渐迷失。用草木慰藉心灵，不忘初心，不为太多的凡尘、物欲所绊。摩挲一棵树枝，拨动一片草叶，轻嗅一缕花香，让人苏醒自然之心。

用一颗心，关照一草一木，在季节里发芽，开花，结果，落叶，无论一样不一样的，从新到老，从绿到黄，让你的灵魂融入，让你见之忘尘嚣，思之摒俗念，再见犹亲，再思犹怜。

一片一片的草叶绿荫，一朵一朵的花木颜色，不求何人来折，只为一颗初心。

草木有心，一颗玲珑的初心，天然的纯净，自然的纯洁，晶莹的纯朴。

草木无需刻意为谁。花红草绿，皆是本色。一颦一笑，自我流露。感时，花会溅泪；恨别，草也惊心。人生自是有情痴，草木绵绵无绝期。互不干扰地芬芳，自得其乐地开谢。

草木不为取悦于谁。兰逢春而葳蕤，荷遇夏而皎洁，菊吟霜而风雅，松沐雪而挺直。"欣欣此生意，自尔为佳节"，非是为了博得某人的折取欣赏。非是此物最相思，而愿君子多采撷。晓来谁染霜林醉？总是草木心。

草木不曾背离于谁。你见，或者不见，它就在那里，不悲不喜。你念，或者不念，根就在那里，不来不去。你走，或者不走，心就在那里，不虚不伪。你少小离家了，草木依然长在家乡，你老大回来了，草木还长在故土，还是满树的青绿，还是初心依旧。

草木不曾鄙薄于谁。它亲近每一个生灵，你微笑，它也陪你微笑，呵呵。你落泪，它也陪你落泪，嘀嗒。你倾听它的呼吸，它也倾听你的呼吸，怦怦。你对它说悄悄话，它也对你说悄悄话，喁喁。

草木不曾畏惧于谁。再重的挤压，它依然傲然地绵延着，不折不弯。再惨的砍削，它依然矜持地隐忍着，不卑不亢。再多的阴霾，它依然故我地葳蕤着，不怨不艾。无论这世界怎样的温柔与美丽，残酷与凄清，它无时无刻不在我们身旁悄无声息地生长。

草木，就是相隔天涯，也能相遇海角。

草木，无论天地有多大，它也能到达。

草木，只要有泥土，他乡是吾乡。

草木，一枝一叶，一瓣一蕊，总关情。

初心是什么？虽经寒历暑，虽餐风饮露，虽跋山涉水，虽冷箭暗算，虽千摧百折，也不改其心，也不变其志，也不矫其情，也不渝其贞。一如草之初生，木之初长，花之初绽，叶之初发，月之初升，露之初凝，鸟之初鸣，鱼之初游。一如手之初握，笑之初露，心之初动，情之初开，爱之初尝，我之初约，你之初来。

我望着你，你望着我，两两无声，互不相言，但我倾听得到你的呼吸，感受得到一颗初心，那是归园的欣然，种植的乐趣，收获的甜蜜，诗词的轻吟，思人的感怀，念远的情思。

草木为知音，它恰为你而生，演绎一阕情辞浪漫的告白。花叶为故交，它恰为你而来，栩栩如生地站在你的面前，向你一个人做着抒情。

目 录

花草田园

在都市寂寞的夜里，悄悄在心中测量云和田园的距离。测到了诗人伫立在田园中的镜头，测到了诗人在平淡的田园中躬耕、在草屋间欢畅，测到了那榆柳掩盖的后檐，罗立堂前舒枝展叶的桃李，测到了远处的村庄依稀飘出的炊烟和时时传来的一二声鸡鸣。

天光云影，心情怡然。

读着陶渊明的《归去来兮辞》，一片田园花草葳蕤心头。

诗人的田园是我的桃源。读着读着，诗人仿佛荷着锄头，踏着月光，沿着露湿草长的小径缓缓走来。他跟我动情地描画南山、夕露、月光、青松、村舍、炊烟、荆扉、鸡犬、豆苗、秋菊、清琴、堂前松……在他干净的叙述里，我一下脸红了，因为我也曾生活在这样的世界里，草滩牧牛，田野放鸭，塘里踩藕，溪边摘菱，曙色收钓，夜静捉鳝，爬桑树，逮知了，寻蜂蜜，挖蚯蚓。现在并没这么灵敏的触觉，而且早就抽身远它而去了。此刻，混浊的眼神一下在这似曾熟悉而又洁净的文字里浸润，突然澄澈。灵魂在陶渊明用诗意的砖瓦草木构筑的纯美世界里穿行。

南山种豆，绿园栽蔬，溪流濯足，何等的惬意？

戴月荷锄，斟酒慢酌，共话桑麻，何等的快乐？

扁舟临风，细雨湿衣，晨曦伴读，何等的自由？

人到中年，才懂得人生原来是个圆。人在世上飘来飘去，最后还是要回到起点，经过风月，历过繁华，奋斗过，沉沦过，最终要选一块田园净土安放灵魂。

选怎样的田园净土呢？陶渊明用寻常的山林故渊告诉了，用方宅草屋告诉了，用"狗吠深巷中，鸡鸣桑树颠"的欣喜告诉了，用"采菊东篱下，悠然见南山"的闲适告诉了……这样的田园净土是一种幸福，与世俗欲望的满足无关，而与心灵的境界有关。

浮在都市的夜空，我如一粒微尘。在都市寂寞的夜里，悄悄在心中测量云和田园的距离。测到了诗人伫立在田园中的镜头，测到了诗人在平淡的田园中躬耕、在草屋间欢畅，测到了那榆柳掩盖的后檐罗立堂前舒枝展叶的桃李，测到了远处的村庄依稀飘出的炊烟和时时传来的一二声鸡鸣。

试着用陶渊明的眼神来看云，云也似乎在问："胡不归？"看我茫然，云又很悠闲地问："奚惆怅而独悲？"我无暇回答，我心已随渊明正行在归途，"舟遥遥以轻飏，风飘飘而吹衣"。云，你也是无心出岫，你潇洒地看着诗人盘桓之乐：独处可"引壶觞"，可"眄庭柯"，可"倚南窗"，观景时"园日涉"，时"策扶老"，时"抚孤松"。我的归真之志也像云，蓬勃生长。欣欣的，如春之草木；涓涓的，如夏之清泉。云啊，你又何必再问："胡为乎遑遑欲何之"？我不是在与诗人一样"怀良辰以孤往，或植杖而耘耔。登东皋以舒啸，临清流而赋诗"吗？

云，告诉你，从此，我就是真我，任世事多变，任人情凉薄，惟我不移。在田园里静谧，在琴声里沉醉，任意东西，天马行空，专注于日出日落，痴情于花开花谢。

从明天起，做一个投身自然、品味田园妙趣的人。从明天起，过一种淡远潇洒的田园生活。从明天起，在心里筑一所花草装饰的房子，面朝大海，春暖花开。

2011.2.1

空翠湿人衣

今夜无月，但有的是弥漫的水气，还有浓浓的露。天冷得让我想到会不会下雪，如果有雪，像妙玉似的高洁，就可以踮脚在梅上收集雪了。我想，今夜如果有雪，那棵开花的树上的雪应该更纯净吧！

夜雨幽静，醉影凄清。

永泉山庄的雨细密无声，却柔柔地渗透心底每个角落。单位年度工作总结会结束后，晚上喝了些酒，自然无法入睡。有打牌的，有摸麻将的，有看电视的，还有三三两两闲聊的。我无意加入，便冒雨出来，在山庄漫步。

撑一把伞，在山径独步，空气潮湿，略带幽幽清香的甜。山林中，石坪上，庭院里，木椅上，落起霏霏雨花，似雨非雨，如雾非雾，空空蒙蒙，极像王维"山路原无雨，空翠湿人衣"的恬雅意境。

我伫立在一个庭院的拐角，看一缕缕薄雾飘浮在小院四周，楼阁、屋宇、花木、山石，以及庭院的小窗，一切都似飘飘忽忽，呈现出一种虚无缥缈的朦胧美。

小径尽头，是一片竹林。空气里弥漫的尽是浓浓的水雾，无数竹叶静默在雨中，随着雨点，一片片叶子轻轻抖动着。滴滴答答的雨声，让我想起李清照的"梧桐更兼细雨，到黄昏，点点滴滴"。

竹林边角，有一棵开花的树，在风中有点瑟瑟，与我不期而遇，又似乎应我相邀，与我前生就约定在这里相见，虽然我叫不出名字。在这凉夜里，在这山坳里，居然有这么一棵树，让人怜惜，不能不相信缘分。很怜爱地伸手触摸，似有电流轻柔击中的感觉，真的是心灵感应的提醒。我分不清四周是雨，是雾，还是露。在更深露重里，它就这么静默着，像一朵结着幽怨的丁香。我轻轻移过雨伞，与它一同相依而立，我怎忍它茕茕孑立。此时木屋窗口的灯光已稀稀疏疏，只听到露滴滑过竹叶的声音，似乎还有树的呼吸声。山里显得格外朦胧迷幻。

　　树边是一座木桥，桥下是溪流。不自觉地想起姜夔《扬州慢》里的二十四桥。"二十四桥仍在，波心荡，冷月无声。念桥边红药，年年知为谁生？"桥尚在，箫何存？玉人何处？惟有可见的是桥下波心荡漾，桥上冷露无声。那桥边的红芍药，年年到时开花，不知还有谁来欣赏？

　　今夜无月，但有的是弥漫的水气，还有浓浓的露。天冷得让我想到会不会下雪，如果有雪，像妙玉似的高洁，就可以跐脚在梅上收集雪了。我想，今夜如果有雪，那棵开花的树上的雪应该更纯净吧！

　　时光流逝，诸多无奈，奈我何去何从；庄生梦蝶，无以言表，不知今夕何夕。

　　梦里花落，谁记呓语轻哼？

2011. 2. 3

爱如杏叶

爱犹如一树杏叶，
来时金黄耀眼、清香缕缕，
走时风轻云淡、如梦如烟。

西风紧，黄叶飞。

地上积的杏叶，染黄了青砖，脚踩上去才感到深秋的况味。

银杏枝上，还挂着几片叶子，稀稀疏疏的，耀眼的金黄，在一阵紧似一阵的风中，显得很坚强。

在满是银杏的长江路上，邂逅20多年前的老同学，虽多年不见，但身形气韵如昨。虽脸上已有岁月痕迹，秀发已被风霜漂白得丝丝缕缕，但情怀依旧。眸子还像当年清澈，笑容还似桃花轻绽。

但我心底，却在怪罪岁月，为什么这么残忍，让青春消殒得这么快，让红颜憔悴得这么多？秋深叶落，自然使然。

此生，如不相见，该多好。你就一直如20年前，印我心里，春风十里总不如。

这样，心底还可以存一个默许：在某年某月的某一天，有一份不期而遇的惊喜。有时，虽也默叹，怎么一直没机会相见呢？而今有机会见了，却又犹犹豫豫，见后再也没有回想了。真后悔，相见不如不见。

张爱玲别了胡兰成，让人忽然醒悟，感情原来是这么脆弱的。想当初，为爱愿低到尘埃里，没想到的是，一转身已是南辕北辙，互不相干。很久很久，没有对方的消息，也不再想起这个人，也不想提起这个人，相忘竟是一辈子。

爱犹如一树杏叶，来时金黄耀眼、清香缕缕，走时风轻云淡、如梦如烟。

"我若离去，后会无期。"

不知为何，每次想到这句话，心中会莫名的苍凉与酸楚。

戴望舒总忘不了初恋的丁香女施绛年，多年后，在一首《初恋女》歌里写道："你牵引我到一个梦中，我却在另一个梦中忘记你。"

人的一生要经历太多的生离死别，那些突如其来的离别往往将人伤得措手不及。

人生何处不相逢，但有些转身，真的就是一生，从此后会无期，永不相见。就像银杏落叶，虽来年又生，但已不是原来那身。

在爱的路上，最大的过错，就是错过。

梦已错过，莫如选择放弃，这也许是一种美丽的结局。人若此生无缘，莫如试着握一握手，或许，一切都将在这紧紧一握中变得美好和释然。

这样的结局，真的是一份美好的记忆，如夏日荷花开在心灵深处。

等待将来的某一天，还能回想起来，回想起青葱岁月里，有那么一个人，曾是我当初痴迷的恋人，虽然短暂，却很完美，甚至有些梦幻，不是吗？

2011.11.30

曾经如夕雾

夕雾凋零，惜相离。

长篙点水，船缓缓开动，凝望处，

青山隐隐。挥一挥衣袖，竟无语凝咽。

从此你在彼岸，我在这端，花落水流影。

夕雾花，开放的时候，让人宛在雾中，而今渐渐凋零了，那种令人怦然心动的朦胧感，渐渐收敛了。

心也渐渐平静下来，人生能静静地拥有一段心静时光，真地奢侈。加上阳光静静地照着，手捧情感美文，真地奢靡过度了。

今天是周六，一上午静静地躺在床上，享受南窗阳光射进的温暖，把新买的《你若安好，便是晴天》拿来细读，一口气读了五章：《刹那缘起》《梦中白莲》《老宅光阴》《人间萍客》《青春初识》。此时我已对那一场康桥绝恋充满期待，但还是留着下次看吧，让这份期待慢慢延长，可手摸着书却又不忍放下，还是再读两章吧。这样的自慰着，又连读了《漂洋过海》《邂逅伦敦》，看看下章就是《康桥之恋》了，姑且留做悬想吧。

徐志摩不能与林徽因结合，怕是气质不同之故吧。徐志摩是诗人气质，而且浪漫得超群，林徽因是古典才女，内心无限地矜持。此身的相隔，是心与心的距离，还是身与身的距离，他们距离到底有多远，是一米阳光的距离，还是此生到来生的距离，不知谁能知否？

　　缘深缘浅，还是缘来缘去，对已成的往事并不重要，因为所有的曾经，都如夕雾花，尘已归尘，土已归土了，所有的过往皆已吹作浮云。

　　花开那日，正相逢。那天应该是：天蓝蓝，风淡淡，你的笑容很温暖。眼前一闪，你来了，来自《诗经》，"巧笑倩兮，美目盼兮，素以为绚兮"，那么绚烂经过，注定只是生命中的匆匆过客。

　　夕雾凋零，惜相离。长篙点水，船缓缓开动，凝望处，青山隐隐。挥一挥衣袖，竟无语凝咽。从此你在彼岸，我在这端，花落水流影。

　　时光如水，总是无言。有时候，持一份淡定，更能历久弥香；有时候，顺一种自然，更让人魂牵梦萦；有时候，隔一段距离，更可以维系一生。

　　真的，很感谢作者白落梅，让我眼眶再次湿润。

　　轻轻叩问一声：若你安好，便是晴天。

2011. 12. 10

我是条水草

看夕阳一点点的

为金柳镀上霞光，那是不是你，

对镜梳妆笑帖花黄？那份娇羞，

不胜凉风，让我心湖涟漪，不忍离去。

月食过后，天空别样的蓝。

我要走了，就像我轻轻地来，我不愿惊醒睡梦中的你，不愿扰了你睡时的妩媚，那就只与西天的云彩作别吧！

睡到9点多，懒懒得起来，在阳台上看《康桥之恋》，想想徐志摩与林徽因的恋情，总忍不住地感慨。我很感谢他们的这场恋情，让我知道了康桥，让康桥也成了我的记忆，成了万千温柔的情绪，否则，康桥真不过只是一座桥，一种存在的风景，绝没有如今万千的风情。

我也要为徐志摩感谢林徽因，倘若没有这样一个如莲女子，徐志摩的心湖不会荡漾，如果没有这份荡漾，也许就没有《再别康桥》的诗意和潇洒，如果没有康桥金柳的艳影，没有那株油油的水草，没有撑篙寻梦的慢溯，康桥，只不过是一个地名，一个著名的景观而已。因为有你们在桥头的相偎，因为有你们在河边的深情回眸，水虽然流走了，时光虽然流走了，但美好不会散作云烟，那些远去的青葱年华，那些闪烁的浪漫往昔，如浮藻，沉淀着彩虹似的梦。

慢些吧，再慢些；轻点吧，再轻点！

今日我将离去，就让我再一次欣赏你的秀丽。

看夕阳一点点地为金柳镀上霞光，那是不是你，对镜梳妆笑帖花黄？那份娇羞，不胜凉风，让我心湖涟漪，不忍离去。

看康河的水，轻轻流淌，那么细柔，像初夏的光阴从指间悄悄流走。

那青荇啊，是不是你在招手，迟迟缓缓，眉宇间满含眷恋、缠绵。

我醉了，醉得找不到梦的方向，我身化水草，柔柔地在你怀里，不忍离去。

慢些吧，再慢些；轻点吧，再轻点。

我这条水草，有一点阳光的暖意，有一丝流水的影子，我就要放声歌唱，为梦，为康桥，软软地招摇。

2011. 12. 11

心底的花

离别的场景总在悲伤惆怅的时候想起。

多少错失的情感到最后依靠着回忆度日，

在心底将枯萎的黄花一遍又一遍翻出来轻嗅。

一阵风，一场雨。花，踱着湿莹莹的脚步，走过我的心灵，生下轻盈的根，发出青嫩的芽，抽枝展叶地开放。

康河水滋润的花，永远那么娇柔，像处子的心依偎春天一般的缠绵。

窗半掩着，一阵凉风吹醒了康河的水，柔波里，飘摇着青荇的柔情，牵系着彩虹的梦想，青草更深处的梦，轻叩着我的心扉。

在静谧的此时，我继续看《你若安好，便是晴天》。

徐志摩与林徽因热恋之后，情感是何走向呢？其中《各自安好》篇，让心渐渐平静。林徽因在美国留学，有段时间一人独处，便开始怀念与志摩在一起的浪漫时光，她便给远在北京的志摩写信，问他可好，其中有句："单说你一切平安，多少也叫我安心。"简单的字句，包含着多少牵挂、愧疚和深情。而徐志摩急急切切地回了信，虽有些词不达意，但我相信林徽因是读得懂的，哪怕他寄的只是白纸一张。因为人在孤独的时候，最放不下某个人。这某个人就像心底的花，一直活在最隐秘处，被压抑着不让它生长，但它一直活在那里，不肯轻易曝光。只等条件适宜，机遇适当，一阵春风吹来，它就酝酿，开出芬芳。

人世间的爱有许多种。相濡以沫，生死相依，在天愿作比翼鸟，在地愿为连理枝，是一种；相互吸引，相互欣赏，只作柏拉图式的精神慰藉，是一种；在短暂的邂逅中，彼此爱上了对方，然而，这爱，只是珍藏在了心底，最后慢慢变成甜甜的回忆，是一种；只是那么一眼，一瞬，就深深地爱上了对方，那个人深情地望着对方，直到看不见为止，而那一眼，让人永远难忘，永远。我猜想，志摩与徽因该是后两种吧，开在心底的花，剪不断，理还乱，搁不下，断不了。

病痛与孤独的时候，最想的是错过的真爱，而这份真爱，恰如幽谷深兰，一生的情结。

离别的场景总在悲伤惆怅的时候想起。多少错失的情感到最后依靠着回忆度日，在心底将枯萎的黄花一遍又一遍翻出来轻嗅。

人在现实，谁都有诸多无奈。有时只需记得，曾经结过一段美丽的心缘，曾经那么温柔地牵过手，也那么深情地凝过眸，此生真的足矣。

毕竟人生不只是活在初见里。即使是初见的怦然心动，哪怕是一瞥惊鸿，一旦遭遇岁月的沧桑，任你如花娇艳，也不可能不改初始模样。不仅如此，更可怕的是视听迟钝，心田苍老。那初见的味道只能依在回忆里，独自品味，谁还能有那份心情纯净？

流水，这康河的流水，流淌的是离愁的笙箫，听那音符，萦绕的是心头无法挥去的幽怨。水边的夏虫何处去了？是不是躲在角落里潸然落泪？我被沉默拥抱着，依依不舍的读着你的情丝，婉婉约约，何忍离去。

2011. 12. 12

荆棘花

所以，不必过伤。其实我们每个人，最终都有那么一天那么一刻，肉体生命终将会交还给浩瀚的岁月。

荆棘花，绝地而后生的花。开放，艳如血；凋谢，谁与共？

读林徽因传的《后会无期》一章，有荆棘鸟刺痛的感觉。1931年11月19日，志摩飞机失事，眼泪不禁潸然。虽然早就知道结局，但每次读到这儿，都有措手不及之感，这让林徽因措手不及，让陆小曼措手不及，让关心他的人都措手不及。来不及告别，来不及留言，来不及留恋，就这么身化彩虹，不翼而飞。他的血他的命幻化做一朵荆棘花。从此，林徽因伴着飞机残骸怀念，陆小曼撑着一身病骨独行于世。两个红颜，一个写《悼志摩》，一个写《哭摩》。

徽因悼曰："对这死，我们只是永远发怔，吞咽枯涩的泪；待时间来剥削着哀恸的尖锐，痂结我们每次悲悼的创伤。""这以后许多思念你的日子，怕要全是昏暗的苦楚，不会有一点点光明，除非我也有你那美丽的诗意的信仰！"

小曼哭喊："从此我再不信有天道，有人心，我恨这世界，我恨天，我恨地，我一切都恨，我恨他们为什么抢了我的你去，生生地将我们一颗碰在一起的心离了开去，从此叫我无处去摸我那一半热血未干的心，你看，我这一半还是不断流着鲜红的血，流得满身只成了个血人，这伤痕除了那一半的心回来补，还有什么法子叫她不滴滴的直流呢？""摩！我这儿叫你呢，我喉咙里叫得直要冒血了，你难道还没有听见么？直叫到铁树开花，枯木发声我还是忍心等着，你一天不回来，我一天地叫，等着我哪天没有了气我才甘心地丢开这惟一的希望。"

不由想到海宁西山，志摩的墓前台阶两旁的土坡上，各倚着的石书。左侧石书上，刻着志摩《偶然》中的名句：

　　　　　我是天空里的一片云
　　　　偶尔投影在你的波心
　　　　　　你不必讶异
　　　　　　更无须欢喜
　　　　在转瞬间消灭了踪影

右侧石书上，刻的是志摩《再别康桥》的一段：

　　　　　　轻轻的我走了
　　　　　正如我轻轻的来
　　　　　　我轻轻的招手
　　　　　作别西天的云彩

我真的要走了，与你挥袖作别，留下宁静完美的你，把一切都留给你。

或许，冥冥之中早已一切注定。志摩，绝世才情，却这么命短。那些诗歌绝唱，也许就是他用命来抵偿的。

有一种鸟，它叫荆棘鸟，用血用命换来荆棘花的美丽绽放。

荆棘鸟找到了一棵最高最大的荆棘树，然后向最长、最尖的荆棘上冲了下来，荆棘深深的刺进了鸟儿的胸膛，血，沿着荆棘流了下来。鸟儿张开了嘴，冲着这花，唱出了她一生最动听的歌，这个惨烈的悲壮留下了一个美丽的永恒，也留下了一段悲怆的谜团。

徐志摩，这只荆棘鸟，上天让他在不经意间，为自己做好了伏笔，他的命被他的诗预言到了。

所以，不必过伤。其实我们每个人，最终都有那么一天那么一刻，肉体生命终将会交还给浩瀚的岁月。

只是，我们不知，茕茕踪影，遗落何处？一抔遗骸，散落何方？半缕幽魂，飘落何境？

2011. 12. 14

帘卷海棠红

> 海棠红艳，春风
> 十里，卷上珠帘总不如。

　　下午4点，打开网页，看到凤飞飞去世的消息，凤飞飞？好像是第一次听说。上网一查才知，凤飞飞，台湾著名女歌手，有帽子皇后之美称。再搜索QQ音乐，原来她的声音早就沁入我心扉了。好像紧闭的一道窗帘，卷起后，满眼是海棠的惊艳。

　　有首叫《月朦胧　鸟朦胧》的歌，从歌名到歌词，从旋律到演唱，我都无与伦比地钟情。记得上世纪80年代，我刚刚上宣城师范，在收音机里听到了这个声音，一时如痴如醉。那舒缓的旋律，那柔软的韵味，听着，听着，从耳膜一直柔到心肺里。而今此刻，再听此音，除了亲切的熟悉外，那师范生青涩的记忆，那青春期朦胧的情愫，那花前月下走过的背影，渐渐氤氲起来。当年没有条件，只能在收音机里听。现在，我在QQ音乐里下载了这首老经典，戴上耳机，一遍一遍地聆听，整个身心浸到一种梦幻里了。

　　听着，听着，浮想联翩，思绪越过歌声，浸入朱自清的美文，那美文叫《月朦胧，鸟朦胧，帘卷海棠红》。湘帘轻卷，海棠，嫣红。月色迷离，小鸟安卧。少女倚窗，愁思慵懒。诗意婉约，清新雅致。我一边听着歌，一边默念着文字，心头浮上淡淡的月，疏疏的帘，小小的鸟，海棠细雨中的静默，卷帘人微蹙的低眉。

朦胧的，岂独月？岂独鸟呢？

每当朦胧的夜晚，世上有几多人愁绪满怀，有几许人情感抑郁，有几何人暗自悲凉？

帘卷起，海棠依旧红。凤飞飞的青春之帘卷起了，但她的声音，依然海棠般红。凤飞飞的生命之帘卷起了，但她的倩影，依旧海棠般美丽。

海棠红艳，春风十里，卷上珠帘总不如。

每当我们脚步匆匆，滑过忙碌，在一个这样的意境里，是否还可以在心底自我温柔一下，乃至偶尔失神一下？

2012. 2. 4

桃花逐水流

静静的今生今世
也好，忙碌的三生三世也好，
人如桃花逐水流，心如轻云随风飞。

因为看张爱玲，才开始关注起胡兰成，这个人政治上虽搞得不好，但散文写得清清爽爽，行云流水。书店没有他的书卖，便上网查找，大陆2003年曾出版了他的《今生今世》，便全文下载了。

恰好周日，有暖暖的阳光。午后在南阳台上，靠着躺椅，细读《今生今世》。越读越觉得字里行间有味。他写胡村月令的文字，我看了几遍，老喜欢了。他把民国之交的江南村野写得如一幅水墨卷轴。我特爱读他写"世上人家"的部分，把穷乡僻壤的家境，村民之间的亲情，写得真切动容。看他的文字不觉得累，一口气就把"世上人家"3、4、5三个章节看完。这部分内容重点写的是胡兰成的原配妻子唐玉凤的，而且是带着真情写的。

请看这段文字："玉凤在西边洗衣，捣衣的棒槌漂走了，我赤脚下去捞住给她，就站在齐膝的浅水里帮他把洗的衣服绞干，水滴溅湿了踏跰石上静静的日光……"描写的不过是日常琐事，却透出生活的本真和温爱，文字也如珠玑般润泽。

胡兰成像桃花，也曾灿烂过，但最终花落水中，随水而流，身与心大多在外飘荡，婚后7年，别多聚少。玉凤对胡兰成却无限痴情，娇嗔地喊他"蕊生"，心甘情愿地为他服侍老母，一心一意在家生儿育女，七年婚姻七年思念，七年担忧，但她总相信自己的丈夫，不管寻常生活的朴素可爱，不管忧患中的遥无归期，不管居家的艰难度日，她总有一种心思在里头，有一种贴心在里头，有一种踏实在里头。为去问蕊生一句话，她竟怀抱生下来才三个月的女儿，一人直奔萧山，来到了湘湖师范找他，一见了他心就踏实了，多少的委屈和辛酸化为无限欢喜。

很多人都说胡兰成自私薄凉。但我读完那段为玉凤借钱买棺的文字，真是令人百转难诉。人世是可以浮花浪蕊，但惟有性命相知，才能写出这样一往情深的文字。

提起玉凤，他说"至今想起来，亦只有对玉凤的事想也想不完。"看似轻描淡写，又怎能掩文字背后的心痛。所以他说："我是幼年时的啼哭都已还给了母亲，成年后的号泣都已还给玉凤，此心已回到了如天地不仁。"这样的痛语，只有在他曾经沧海之后，在他历经人世情感的变幻无常之后，才可得以自省。

所以，无论在她之后再有多少美丽的脸庞出现，无论是"慕"是"知"是"欢"，都已不再重要，因为那韶华胜极的日子也只开一季，唯在记忆里，唯在自省时才会绽放如初。

故，懂得这个男子，才懂得他写《今生今世》时的那份心境。

在过往的流年里，人世皆云烟，惟有文字是清晰的。

静静的今生今世也好，忙碌的三生三世也好，人如桃花逐水流，心如轻云随风飞。

短歌行，醉里音，谁曾怜我？风光已昨，坎坷正来，谁又惜我？

多一点枝枝节节，就多开一点花。多一点风风雨雨，就多一叶生之烂漫。

2012. 2. 5

泉里草香

老子说"上善若水"，真的，
经常和水打交道的人，会显得很有
灵气，时常浸润在水里，会很温婉仁厚。
浮在池里，如浴春风。浸在水里，如草如兰。

早就想去香泉谷泡温泉了。听说这个泉有一千多年历史了，六朝南梁时，昭明太子萧统在读书时身染疥癣，到这温泉里沐浴后身体痊愈，肤色如白玉一般细腻而有光泽。太子欣喜之下，奋笔疾书"天下第一汤"。我不仅身上无疥癣，就连一个疤痕都没有，养身与我关系不大，养心倒蛮实际。那泡的是一种心情，一份新鲜，并能嗅到一丝文化的气息。北宋大诗人王安石曾写《香泉》诗道："寒泉诗所咏，独此沸如蒸。一气无冬夏，诸阳自废兴。人游不附火，虫出亦疑冰。更忆骊山下，歊然云满塍。"香泉温泉因此而名声远扬，泉因诗而名，诗因泉而传。

带着渴望，这个周日终于成行，今天难得一路阳光，但野外还是春寒料峭，一大家人两部车9点从芜湖市区出发，一路很是热闹。看着野外的初春雏色，嘴里说着香泉谷，就感觉名字很美妙动听，眼前就浮现出一片诗意盎然的景致。

出市区，上大桥，下高速，过深巷，经和城，11点多，终于到了香泉镇。一下车，似乎就能闻到那飘荡在空气中的馥郁香气。我们在一家土菜馆吃了中饭，然后就进去买票，138元一张，还算是优惠的。

穿着泳装，我们跑到室外的池中，水清且温热，整个身子偎在里面，暖和而舒服。约2个小时，我们几乎泡了十几个不同的池水，桂蕊泉、兰香泉、艾香泉、薄荷泉、陈皮泉、咖啡泉、椰奶泉、桃皮泉、人参泉等，欣赏着升腾的薄薄青雾，呼吸着名贵草药的淡淡清香，顿觉上下通畅，六脉调和，身心舒朗。

我感觉最好的是艾香泉，不仅水温适好，艾叶的香气也袅袅轻飘，似温柔的手轻轻抚摸着你。我不时从边上泉眼掬一抔淌出的水，轻轻滋润脸颊，阳光投来很柔和的温暖，不得不让你闭目养神。

微醺中，感觉水特有灵性，满身的疲惫随氤氲之气而去，一身的健康伴芬芳之汤而来。老子说"上善若水"，真的，经常和水打交道的人，会显得很有灵气，时常浸润在水里，会很温婉仁厚。

浮在池里，如浴春风。浸在水里，如草如兰。

幽树繁花，且任身与清波涌；冷香空翠，暂将心与流韵馨。

在汤泉里，肌肤与花草相亲，人生有涯，其乐无极。淡看云烟，不以物喜，不以己悲。心不再为形所役，意不再为物所执。

水气沆荡，池影摇曳，今夕复何夕？

2012. 2. 26

夹竹桃与草地

每当白色花瓣绽放，那份清新淡雅，让我仿佛见到了梦寐的知己，有种心神悠会的感觉，更让我想到天空的遥远，万物的宁静，一种纯粹的自然美，一种超越浮华的纯净美。

在江边散步，常常见到一种花树，就是不知道芳名，为此，每每怅然。

昨天，在谢老师办公室，描述给他听，尖尖的叶子，类若竹叶，朵朵花瓣，宛似桃花。他说，应该是夹竹桃，果真吗？我们上网一查，那图片上一丛丛盛开的，与我日日所见的正相吻合，是夹竹桃，果然！看来他才是解花高手。心里的那个结一下也释然了。

夹竹桃，多么美丽的花呀！叶似竹，花似桃，我终于知道你的真身了。不管你是簇簇盛开，还是枝枝含苞，你已全部进入我的视野，不再神秘含蓄了。我不仅识你的外形，还熟知你的本真。

这之后，每走过夹竹桃身边，我总喃喃，终于知道你是谁了。虽然她长的不挺拔，花朵也不太抢眼，不像牡丹雍容，不如月季芬芳，也不似水仙娇嫩，但她却占据了我的记忆，让我在庸庸中充满了幻想，在碌碌中增添了诗性。

有人说，夹竹桃的汁液有毒，我不信，试着折断了一枝，见她身体里流出白色的液体，我一下心软了，觉得自己好残忍，怎么这么轻易去蹂躏她的身子呢？我想，她再有毒，也不会毒伤我的。抱着这份自信，我用手沾了那黏液，很柔滑。嗅嗅，还有点淡淡的幽香。这是她的生命之液啊，遇到喜爱的人，她又怎么忍心去毒害呢？

夹竹桃边上，是一大片草地。草地上最多的是紫藤，好多都缠绕着树，一圈，一圈的，像无数双手，温柔地抱着树。地上密匝匝的，被她铺满了，像绿毯一样。这天然的席梦思，躺在上面，一定很柔软。这么想着，身子就不自觉地躺下去了，柔软！真的，一股让人软的无力的感觉袭上身子，慢慢自腿上下蔓延，上软至头心，下软至脚心。此时，何需枕头，那厚厚的草垫，比枕头还舒服。也无需用手枕头，软而香的草，比什么玉臂作枕都温馨。

月亮升上来了，虽然是淡淡的，但映在夹竹桃上，却如梦如幻。

不时有青草味儿，伴着花的甜味，扑鼻而来。我用各种姿势躺着，时而仰卧，沐浴月光，时而侧卧，轻嗅草香，时而俯卧，甘心被草覆盖。仿佛自己已化身为草，沿着柔软的泥土，轻轻匍匐，向夹竹桃蔓延，缠绕她的枝叶，然后舔舐她被我折伤流出的液体。这是我生长的营养液，靠着它，我也会长成夹竹桃，开出白色的花。

栽种夹竹桃的人怎么这么有缘，在长江湾这块，都是我最喜欢的开白花的夹竹桃。每当白色花瓣绽放，那份清新淡雅，让我仿佛见到了梦寐的知己，有种心神悠会的感觉，更让我想到天空的遥远，万物的宁静，一种纯粹的自然美，一种超越浮华的纯净美。

静静的，静静的，静柔一片心，被月光轻轻画出梦幻的眼睛。

幽幽的，幽幽的，开放成一朵静静的雪。

美美的，美美的，枕着柔软的草地，欣赏或婉约、或深情、或明媚的夹竹桃。

2012. 4. 12

葡萄月令

我在痴想，汪曾祺不是在写葡萄，而是在写一月一月长大的小生命。一月一月，在照顾中，呵护中，精心中，疼爱中，初长成一个鲜活的宁馨儿。

早上，头脑清醒，拿着汪曾祺的《草木春秋》，看《葡萄月令》。这里是按月写葡萄的生长及与葡萄有关的农事活动。以"月令"为题作文的，只在去年看过胡兰成的《胡村月令》。今读汪曾祺的，感觉文笔更轻盈，闲淡的月令，却有无穷的滋味。作者的文心，种植人的慧心，葡萄的灵心，亦相通灵了。

读一月，就感觉淡雅素净。

"一月，下大雪。

雪静静地下着。果园一片白。听不到一点声音。

葡萄睡在铺着白雪的窖里。"

虽只三行字，却意境幽美，"葡萄睡在铺着白雪的窖里。"令人想到刚出生的宝宝躺在温暖的床上。我只能屏息静气，脚步轻轻。

二月的葡萄，被春风吹醒，像见风而长的婴儿。"有的梢头已经绽开了芽苞，吐出指甲大的苍白的小叶。它已经等不及了。""不大一会，小叶就变

024

了颜色，叶边发红；——又不大一会，绿了。"新的生命就这样呼之而出了，叶的身形，绿的颜色，给人强烈的生长渴望。

三月，葡萄上架。作者用一"请"字。上架的过程写得那么详细。"把它放在葡萄架上，把枝条向三面伸开，像五个指头一样的伸开。扇面似的伸开。然后，用麻筋在小棍上固定住。葡萄藤舒舒展展，凉凉快快地在上面待着。"

四月，葡萄喝水，作者形容为"小孩喝奶似的拼命往上嘬。"多有情趣啊。读到这儿，仿佛一位母亲正慈爱地看着孩子，为孩子把奶。

五月，开花。"葡萄花很小，颜色淡黄微绿，不钻进葡萄架是看不出的。而且它开花期很短。很快，就结出了绿豆大的葡萄粒。"它不想开出雪一样的苹果花，也不想开出月亮那样的梨花，因为它要快快的结果。

六月，"葡萄粒长了一点了，一颗一颗，像绿玻璃料做的扣子。硬的。"

八月，葡萄"着色"。"下过大雨，你来看看葡萄园吧，那叫好看！白的像白玛瑙，红的像红宝石，紫的像紫水晶，黑的像黑玉。一串一串，饱满、磁棒、挺括，璀璨琳琅。"

九月，说葡萄下架后，"果园像一个生过孩子的少妇，宁静、幸福，而慵懒。"真是绝妙的比喻。

我一口气读完，仿佛不是在读一种植物，而是在看一个生命是怎么随岁月而生长的。我领略到了自然之美，体味到了生命之美，感受到了作者对葡萄、对劳动、对人生的热爱之美。

回头再读，感觉每个月的葡萄园都是那么的美，美得像词中的一首小令。

闲适的意味在心底袅袅而起。

我在痴想，汪曾祺不是在写葡萄，而是在写一月一月长大的小生命。一月一月，在照顾中，呵护中，精心中，疼爱中，初长成一个鲜活的宁馨儿。

2012.5.28

花
园

当读到"那些绣球花，我差不多看见它们一点一点地开，在我看书做事时，它会无声地落两片在花梨木桌上"时，感觉时光就这么静静地流去了，那两片落蕊好似两行眼泪。尤其是后面写到花落了，姑姑出嫁了，而且日子极不如意时，不由地眼泪潜滋暗涌了。

好像每一个作家似乎都有一个精神之园，陶渊明有东篱，王维有辋川，王安石有半山园，袁枚有随园，冒辟疆有水绘园，鲁迅有百草园，萧红有祖父的园子，梁实秋有槐园，史铁生有地坛，等等。今天读汪曾祺，又添一个园子，很不一样的。一个天籁之园，静静的，淡淡的，像一汪清水，幽幽地从作者心底流出。

在心灵被文字洗涤之后，我又有一点感伤。因为我嗅到了一股记忆的味道，那是在经历了一些世事之后再来怀念童年时才有的味道。那些很美丽的记忆，有颜色，有声音，有味道。

"故乡的鸟呵。

我每天醒在鸟声里。我从梦里就听到鸟叫，直到我醒来。"

"云从树叶间过去了。壁虎在葡萄上爬。杏子熟了。何首乌的藤爬上石笋了，石笋那么黑。蜘蛛网上一只苍蝇。金雀花那儿好热闹。多少蜜蜂！波——，金鱼吐出一个泡，破了。"

"看它款款飞在墙角花荫，不知什么道理，心里有一种说不出来的难过。"

"紫苏的叶子上的红色呵，暑假快过去了。"

这些纯净的语言，不就是诗吗？好恬淡的诗味。我的心也在这片宁静与恬淡中沉醉，沉醉到忘记了肉体的存在，沉醉到与园里的花鸟草虫融为一体。

真想与作者一起走进园里，躺在草里看云，蹲在土蜂洞口看它生气的神情，爬到树上掐海棠花，躲在柴房里看青色的闪电照着老槐树，坐在龙爪槐上读书……

你看作者写桂花，是这样写的："父亲一醒来，一股香气透进帐子，知道桂花开了，他常是坐起来，抽支烟，看着花，很深远地想着什么。"好美的意境。

再看写折冰心腊梅一段："冬天，下雪的冬天，一早上，家里谁也还没有起来，我常去园里摘一些冰心腊梅的朵子，再掺着鲜红的天竺果，用花丝穿成几柄，清水养在白磁碟子里放在妈（我的第一个继母）和二伯母妆台上，再去上学。我穿花时，服侍我的女佣人小莲子，常拿着掸帚在旁边看，她头上也常戴着我的花。"读着有种莫名的感动。黄色的腊梅、鲜红的天竺果、白磁碟子，还有穿花时立在身边头上戴着花的小女孩，景与人构成一幅美丽的写意画。这使我想起《红楼梦》里写花与人的那些唯美的情景。

"掐花，爬在海棠树上，梅树上，碧桃树上，丁香树上，听她们在下面说'这枝，唉，这枝这枝，再过来一点，弯过去的，喏，唉，对了对了！'"真是活灵活现的摹写。

当读到"那些绣球花，我差不多看见它们一点一点地开，在我看书做事时，它会无声地落两片在花梨木桌上"时，感觉时光就这么静静地流去了，那两片落蕊好似两行眼泪。尤其是后面写到花落了，姑姑出嫁了，而且日子极不如意时，不由地眼泪潜滋暗涌了。

　　整个花园就是这样，充满趣味，而又有点怀念的伤感。它带给我的，像清清的溪水，沁入我的心底。它引领我在那份流淌的雅趣里，体味文字的精妙，含蓄，空灵，并继续寻找精神家园。

2012. 6. 12

岁月如花

随着声声梵音，心扉身不由己地打开。心真地好似莲花，欣欣然，悄然盛放。那纤尘不染的莲香，温柔地安抚着我，我的心肺似已入了无声的沉静。

夏日静静，又碰周日，再加上习习的凉风，人不由顿生安静。

中午最感夏日悠长，看楼前浓密的树荫，清清的池水，一架的蔷薇，不由想起唐人高骈的诗："绿树阴浓夏日长，楼台倒影入池塘。水晶帘动微风起，满架蔷薇一院香。"夏日微风，泛起碧波粼粼，架上的蔷薇，暗传一院幽香。此情此景，把心头的夏日熨帖得清凉安静。

下午收到唐老师的短信："人生最美的是在时间的长河里，波澜不惊，在父亲节里，祝您静中得慧，慈爱致和。"才知今天是父亲节。静静的中年，静静的人生，静静的蔷薇，真的很好。

想起张爱玲与胡兰成婚书上的话："愿使岁月静好，现世安稳"。感情也需要静静的，静静思忖，静静默念，静静期待，静静地看欣赏的人，并且相信海誓山盟。

花儿是安静的，默默地开，默默地落，如此的岑寂。

云儿是安静的，淡淡地卷，淡淡地舒，如此的怡然。

文字是安静的，默默地看，默默地想，如此的流连。

安静地生活，过着平常的日子，守着淡泊的岁月。

有时倚着窗口静听细雨滋润的声音。偶尔，看竹林间小鸟穿来穿去，绿如竹叶。偶尔，空气里飘来一丝花香，甜如轻吻。

有时生活就是一种温暖。安静地回到家里，对着孩子唠叨几句，对着爱人微笑一下，食着人间烟火，把许多的琐碎和繁冗过成安静。安静的心里升起的是异常温暖的幸福。

如果再捧上一本书，泡着一壶茶，安静地阅读，偶尔，闭上眼睛沉思，纯净的思绪游走着，还有一些火花闪耀着，这份安静的感觉真好。

其实，人生，能够安静真的是一种幸福。只有心清静下来了，才能做到宠辱不惊，贫苦不贱，才能不低下自己高傲的头颅，不轻贱自己高尚的灵魂。

只有心静了，才会看到燕子斜飞雨中呢喃的欢快，才会听到笋丫钻出泥土的"吱吱"声，才会触到雨滴落在蔷薇上的晶莹颤抖。当我们的心静下来听风看雨时，我们的思绪，我们的灵魂，才充满了仁慈和柔情，才如秋月般纯净，泉水般清澈。

吕坤说：在静思时，可以看清楚自己究竟是一个怎样的人。听龚禧唱的《心似莲花开》"一花一天堂，一草一世界。一树一菩提，一土一如来。一方一净土，一笑一尘缘。一念一清静，心似莲花开。南无阿弥陀佛……"

随着声声梵音，心扉身不由己地打开。心真地好似莲花，欣欣然，悄然盛放。那纤尘不染的莲香，温柔地安抚着我，我的心肺似已入了无声的沉静。

心似莲花开，安然，静美。心有静，万事明；心有静，万物生。脑静能生慧，心静能致远，神静能明道。

飘飘何所似？天地一草木。我们身轻似飞云过天，在三千世界，浮光掠影里，看见的只是一粒微尘，一瓢秋水，一弯清月。细数光阴静美，月圆月缺。一切如蔷薇，淡淡而开，浅浅而落。

2012. 6. 17

紫薇花

我很敬慕紫薇花，适时而开，知时而退。紫薇是花，却有自知之明，该开时极艳，需落时极快，而世人未必都有紫薇般的自知之明。

早上锻炼回来，一抬头，猛见我家北窗有两棵紫薇，都在一米高的样子。一棵开蓝色的花，抽出十几根枝条，伸展着，稀稀疏疏的。靠在边上还有一棵，开着白色的花，二十多根枝条，满满地缀着花蕊。走近细瞧，花托下就是果子，一粒粒，圆晶晶的。

在我从芜湖到三山上班的路上，都是这种花，很娇媚地绽放在公路两旁。有无瑕的白，有娇柔的红，有羞赧的粉，宛如一个个风姿绰约的女子立在枝头。因为不知道她的名字，也就没怎么关注。

在滨江公园散步，庭院边，花坛旁，不时会闪出一丛一丛的，也是因为不知其名，就没怎么去打量。

直到昨天，询问了好几个人，才知道她叫紫薇，一下便记住了她。

多么好的花啊，在我家的北窗，就这么静静地开着，不是开在烟花三月的喧闹里，而选择在深秋的季节绽放，成为这个时节夺目的一树风景。我想，假如她开在春天，也会像别的花一样，急切地开，匆忙地落，再绮丽的花影也只是一闪，绝不会像现在这样，开得如此从从容容，如此尽情尽兴，在深秋的萧瑟中，尽管绽开她的一份悠闲和淡定。

花是自然的美色，一年四季，每个时令，各显各的芳容。当看惯了魏黄姚紫，突然间见到这平凡的紫薇，心里有一种颤动涌上来。

富贵花有富贵花的品性，如牡丹，可谓高贵也，但遭遇强权，又其奈何。但高贵就是高贵，在操弄权力的小人面前，就是被贬也绝不受所谓的皇命，其坚持操守的气节，庸人焉可望其项背？

平凡花也有平凡花的骨格，不矜不骄，不占眼球，如这紫薇花，突然地就缀满了我的窗口，不迎合，不阿谀，不知不觉地在被忽略的日子里突然繁华。我渐渐生出一种感动：紫薇花，不怕世态炎凉，亦不热衷名利，不论是得意还是落寞，都这样静静地开放着，沉迷于它自己的执著。这不正是我所欣赏的吗？

我在紫薇花下徘徊，忍不住地喟叹与沉醉。紫薇花开，深深浅浅，似有无限的缱绻。而那树下，已是一地落红，可以想见她凋零的冷落与决然，一朝一夕芳华褪尽，寥寥而逝，也毫不流连。好像还没有一种凋谢可以这样的让我牵心过，当一些花的繁华还挂在枝头，另一些花的坠落却已经开始。

我很敬慕紫薇花，适时而开，知时而退。紫薇是花，却有自知之明，该开时极艳，需落时极快，而世人未必都有紫薇般的自知之明。

慢慢地，慢慢地，我走过北窗，那紫薇依然立在风中，轻轻摇曳。

2012. 8. 19

被忽视的桂香

此香何来？低头四处寻找，沿窗台边，一株桂树开满了花，一嘟噜一嘟噜桂花在头，随风微微晃悠着，似乎在对我笑，又似与我调皮地眨眼睛，我听懂了你的暗语：哈哈！发现我了！

北窗的两株紫薇已结满青果，紧挨着的，是一株桂花树。叶子很多，稠密，浓绿，还肥硕。起先，我还以为是冬青树，或香樟什么的。

几天来，北窗就香气阵阵。我一直以为是西窗较远的那株大桂花树送来的。每天早晨都要对它远望，心存感激，期待它的花期能久点，再久点。前天，一阵细雨过后，它就受不住了，一夜间悄悄落光了。雨后，我到树下，想在地上觅它淡黄的身姿，却再也寻不到一点影子。我当时很是一阵惆怅。王维说"人闲桂花落"，怎么细雨桂花也落呢，而且落的这么惨淡？应该是雨润花又新，香浓更悠长啊。可桂花怎么就香消玉殒了呢？何处再见桂花影，何时再闻桂花香？

鼻子已好几天没享受到桂的香气了。就在这天早上，我拉开窗帘，推开北窗，一股熟悉的香气袭来，我向远处桂树望去，一点花蕊的信息也没有啊。此香何来？低头四处寻找，沿窗台边，一株桂树开满了花，一嘟噜一嘟噜桂花在枝头，随风微微晃悠着，似乎在对我笑，又似与我调皮地眨眼睛，我听懂了你的暗语：哈哈！发现我了！

是的，发现你了，发现了你水仙般的素洁，发现了你梨花般的馨香，发现你不像桃花把鲜红挂在枝头炫耀，发现你也不像油菜花把金黄铺在眼前展示。你总是那么默默，开在我的北窗。即使不为人所识，即使不为欣赏者关注，也依旧开自己的花，默默的，依旧传自己的香，默默的。

别怪我，人平常总喜欢高视或远望，我也难免此俗，对长在与阳台平齐的你，没放在视线里。若不是别的桂花花期已过，香气已消，你的香我又怎能察觉呢？

你的雅洁，是多么的珍贵，让我歆羡不够；你的甜香，是多么的醉人，让我激情难耐。真想一把把你揽在怀中，吮吸在唇齿间把你融化，让你的甜香弥漫心梦。

2012. 10. 10

柳

我发誓，明年春天，我一定看柳，带着
你的诗一起看柳，让你碧玉的柳条，拂亮我迷
蒙的眼睛，让你细嫩的柳叶，柔软我麻木的神经。

早上晨练，正过西窗下的木桥，几根柳树的长枝垂挂下来，虽有曙光的映照，却怎么也没有飘逸的风韵了，柳叶也蜷缩着，毕竟是深秋的衰柳啊。

想想春刚来的时候，她碧玉妆成的样子，真如十七八的青春少女，婀娜多姿。可惜，春天的时候，莺歌燕舞，繁花满眼，我被花枝招展逗引，被蜂飞蝶舞迷惑，看不到你的美丽。为此，我无限敬仰贺知章先生，在一千年前，也是一个早晨，他看到了一棵柳，一棵心中的垂柳，一棵亭亭玉立的垂柳。真可爱啊！他痴呆呆地望着，那鲜绿的柳枝，随风而舞，如无数的绿色丝绦在飘摇，那醉人的嫩绿啊，那满眼惊喜的新绿啊，只有贺知章，他有一双可爱的眼睛，发现了这可爱的美丽。我们都应该感谢贺知章，感谢他发现了美丽的柳树，更感谢他摇曳的诗句。他的诗也如柳叶，虽历千年风霜，至今依然那么新鲜，那么精致，深婉似碧玉。他歌咏的柳枝，虽多如烟云，至今还那样飘逸，盈盈如丝绦。

而今，有谁有这份闲静，在自然里，慢慢走，细细看，又有几人有这份

雅致，到唐诗里，一遍又一遍吟咏。莫说别人，就连我，算得上喜爱古典诗词了，近年也很少注意美丽的柳了。泪眼问花花不语，乱红片片是离愁。流年如此，鬓角已白，生活打磨，壮志未酬，感觉迟钝，空余悲叹，心已不敏感了。

我请求贺知章的原谅，我对不住你的诗，我辜负了美丽的柳。

我发誓，明年春天，我一定看柳，带着你的诗一起看柳，让你碧玉的柳条，拂亮我迷蒙的眼睛，让你细嫩的柳叶，柔软我麻木的神经。

明年春天，后年春天，每个春天，我一定与你相约。

2012. 11. 2

桔树

夜露湿声冷无言，默默凝望风中桔。我不想说什么，只问一句：今天，我们该不该有颗"岁寒心"？

深秋瑟瑟，小雨霏霏，寒风飒飒。

透过灯光，依然看到窗外那棵桔树依然闪绿，金黄的桔子依然累累在绿叶间。

而桔树边的桃树李树，早已枝叶光秃，同样是树，同样的土地，同样的气候，为什么状况如此不同呢？我想起唐丞相张九龄咏桔诗句："岂伊地气暖？自有岁寒心。"原来是"岁寒心"啊，我们只知松柏有岁寒心，原来桔树与松柏一样，也有耐寒的本性啊！

在这沉沉的深秋黑夜里，还有谁愿欣赏桔的岁寒心呢？就连那个曾开创"开元之治"的唐玄宗，原先无限倚重夸赞张九龄，后来也不喜欢他了，因为他办事太守法，什么都讲究秉公办事，不会逢迎领导，最后找个理由把他给贬谪了，而重用起李林甫。我想唐玄宗是个智商和情商都很高的人，他应该知道李林甫是个口蜜腹剑的小人，但他听皇上的话啊，会按皇上的意思办事，能拍啊，会把皇上拍得心里舒坦。你张九龄就不行啊，只知一心扑在工作上，搞的比皇上还能干，更不能容忍的是，你张九龄只顾埋头拉车，不会抬头看上司脸色，就算鞠躬尽瘁死而后已，你也只能靠边站。

盛唐如此，何况今日乎？不知各位上司大人，读了作何感想？反正，我很敬佩张九龄，这样有才华，又正直的好干部，纵使慨叹"奈何阻重深"，也依然如桔树一样坚韧，哪怕只是一点一时媚俗，他依然不肯。正因为不肯，所以磨难。这就叫本性使然。所以北岛说："卑鄙是卑鄙者的通行证，高尚是高尚者的墓志铭。"

"徒言种桃李，此木岂无阴？"是啊，假如桔树也像桃李一样，当春花发，见秋叶落，逢热结果，遇冷缩身，领导也会青睐有加，你也会赢得身前身后名。

我打开唐诗，再次吟读张九龄的《感遇》：

> 江南有丹橘，经冬犹绿林。
>
> 岂伊地气暖？自有岁寒心。
>
> 可以荐嘉客，奈何阻重深！
>
> 运命惟所遇，循环不可寻。
>
> 徒言树桃李，此木岂无阴？

果然，句句凝结着风骨。夜露湿声冷无言，默默凝望风中桔。我不想说什么，只问一句：今天，我们该不该有颗"岁寒心"？

2012. 11. 3

桔树也通情

清晨的露水，从桔树枝上滴下来，一滴滴的。老桔树啊，老桔树，那是你的眼泪吗？你还会开花的，对吗？你是通情的树木，你比现在的有些人还懂感情。

这个冬天，老家院里的桔树枯萎了，树身佝偻着，残风中连最后一片叶子都凋落了。老树真的有灵性吗？母亲病了，它也跟着无精打采。母亲走到了生命的终点，它也干枯了吗？

母亲1927年出生，今年86岁了。一到冬天，就是她最难熬的时候。

今年也不例外，她感冒了。随之而来的就是老慢支、哮喘等老毛病一并复发。先咳嗽后喘，什么东西也吃不下，喉结随着喘息一下一下地蠕动着，不搀扶寸步难行，人简直都不成样子了。连劝了多少次，要送她去医院，可上年纪的人，总怕上医院，她自以为能抗过去。老了就是老了，生病不看医生，只能越来越重。

11月29日，我回家，见老父亲站在院角落的老桔树边，默默地抽着烟，看见我就说："这树怎么会通情的？你妈病了，这树也病了。"我安慰说："你别瞎想了，哪有草木还通情的事？"便搀着父亲一道劝母亲。还好，她最后还是听了我的话，同意去医院。从床上起来，背到背上，她已受不住

040

了，胸口喘不过气来，我只好抱着她，这还是我生平第一次这样抱母亲，感觉只有责任，心想一定要把母亲的病瞧好。一直抱上车，看着瘦骨嶙峋的母亲，心酸不已。母亲衣服穿得多，都是厚厚的棉衣，抱了一小节路，就感到越来越重。母亲不愿到市里医院，说又抽血又拍片，烦人。她只愿意到区属医院，因为她听说我与院长熟悉，可以省掉那些烦人的环节。可到了区卫生院，母亲心跳过速，每分钟高达185次，已无法躺下做CT，我立即决定送她去市二院，她说要回家，说死也要死在家里，原来母亲一直担心的是这个，我安慰她说，不会的，你会活到一百岁，这次到市二院，不用做那些检查了，我已找人联系好了，直接住院。母亲这才不做声了。车子一路颠簸，母亲处于半昏迷状态，我一直搂着她，搓她的手，给她安慰。到了二院，来不及找推车，我就一路抱着母亲，坐电梯的人特多，几乎每层都停，急得我额头直冒汗。好不容易到了19楼，心内科，我一路跑到护士站，护士见状，马上引我到7病床，直到把母亲放到床上，我才舒了一口气，这时才感到两手的麻木。我相信，有医生，母亲一定会逢凶化吉的。

11月30日早上，我陪着母亲，见她老是咳嗽，而且很用力地咳。我很担心，这不是好事情。嘴里不断地咳出血，每次咳出血，母亲都吐在杯子里，把杯里垫的卫生纸都染红了。每次吐时，母亲都要对杯里望望，她的眼神告诉我，她很沮丧，对自己已不抱指望了。我每次都及时把杯里纸换掉，告诉她，是牙齿出血，她说不是，我说是你用力咳的，把喉咙咳破了。她不做声了，但母亲大脑很清醒，她知道自己是什么情况。母亲虽然86岁，但她一点不显老态，记性特好，每次我送多少生活费，她的账上还有多少钱，她都一清二楚。我知道母亲很在意咳血，只是嘴上不说。我悄悄去找医生，护士来打了止血针，似乎仍止不住出血。医生只有加大药剂量，可老年人，心脏不好，药用多了，增加心脏负担。真矛盾啊。

护士来抽血，母亲瘦得皮包骨头，连戳几针不见血，母亲没有多少血了，她也最怕抽血，护士还是抽了几管子血。针眼周围有一大处皮肤出现淤青，找医生，医生说，母亲血象高，凝血功能遭破坏，以后抽血打针要按半个小时以上。母亲见状，叹息道，这血到哪补去。老人最看重自己身上的血了，就是咳出的血，没有一次她不瞧瞧，虽然很艰难，她都要睁眼望望，然后唉声叹气。我想，她是看血来判断自己的病情。

在母亲日益沉重的病情中，已是12月1日了，天气也越来越冷了。好在二院住院部大楼条件很好，母亲的病床正靠南窗，白天有阳光温暖地照着，睡在床上还晒着太阳。24小时热水供应，24小时空调开着。母亲一辈子劳累惯了，在农村自然天气下，已适应了。在空调房间待了2天，就受不了了。嘴唇干裂，嘴里还起了个大水泡。我不停地喂水，护士过来说，水喝多了增加心脏负担。可母亲不住地用手指嘴唇。我找护士要来棉签，蘸水，然后在她嘴唇上润湿。一包棉签6根，很快用完了，又去找护士要。现在的小护士很好，只要我要，她都及时地给我。用白开水无法解决问题，我又去买来生理盐水，这样既润唇，又消毒。我还把窗帘放下来，挡住外面阳光的直射，同时，把窗子拉开了一条缝，让外面新鲜空气能进来。

希望阳光能带来奇迹，就像桔树，有年天气奇寒，我们都以为桔树冻死了，风雪中，母亲用破棉絮一层层包裹，才救了它的命。来年春天，果然又焕发了生机，还吐出了一朵朵的小花蕾，从绿色的新叶中探出头来冲着母亲微笑。真希望母亲能像桔树，能挺过此关。

到12月2日，母亲的病时好时坏，尤其令人担心的是她的心跳，还在不断加速。正常成人的心跳每分钟60~100次，如果超过100次，就是心跳过快，医学上叫做心动过速。母亲的心跳有时达160以上，属于心动高速了，心电监测仪不断发出警报声，每响一次，我的心都提到嗓子眼里了，似乎我的心跳也跟着加速了。后来，报警声一响，我就及时地摁掉，以免吵了同病房的人，也怕影响母亲情绪。跟医生反映，医生来了，看着监控仪的屏幕，说心跳高低起伏太大，从60到160多。医生说，很麻烦，很严重。医生又开了一点药，母亲服下后，感觉似乎好些了，但机器显示的数字一点没下来。86岁的老人，怎么承受得了？就是年轻人，心跳得这么快也受不起啊。常听说，长跑心跳过速猝死的，我真的担忧，母亲的这颗心脏能挺住吗？

我清楚地记得，12月3日，母亲叫疼的声音，真是惨啊！母亲哼声不止，从夜半到天发亮，就这么哼着，额头上都冒出了冷汗。我除了着急，一无所能，我无法代替她的痛，无法让医生解除她的痛。母亲，只能靠你自己，我的心有种流血的痛。

记得小时候，我们的手啊，或者脚啊，哪个地方有点痛，就叫个不停，母亲过来，摘一片桔叶，在痛处拂两下，再吹吹，说声好了好了，不到一刻工夫，果然就好了。我说："哎！桔树叶子怎这么神奇呢？"母亲笑我痴呆。现在想想，哪是叫痛，更多的是撒娇，是想引起母亲的关注。母亲呢，给我们的也是心理暗示而已。后来，我到外地读书工作，一想起母亲，就想起她给我们止痛的法宝，想起她挽我手站在桔树面前惊叹不已的情景。可现在，母亲痛得实在狠了，都忍不住哼叫了，而我却无能为力。

老人，真的很脆弱，说过去就可能过去了。我站在母亲床前，瞧着她痛苦的表情，闭着的眼睛，微张的嘴唇，眼泪住不住地下来了。我一定要挺住。于是我勉强安慰道："过一会就好了。"听了我的话，母亲微微睁开眼，要了一口水，艰难地喝了半口，忍住不哼了。我知道，她是想尽量减少我的担心。母亲真的很顽强！

记得12月4日，母亲难受得不能吃东西。油腻的闻了就反胃，干饭难以下咽，只有喝稀粥。买来稀稀的粥，用小勺喂她，她不张嘴，我还以为她不高兴呢，她示意我把床摇起来，然后自己坐起来，伸手要端碗，那意思就是自己吃。我小心地递过碗，做着随手接住的动作。母亲手握着小勺，可勺子不听使唤，送了几下没送到嘴里，还把粥弄泼了。母亲很倔强，又试了几次，还把小勺滑落掉了，几次努力，几次失败，母亲终于放弃了，她接受了我给她喂食了，我边喂边从她低垂的眼睑看得出，她很凄然，很丧气。

光喝稀粥不行，我就买来母亲最爱吃的馄饨，为便于下咽，先捣碎，再少倒出一小部分盛进纸杯里，然后用勺子一下一下地送进母亲的口中，直到她说不吃了为止。吃完，又用温水把母亲的手脸细细地擦了一遍。母亲坐着喘息一会，示意我把床摇下去，再扶她躺下。这之后，母亲很听我的话了，也无奈地任我服侍了。

人到了这种地步，只得放下倔强的性情，放下高贵的尊严，只得低头。谁最后都得向病魔低头，向命运低头。

人是一支脆弱的芦苇，到了秋风瑟瑟时，到了生命枝枝叶叶凋零时，除了低头沉默，再也没有反抗的尊严了。

12月5日早上，我发现母亲的手肿了，一看就是水肿的那种。再看脚，也是如此。母亲是柴骨人，从没胖过。跑去问医生，说是吊水的原因。吊水就肿吗？医生进一步解释说，因为年纪大，吸收功能差，再就是整天卧在床上，水就往低处流，并积存在那儿，这就形成了水肿。我问医生有什么法子，医生开了消肿的药。

可能因为水肿，母亲更难受了。鼻子吸着氧，腿上打着吊针。卧也不是，坐也不是。躺一会儿憋得难受就示意我把她扶起来，坐一阵子就又想躺下，嘴里还不住地哼哼，来回折腾。每次都把吸氧的头罩弄掉，只好重新给她带好。药吃了，水肿并未消除，反而把痰引上来了。一口痰上来就急不可耐地要吐，来不及拿吐痰的杯子，就直接用手拿卫生纸接住。半夜时分，脸忽然憋得发紫，吓得我出了一身汗，赶紧摁响信号铃，医生护士都来了，注射了一针，这才缓过劲来，脸色逐渐变过来了，下半夜才渐渐安静一些。

晚上，我在二院的香樟林下，想着关于树木灵性的问题。老家的桔树枯了，难道它真的显示了母亲生命之火正在熄灭吗？这个冬天是母亲的最后时光吗？我的心一揪，不敢再往下想了。

12月6日晚上，我去看护母亲。她手脚依然水肿，一按还有凹陷，像个小包子。母亲是瘦骨人，手是竹节手，怎么老是这么肿呢？怕是不好征兆。我又去找医生，医生开了利尿的药水，说是通过小便能把水排掉。

一针打过，真见效。跟在后面小便不断，一晚上小便了一二十次。人说久病成医，久看也能成医。家属讲什么，医生就开什么药，似乎一点主见没有。有时还问家属，你母亲病就这样，你看怎么办？我要是知道怎么办，还上医院还要医生干什么！现在的医生都怎么了，仿佛家属是医生的医生。

晚上小便一来，母亲就摇摇床栏杆，我立即起来接尿。服侍长了，有时候母亲的一个眼神，一个手势，我就知道她想干什么，这就是母子连心吧！有人说，人病了，就没有了尊严。可我母亲在垂危的时候，竭力保持着尊严。我把尿盆伸进母亲的身体下面，她不让我接，自己慢慢挪着身子，坐到尿盆上，解完后，她把盆递给我，我把盆倒掉洗干净。母亲似乎很有愧色，总觉得这些事不该让儿子做，所以她即使不能起床方便，也努力支撑着，自己用尿盆，不用我接，最多让我倒尿盆洗洗。她觉得这已是很为难儿子了。想想，小时候，您为儿女把过多少次尿，洗过多少次尿裤，晒过多少次尿被，做儿子的，为母亲做这点事很应该，很平常啊！老人的心思，做子女的不用心很难体会到。

母亲很看重自己的形象。她的头发有些长，几乎都是银白色的，一痛，头就摆动，白发极易乱。一乱，就显得憔悴不堪，跟护工大姐讲过几次，一乱了就要梳梳。

在我的记忆里，只留着母亲劳碌的身影，留着母亲第一次带我报名上学的身影，留着母亲晚年拄拐杖的身影，至于母亲的头发，真的没有什么印象了。她中年时，黑发有多长，梳什么发髻，白发又是什么时候长出来的，我一点没有关注。以往每次回老家，都是匆匆而去又匆匆而走，送点吃的送些钱，母亲和我说话，我总是以忙而中止，然后说着保重身体，过好生活之类老掉牙的话。我不知道，我每次离开时，母亲是否倚门而立，痴痴呆望？晚风而起，母亲在村口白发是否被风吹乱？

直到今天，我才注视母亲的白发。母亲真的很顾及自己的形象。只要病痛缓解一点，她就自己用手往后整理头发，然后用皮筋在后面扎起来，病的这么重，一点也不让人觉得邋遢。

12月7日晚，妻子看到母亲的头发又有些乱，就拿来梳子帮母亲梳头，边梳边说，这白发像银丝一样，很柔顺，还有质感，不知我们80多岁的时候，还有没有这么漂亮的头发。她还安慰母亲说，等出院了，找个理发师理一理，剪短些，这样，人更精神。

谁知道呢，母亲能不能平安地出院？这次。

母亲住院已是12月8日了。吊水、吸氧、打营养液、吃药、心电监测，能用的都用了。有一种药，医生说是养心护心的，一分钟只能滴几粒，而且是24小时不间断吊。母亲吊了这种药，很烦躁。也的确是烦，特别是晚上睡觉时，一不小心，针管就出来了，出来了就要重扎。母亲说,可不可以不吊呢？我没有吱声。吊，总归要吊的。母亲被病被药折腾得更衰弱了。

早上，她一睁眼就跟我讲，昨晚有人掐她颈子。老年人神情恍惚，疑心病很重。我安慰说，那是吸氧的管子在颈子下的缘故，我帮她把吸氧管松了松。她又说，有人压在她身上，让她透不过来气。我说，那是你的棉袄盖上面的原因。看来，母亲心理负担确实很重。老人临走时，总出现幻觉，常说有东西压着，看来这不是好的征兆。而且母亲跟我说，真不行了，能送回家就送回去，来不及就直接拉去火葬场。说得我心里一酸，只有用手去摸摸她的头，给她以安慰。我的泪噙在眼眶里，不忍看她，只是握着她瘦弱的手，叫她不要担心，病会慢慢好的。我感到自己的话多么苍白无力，自己说的与表情多么的矛盾。

我把母亲的状况跟医生报告了，医生说想吃什么就给她吃，有时间多陪陪。我无语而噎，这话的言外之意我还是能懂的。

母亲很精明，她知道自己是什么状态，似乎不是人力能挽救了的，她无言地垂丧在病床上，她似乎预感了这次寿命的终结。

隔壁病床的一个阿姨，子女多，来看望的人不断，几个儿女轮流送饭看护，今天是儿子，明天换女儿，后天来媳妇，儿女不累着，工作也不耽误，天天还有新面孔的感觉。

母亲也渴望被子孙簇拥的感觉，她嘴上虽没说什么，但从她眼神我看出了她的羡慕，虽然三个儿子一个女儿，三个孙子一个孙女，一个外孙两个外孙女，但都不在跟前，就我离得近，看望得多。

今年4月份住院的时候，就我一人服侍，我不想告诉其他人，能不麻烦他们尽量不麻烦，母亲也没想要其他人来的意思。可这次我感觉不一样，母亲时清醒时糊涂，而且很想见她的儿女，有时想女儿来的心情特别急切。听同病房的人说，有天晚上念叨女儿到哪了，人家只好说，到明天才会来。可直到母亲危急离开医院，她牵念的小女儿也没见上一面。这是她今生无法弥补的遗憾了。

12月11日，这是母亲住院的第十三天。我回老家看看老父亲情况，他依然吸着烟，默默看着老桔树。我在老桔树前伫立了一会，抚摸着它枯死的枝干，心头拂过一丝凄冷的哀伤，老桔树再也没有复苏的迹象了。

9点钟，医院打来电话，要我赶紧到医院，母亲在抢救。一种不祥的预感袭来。我匆匆打的车到医院，抢救已经结束，母亲闭着眼躺在床上，明显有气无力的样子。与大姐商议，并咨询了医生，立马办好出院手续，紧急叫了救护车。同病房的人朝母亲挥手。母亲似乎已失去知觉了。"同是天涯沦落人"，虽然相处只有十几天，却有了感情，有些依依不舍的味道。

车子一路朝杨村老家赶。我知道这一走母亲再也不能回来了。人生，有许多东西，有许多路，经过了，可能就再也回不去了。在车上，母亲只说了声难受，就再也没哼声了，她的痛已经让她麻木了。还没出市区，她手动了动想撑起来，估计是闷得慌，可她哪里还有力气。大姐侧过身，把母亲靠在自己身上，就这样一直靠到下车。我握着母亲的手，一股哀思涌上来。人的最后时光是怎样的，我从没见过。这时，我盼望早点到家，希望车子再快点，母亲不能在半路上出问题，心里默念着，终于到家了，把母亲抬下车，我把她抱上床，就像13天前我把她抱到医院一样。

记得今年4月份，我把母亲送去二院住院，7天后回家，她自己走下车的，当时89岁的老父亲看了很高兴，可这次老父亲再也高兴不起来了。母亲再也不能自己走动了，她闭着眼，整个人都垮了。就像油灯，已经耗尽了。生命的终结就如油干灯灭。

母亲被安放在自己床上，只能坐着不能躺。过了一会儿，开始要喝的，又一会儿开始要吃的。喂的时候，她的眼睛依然微闭着。然后就这样坐着，一直无言，到晚上11点50分的样子，母亲静静地走了，眼睛闭得很紧，面部很安详。我知道她很安心了，她是在自己家里走的，虽然在医院13天，我没有让她魂落异乡。

人的一生真很短促，在自己的哭声中开始，在亲人的哭声中结束，中间马不停蹄，一路奔波劳碌，等歇下来，生命也就到此为止了。所以，我们要好好珍惜在世的光阴，岁月静好，善待一切，现世安稳。

我们的生命都是母亲赐予的，母亲是儿女的生命之源。我们应该心存感激，无论母亲高贵或是贫穷，无论母亲健在或是已逝，要在心底为这生命之源燃心香一炷，默默祈祷。

清晨的露水，从桔树枝上滴下来，一滴滴的。老桔树啊，老桔树，那是你的眼泪吗？你还会开花的，对吗？你是通情的树木，你比现在的有些人还懂感情。

2012. 12. 17

春草明年绿

如果人生还有那么一天，偶然与你邂逅，在碧绿的山中，坐听流水，仰望白云，然后像王维一样深情地询问："春草明年绿，王孙归不归？"

"山中相送罢，日暮掩柴扉。春草明年绿，王孙归不归？"

唐诗里的这片春草，让我充满期待，期待春草年年相遇，四季都绿。否则，心在漂泊，不知道自己要往哪里走。

最近，在看一本书，名叫《身心品唐诗》，让我知道何处是梦里故乡。这是一个叫白坤峰的老师写的。这个山东的文人，后来到南方苏州来了，他每读的一首唐诗，都情不自禁，把自己经历融进其中，把对当前的社会现象的观察融进其中，把对生活中的现实的剖析融进其中。89首唐诗，触及了他的思乡之痛，引发了他的身世之感，牵动了他的愤世嫉俗。

用自己的感同身受来读唐诗，是别一样的欣赏，别一样的感慨。我读出的是亲切的意境，是亲身经历的烙印，是眼眶湿润的模糊。看似随意，不着痕迹，娓娓道来，读着读着，你会恍然大悟，原来唐诗跟我们就是这么贴近，唐诗就这么随时随刻地发生在我们的身边。

在白老师的唐诗天地里，时而跟李白神游天姆，做着五彩的梦；时而随杜甫在江上飘摇，恰似天地一只孤独的沙鸥；时而到竹林，静听王维如清泉石上流动的绝妙琴声；时而在李商隐翩翩翻飞的蝴蝶影里，恍恍惚惚地听着残荷嘀嗒的雨声。

就这么每晚赏读着，在旧时月色里读着，在异乡风景里读着，在笛声悲叹里读着，在眺望远方的眼眸里读着，在此生何等的苦闷里读着。正如白老师所说："也许有一天，你也会踩上某首诗的尾巴，某首诗也会踩中你的脚印，也许有一天，你也会遇上某首诗，某首诗也会突然向你走来……"

是的，唐诗一直在你我的记忆里，血液里，乃至生命里。

人的一生就那么几十年，感觉一直很匆忙，心也一直很飘荡，尤其到了中年，心境依然很难单纯，但经过岁月的洗涤，存留心底里，让我真正牵挂的人可能所剩无几，但吹尽黄沙始见金，就那么几个能彼此信任、能互诉心曲、纯正善良的知音，才会让人离别前伤感离别后思念，才会让人真诚地询问一句："春草明年绿，王孙归不归？"如果人生还有那么一天，偶然与你邂逅，在碧绿的山中，坐听流水，仰望白云，然后像王维一样深情地询问："春草明年绿，王孙归不归？"

你有过这样的询问吗？在暖阳的春天，在荷绿的暑天，在凉爽的秋天，在雪飞的冬天，不断深情地询问："春草今年绿，朋友何时归？""夏荷今年红，朋友归不归？""秋风今又起，朋友归不归？""雪花今又舞，朋友归不归？""今夜月又圆，朋友归不归？""今晨花已鲜，问君归不归？"有多少思念，就有多少真情的诗句。

很想有一天，慢慢斟上一壶茶，听你再谈唐诗，再谈自己如何像一片柳絮，顺着命运的风，从鲁西南飘过徐州飘过宿州飘过淮河飘过扬州飘过长江，飘到了江南，又在江南的杏花春雨里梦着北方故乡的春天。

夜深了，雪飘了，心静了，想起白居易的《问刘十九》，那温暖而诱人的询问，令人回味，难以抗拒，未到先醉。

真想在这样的夜晚，有唐诗相伴，有你这样的诗友相期，在心灵飘风飘雨飘雪的日子里，白老师，是否可以问你一句："能饮一杯无?"

记得李清照词云："常记溪亭日暮，沉醉不知归路。"那是陶醉于景致的优美，读白老师的《身心品唐诗》，我也常常有沉醉不归之感，夜晚更有沉醉不眠之感，那是流连于白老师灵动的文字里了。

这样读唐诗，不仅仅是在鉴赏唐诗，而是在重新经历唐诗！

不是也许有一天，而是真的这一天，我遇上了这首唐诗。

从此花开花飞，春草常绿。

2013. 1. 5

仿佛身在画里

许是日日对着这些娇美的脸孔，如切如磋，如琢如磨，竟在伏于画上小睡时得一奇梦。梦里，她们又从画上走下来，素手相率，引我入千年迷境中。

如果你沉醉于画中，时间一长，仿佛自己也在画里，与那些人物相呼相吸。

最近欣赏中国古代仕女图，让我实现了一次穿越。

轻轻掀开周昉《簪花仕女图》，我一下就看到了好似蒙娜丽莎的神秘微笑。我恍若隔雾看花，氤氲里见了那些丰润的女子，袅袅亭亭地站着。看得见她们哀怨的表情，听得见她们低低的絮语，亦嗅得到她们身上淡淡的香气。

手持团扇的侍女，低眉顺眼，她走过来拍拍我的肩说："我们出去走走。"于是我跟在她身后，小步缓慢地挪着。

这是一个庭院，盛春的阳光暖暖的，仕女们正在游园赏花。她们都是高髻簪花，蛾眉杏眼，步步春色，款款闲情。发髻间，有插粉荷的，有戴海棠的，有别牡丹的，有簪素淡芍药的，有手拈一朵红花凝神观赏的，还有手里轻轻捏着一只蝴蝶的，个个风姿绰约。我跟着一位仕女在辛夷花前停步，她玉指折枝，摘下一朵最娇嫩的戴进发间，然后转身问我好不好看。我微笑着点点头，她亦笑了。我又跟着另一位，她走起路来婀娜多姿，头上的花瓣随着轻缓的步子微微摇动，只觉得赏心悦目。还有一位，正用玉指轻轻提起肩上柔滑的丝衫，似乎不胜春阳的奥热。极轻的薄纱罩着一位仕女的身子，干净，透明，随着她的移动丝丝闪光。我正看得入神，没料到一只狗儿从我脚边跑过，继而回头朝我一通猛叫，把我吓醒，原来我在画里啊！

周昉，这个神魔画师，用了怎样的移情手法，让人产生幻觉，跟着他的墨迹游走在绢上栩栩如生的美人间？是怎样的生活让她们拥有这样珠圆玉润的体型？是怎样的朱砂花青填涂她们罗裙上的繁花似锦？是怎样的技艺让她们穿上这般锦衣华缎？又是怎样的金粉石色缀成她们发间金钗银钏？她们又是以怎样的心情将这些饰品插入发间？

这些簪花女子，总是娴静地站立着，从唐朝一直站立到今天，身边依然是瑞鹤子子蝴蝶翩翩。连岁月的风，也生怕吹皱了她们薄如蝉翼的披帛襦裙。她们，健康丰腴，仪态万方，移步回眸之间仿佛有满怀心事，却只是散怀于廊下庭前，任时光如水漫漶。

回神画面之上，我屏息凝神，拿笔来勾下一笔衣纱。线条转过一个弧度，那长长的衣袖拖坠到地上。薄纱轻轻罩在圆润的肩头，披帛轻挂在腕间。高高的裙腰自腋下而出，包裹起丰满的胸部。这些仕女，在画面上慵懒着，在时间里闲逸着，雅静得如同一个春梦。

许是日日对着这些娇美的脸孔，如切如磋，如琢如磨，竟在伏于画上小睡时得一奇梦。梦里，她们又从画上走下来，素手相牵，引我入千年迷境中。

2013. 2. 16

春雪

　　春雪，像一首小令，宋人的，或是容若的。短短的，却很精粹。

　　天近黄昏，夜色渐渐朦胧，小区一片安静。

　　拉开米色的窗帘，一片惊喜扑面而来：下雪了！天空竟然纷纷扬扬飘起了雪花。一开始，慢慢的。后来越下越大，一片接着一片，醉酒似的。雪花真的很漂亮，也很诗意，像文人忘情地狂草，像画家潇洒地泼墨。不久，就把西边的桂树包裹，把北边的竹林包裹，把对面的大楼包裹。一眨眼，树不见了，竹不见了，楼也不见了，只有白茫茫的一片。

　　春雪，最能让人沉静。我闭上眼，聆听雪落，似乎听见了雪的声音，雪在窗外轻声歌唱，如琴音，清新婉约；似泉流，沁入心田。

　　我伸出手去，雪花飞入手心，很快被手心的温度融化掉，成了一粒水珠。看着那滴水，我忽然明白了，雪花是矜贵冰冷的，像容若词中所咏"冷处偏佳，别有根芽，不是人间富贵花。"是的，雪告诉我，不要沾染尘世的一丝俗念和一点纠缠，如果承受了，就化为水来偿还告别。

　　我又将头伸出窗外，仰头伸出舌尖，轻轻舔了一舔飘落在唇边上的雪花，那些精灵瞬时就融化在我的唇齿之间，娇柔中和我做了一番缠绵。在与春雪的肌肤之亲中获得的那种感觉，真是异样的美妙！记起一位情感学家的话，人类情感最大释放的方式还有什么能比得上亲吻？我与雪做一次亲吻，它还在我的嘴唇上留下了湿润的唇印。

回坐到沙发上，默想刚才的缠绵，脑子里交织着春雪的细腻，春雪的柔情，春雪的妩媚，春雪的回忆，不论是细腻还是柔情，也不论是妩媚还是回忆，都是那说不完道不尽的对春雪的遐思……

我忽然来了兴致，想来一次踏雪寻梅，到雪里嗅出唐诗的香气来，嗅出沐浴春风的味道来。这令我想起《红楼梦》中贾宝玉折梅的描写，蔡义江先生在《百家讲坛》讲《红楼梦》的时候，专门对这段描写进行过详细分析，其间的情感很让人心领神会。梅与情组合，乃是触动爱花者心弦的原因吧？南宋词人黄升《南乡子》词中写道："应是夜凝寒，恼得梅花睡不成。我念梅花花念我，关情。"这里，作者是真的和雪里梅花心心相契了，物我相念，惟其"关情"。

此时，走在这清冷洁净的雪地里，悄然聆听春雪落地的声音，思绪也随着那雪花在空中飘舞。仰起头来，雪飘在脸上，落在睫毛上，差点把我变成白眉老者。幸好雪在眉上很快凝成了水珠，自眉睫垂下，宛如泪滴，顺脸颊流淌。

我轻闭双眸，轻吟宋人蒋捷词句"今夜雪，有梅花，似我愁"。三嗅疏枝冷蕊，相对两无言。

雪是一片天地，梦是一片天地。在天地一色中，我久久不忍离去。回首留下的一串脚印，浅浅深深，如相偎相依的情侣，在脉脉细诉相思相伴的甜蜜。一个人静静地走，脚步没有声音。我整个心沉浸在对雪花的喜欢中了，喜欢雪花亲吻我的脸，触摸我的唇，喜欢看雪花在坠落过程中被我怜惜的手指轻轻接住轻轻呵护，那种诗意的相逢总会令人回味无穷。

想想明天，春暖花开，你化而为泪，流淌而去。我见犹怜。我的泪对着你的泪，做伤心的告别。你那样的匆匆，我怎么留得住呢。我想伸手掬一把，用那泪晶莹我的眼睛，婉约我的性情，洗去我心灵的暗影，向你表达我对春天的诺言。

雪，越下越大，越来越稠密。也许人生就像飘散的雪花，谁知道下刻会飘到哪里？谁知道它的起点和终点？雪的飘落，没有轨迹，匆匆去来。雪的飘落，不瞻前顾后，一路洁白，像天鹅，煽动漂亮的翅膀追寻自己的梦园。

雪，不会老。今夜，雪又活在春天！

"塞上咏雪花，非关癖爱轻模样，冷处偏佳。别有根芽，不是人间富贵花。 谢娘别后谁能惜，漂泊天涯。寒月悲笳，万里西风瀚海沙。"

每次读纳兰容若咏雪的《采桑子》，我都会觉得容若正在奔往塞外的路上，一路雪花，一肩寒霜，眼眸冰雪般纯澈明亮。

春雪，像一首小令，宋人的，或是容若的。短短的，却很精粹。

一朵花，红的花瓣，衬着一片绿叶，伴有一丛小草；花叶上有雪，草叶上也有雪，雪在闪光。是春天的滋润？是温馨的寄赠？还是难以忘却的梦幻？我幻觉到了灵魂羽化的样子。

雪花片片，飞旋起落。

此刻，谁念西风独自凉？

2013. 2. 18

如此的美丽和神奇

那些水墨的线描，如春蚕吐丝，一卷卷的缠绵在雪景里，群山绵延，枯树寒林，村庄房舍，落雁平滩，俱沉浸在茫茫雪意之中，绵厚，还有点暧昧的微温。

喜欢落雪的时光，盈一怀心语，倚在窗前，那倏然入怀的温润，便会于悄然间呢喃。

雪是这片草地素笺上书写的浪漫小诗，轻如薄纱，美如玉蝶。雪是梅梢头挂出的一幅写意的山水画，洋洋洒洒，飘过山川，飘过河流，飘落到梦里，梦变得纤尘不染。

是谁在雪中用灵魂相依相暖，走过孤单寒凉？是谁带着岁月的沉香在诉说着时光静好，与君语？

是你，王维。是你的《雪溪图》，是你的《江干雪霁图》，是你的《长江积雪图》，让我一个凝眸便觉是永远，这种缘是一眼抵得过人间万千的暖。就有如梅雪恋，雪在这个冬季如约而来，就是为了梅的心有灵犀。

你的雪景画如同你的诗句一般，恬淡静穆，观之身世两忘，万念俱寂。江流天地之外，山色在若有若无之中，景色有限，遐想无尽。

我想象你，在飘雪的日子里，一定喜欢站在雪中看那有如薄纱的雪花掠过眼眸，然后闭上眼睛静静地听那来自天籁的声音，那簌簌的落雪的声音一定是你纯纯的心语，那风吹过的暗香盈盈一定是你缠绵的情愫。

你放下高官，放下尘世的繁华与喧嚣，隐居辋川，独对山林，弹自己心灵的琴，作自己眼里的画。在这洁白的世界里，与雪素心相对，心似开出一朵莲花，你感到了红尘浮华不过是过眼烟云。但繁华落尽，你心中仍有花开的声音。听雪禅心，你听到了幸福的声音。

透过纸窗，你看到了雪山一隅，雪路横斜。那路边有小桥、篱舍、村店、屋宇。虽树木凋零，人烟稀少，但那溪岸的四五间茅屋，添加了人气，溪中一叶篷船，有船夫撑篙而行，静中有动。于是你一挥而就，一幅表现乡村雪景的《雪溪图》诞生了。江村寒树，野水孤舟，都掩映于茫茫雪色之中，寂静而空旷。从你的雪里，我读出了无限浅浅的低叹，心底无怨的沉静。

你的名画《江干雪霁图》至今被日本收藏，真迹无缘得见，但不妨碍我的欣赏。虽是在网上搜到的，但那气韵生动的美感，悠闲清雅的画面，让我读出了你寄予的诗意情怀。看那山峦平远，舟行江上，成群的鸟儿在江面上自由地飞翔，江岸和山坡上树木生长，山脚树丛处的房舍，就感觉一派静穆清朗的秀色。寒空深邃，远山黛涵。那绵绵的雪绒，那闪烁的雪光啊，恰似你跃动的诗情。

微风吹落露珠，松风冷了幽兰，弥漫的旷谷只留下那些美丽的雪花，那些美丽的雪就是你珍贵的收藏，就是你宁静的气息！

看你画中的雪景，感觉雪景比春景还要温暖。《长江积雪图》里的雪铺天盖地，白纸上就是一天一地的雪，那树，那山，那石，那河，破雪而出。那些水墨的线描，如春蚕吐丝，一卷卷地缠绵在雪景里，群山绵延，枯树寒林，村庄房舍，落雁平滩，俱沉浸在茫茫雪意之中，绵厚，还有点暧昧的微温。

　　有人说，21世纪精神病患者当道，这样的症状已在躁动中抬头，王维是我们温良的药。沉静在田园意趣里，邀约趣味相投、格高气清的朋友来谈书论画。要是有一间屋，"隔窗风惊竹，开门雪满山"则更佳。冬天雪来，生上一炉红红的火，泡一壶茶，静坐炉前，读书累了，垂睫睡去。如果有朋友来，狗叫三两声，不醒，他们自己进屋。偶尔观王维先生作画，远远地、无语地、敛容地。

　　窗外，瑞雪倾，一如寻梦的蝴蝶，漫天飞舞着。此刻再回望王维那一幅幅雪景图，然后，轻轻告诉你：如此的美丽和神奇。

2013. 2. 19

野菜香

"蒌蒿满地芦芽短"是苏东坡的诗句。

河滩上满是蒌蒿,芦芽刚刚破土,河豚
是看不到的,可是馋嘴的苏轼还在想:河豚该
上来了吧,用蒌蒿和芦芽一炖,比东坡肉鲜多了。

几番风雨,冬意渐淡,田野陇上、荒地畦间,一夜间神奇地染上了新绿,弥漫起清新的野菜香。特别是贫瘠的土地上长出的野菜,茫茫漫漫,新鲜灼亮。碎米荠、蕹根、蕨菜、薇菜、黄花菜,有名字的,没名字的,形象总那么鲜活逼真。

想起小时候,在故乡田野采野菜情景。野菜有的点缀河沿,有的散落草丛,有的栖身菜间,像眼睛,像星星。小时眼睛尖,远远就能发现她的隐踪,嗅到她的清香。

周作人写过《故乡的野菜》:"妇女小儿各拿一把剪刀,一只'苗篮',蹲在地上搜寻,是一种有趣味的游戏的工作。"文字清淡用情却深,爱野味之意,都藏在江南野菜的清香里了。

春天,正是荠菜飘香的时候。一场春雨过后,麦田里荠菜丰盈清润,鲜嫩碧绿,尤其惹人喜爱。

追溯荠菜历史,可算古老珍稀版了。《诗经》写道:"谁谓荼苦,其甘如

荠。"《尔雅》记载："荠味甘，人取其叫做殖"。其实荠菜不仅"甘"，它最突出的特点是"鲜美"。苏东坡是美食家，喜欢吃荠菜，亲自采挖，亲自烹制，还写信勾引友人的味觉："君若知此味，则陆海八珍皆可鄙厌也！"呵呵，好像不假，其味确鲜。小时候妈妈就用荠菜煮粥煮豆腐，偶尔与肉混搭作卷馅，吃起来津津有味，那鲜美诚如郑板桥所云："三春荠菜饶有味，九熟樱桃最有名。清兴不辜诸酒伴，令人忘却异乡情。"

当荠菜已举起几粒白花，说明它已经老了，怎么烧也咬不动的。

野蒜也是我常挖的菜。细细的，绿绿的，外形像葱似韭，性味辛苦，有点辣气。每年清明前后，是采集野小蒜的黄金季节。春天的野小蒜格外鲜嫩清香，所以就有"三月小蒜，香死老汉"的民谚，春风一吹，满地都是。记忆中野小蒜是极好的调味品。煨汤时，母亲在锅里放少许，香半个村子。采得多了，可以掺在面里摊饼，吃不了的，就挂在屋檐下慢慢晾干，做香头用。

最吸引我眼球的是蕨菜。春末天暖，蕨菜也应运而生，它的茎直立，头蜷曲，刚入夏，雨水一濯，叶子就噗噗的长，长长的蕨叶，形如凤尾，生姿娇美。摘的时候，一定要轻轻的，否则容易折断，折断了就不新鲜了。有时真羡慕山区人，多的吃不了，就用盐把蕨菜保存起来，一年四季都有口福。吃时，把盐蕨菜放清水里一泡，个把小时后，蕨菜泡的就很饱满了，再将蕨菜对半撕开，切成段，等锅烧热，倒进香油，这时，把水灵灵的蕨菜往锅里一倒，快速翻炒，再切以干辣椒相拌，最后佐以切碎的葱段，怎么样，听了就垂涎欲滴了吧。

身在江南的村野，就是口福好。

"蒌蒿满地芦芽短"是苏东坡的诗句。河滩上满是蒌蒿，芦芽刚刚破土，河豚是看不到的，可是馋嘴的苏轼还在想：河豚该上来了吧，用蒌蒿和芦芽一炖，比东坡肉鲜多了。

野菜里的诗意有时比菜还香。

西晋文学家张翰，是个才子，诗书俱佳。《世说新语》记载，张翰一日见秋风起，就想起了家乡的野菜，思之不得，竟然辞官回乡，从而给后人留下了"莼鲈之思"的美谈。这虽然是张翰躲避政坛险恶的托词，但莼菜也成了后人挥之不去的念想。明散文家袁中郎《上杂叙》有段专写莼菜的："枝如珊瑚而细，又如鹿角菜，其味脆滑柔，略似鱼髓、蟹脂而轻清远胜。"寥寥数语，把记忆中莼菜特有的清香弥散开来。我闭上眼睛，细细回味其中的感觉。

2013. 3. 3

青藤书屋

小巷幽静，返回的路上
回响着孤独的脚步声。明珠不会
出现在人多的地方，正如幽兰只盛开在深谷。

　　小时候，听人讲故事，就知道有个神童，他就是明朝的才子徐文长。中学的时候，才知道他又叫徐渭，是位旷世奇才，诗、文、书、画四绝。当教师后，更喜欢他的《墨葡萄图》。多年前，我曾在一所农村中学教语文，住的校舍很偏僻，夜深人静，常独吟他的题画诗："半生落魄已成翁，独立书斋啸晚风。笔底明珠无处卖，闲抛闲掷野藤中。"仿佛我也像他一般地痴情痴意了，这样就一点不觉得孤独了。

　　他的青藤书屋，是我仰慕的地方，虽是一个小小的园子，冷冷清清的。但因为是徐渭晚年度过的地方，有着君子之气，便不觉简陋了。简陋似也有了精神象征的意味。靠墙的那一棵青藤，看上去倔强而清高，仿佛徐渭的傲骨，滋养着青藤。石榴树、古井和水池，该茂盛的茂盛，该疏朴的疏朴，苍翠简淡都恰到好处，我仿佛能听到它们的轻诉，以及清泠的回声。不过这回声不知有几人能听到，更不知又有何人能听懂。

　　曾在一个春寒料峭的下午，我去绍兴寻觅青藤书屋。独自漫步，左转，右转，左转，终于转过一个幽静的巷口，在窄窄小巷里，寻得青藤先生的旧居，心里为之一动。我能见到先生手植的青藤了，想那藤上一定挂满了紫色的花朵，像他的墨葡萄图一样。等见到古藤，却是光秃秃的，顺着墙壁虬曲攀缘。守屋的老人说，夏季，这藤上就青叶繁茂了。

虽是天寒，新叶尚未萌发，看不到繁茂的生命力，但能感受到徐文长的梦，我也知足了。虽是巷仄，屋小，尺幅之内，转身也难，但能沉浸到他写意画里孕育的豪气，我也幸甚至哉了。

我从一扇腰门侧身进去，室内冥晦而寂寥，没有朱漆亮眼，没有红木堂皇，有的仅是蛇藤，女贞，疏竹，蕉丛，山石，曲径，天井，水池，自自然然。

站在徐先生肖像前，深深鞠上一躬。他虽自题："吾生而肥，弱冠而赢不胜衣，既立而复渐肥，乃至于若斯图之痴痴也。"满身骨气，铮铮作响，何肥之有？眉清目朗，潇洒自若，何痴之有？机智过人，诗文书画皆工，却一生落拓，穷困潦倒，死时惟一副铺着稻草的床板。若说痴，是高官厚禄者痴，是目中无珠者痴。

徐先生，你若地下有知，也许劝我不必唏嘘，更不必睚眦。这就是命运，是啊，是天才的命运，是人格的命运。假如他不经这样的运，又何来如此的幸呢？假如他不那么张扬个性，以他的才华，科举考试会一路畅通，凭他的机灵，仕途一路飘红不在话下。这样，不但有锦衣玉食、红袖添香的幸福生活，很可能还会有宝马香车、随王伴驾的美好未来。即使没有这些，只要他随和一些，隐忍一些，找关系，托门子，把他的作品以官文的形式推销，生活富足总是可以的吧。

我们常说，性格决定命运。假如徐渭是这样，那他也就没有那样的孤高，那样的自信，那样的卓尔不群了。要这样的艺术天才去迎合时尚、摧眉折腰，那徐渭也不称其徐渭了。

我想起泰戈尔的话："不是锤的打击，是水的载歌载舞，使鹅卵石臻于完美。"徐渭在命运之手的敲打下，落魄，困顿，贫病而死。又在命运之手的敲打下，特立独行，恣肆豪放，强心铁骨。假如没有这样的敲打，何来他水墨淋漓的绘画？何来他才横笔豪的书法？何来他悲声如诉的诗文？这敲击敲出了他艺术的精魂，敲出了他亘古的气魄。

这锤也敲打着我，把我从幻想的梦里敲醒，不要再对世俗长叹，不要再对命运悲悯。对照徐渭，我已幸运至极。工作安心，生活安逸，现世安稳，又何躁之有？但我有自己的精神领地吗，哪怕一小片？我有徐渭那种自称是明珠的自信吗，哪怕一小点？

站在书屋前，我久久地、久久地凝视着眼前的青藤。这株400多年的青藤啊！入夏，你会葱茏的，而且随着时间的推移，只会愈益葱茏，而且，不管今后世事如何变迁，会永远葱茏下去。

小巷幽静，返回的路上回响着孤独的脚步声。明珠不会出现在人多的地方，正如幽兰只盛开在深谷。

2013. 3. 9

穿行在田野春色里

想起郁达夫对北国秋天的那份情怀，便也有同感，家乡田野的春色，若留得住的话，我愿把寿命的三分之二折去，换得一个三分之一的零头。

家乡的田野，是最纯最真的自然。

三月的一个阴雨天，我穿着胶靴，打着雨伞，在家乡的田间地头穿行，在滩涂河埂上逡巡，一直走到圩心里，还意犹未尽。大埂上的草，厚厚的，像毛绒一样，踩上去软软的。空气里，没有一丝丝灰尘，像被过滤过似的，湿漉漉的地气弥漫着。活泼泼的小鸟，从这边菜地忽地飞到那边绿杨枝头了。麦苗，碧绿碧绿的，平展地铺在大地上。油菜花，一片耀眼的金黄，香气随着微风一阵阵袭来。

说实在的，我已经很久没有看到这美的春色了。在二月的时候，这里的大地还曾经下着大雪，我以为今年的春天一定会姗姗来迟，想不到浓郁的春色还是如约而来，而且比往年更美丽、更妖娆。千亩坝，一片广阔，草色青葱，绿得像晶莹的翡翠，平平地铺在地面上，美极纯极。草丛间或稠或疏地开着一丛丛不知名的绒花，如同斑斓的锦饰，五彩缤纷。我忘却了所有的烦恼，无忧无虑地沉醉，醉在风里，醉在弥漫的泥土里，醉在离尘世最近的春天里。

一树桃花，艳艳的，让人有飞翔的感觉。家乡的泥土丰厚，民俗淡泊，适宜栽种桃花，适宜栽种桃花的灿烂和朴实。我喜欢桃花，热烈、平静、温柔、灿烂，是那种泥土般的诗意，静静的缭绕在湿润的春光里。远看桃花类似樱花，说实在的话，我不喜欢樱花，虽然鲁迅先生说樱花远远望去，却也像绯红的轻云，但我就是不喜欢，我想，绝大部分中国人都不会喜欢，因为樱花打上了一个血腥民族太深的烙印，想到它，就记起太多的残暴和狂妄。看着家乡的桃花，心头的一股血气渐渐化作平静的云烟，江南纯净如画的云烟。

家乡有条长年不干的小河，缓缓而淌。河里有水草，有鱼虾，有夏日游水冬日溜冰的童年时光。也许是小时候眼界太窄，总觉得这河好宽，水好深。记得河两边长满了豆麦，河底的水草油油的，绞上来，是喂猪的好饲料。我曾与少年伙伴在散学归来，就划着叫乌龟盆的一种小船，高兴地去采莲蓬摘菱角，像迅哥儿小时候划船去看戏摘豆一样，有说笑的，有嚷的，夹着潺潺的船头激水的声音，甚是好听！此刻，望着清凌凌的河水，再也没有了那份少年的嬉戏，天气虽然已很温暖，河水里还没有一丝丝绿色，荷叶菱角们躲在水底做着梦，没有一点要醒来的意思。但我已分明感觉到一股温暖力量的积蓄，似乎听到水底打呵欠的声音，等他们猛然醒来，乡村已是花开四季了。我要感谢这一泓清澈的河水，它用柔弱的心灵，浇灌着乡村一个个灿烂的日子。我还要祈祷这河水，它是乡村冥冥的神灵，庇佑着乡村和我乡村里诚实生活的伙伴及家人。

家乡的泥土最好，大片大片的油菜花是土地的流行语，渐渐开放的野花是土地的方言。无言的美丽从土里一点点长出来，浓郁的香气和着乳燕的飞翔，加上丝丝烟雨，那就是春天的诗词，嘤嘤嗡嗡，淅淅沥沥，平平仄仄。

然后，在新翻的泥土上播种，撒什么就长什么，哪怕是一所小小的庭院里，随便撒几颗蔷薇种子，你就等着花香满架吧。端木蕻良先生在《土地的誓言》里写道："故乡的土壤是香的。在春天，东风吹起的时候，土壤的香气便在田野里飘扬。"我的家乡也是这样，田野水灵灵的，似挂满露珠的小野葱，清新，满含水汽。

我学着端木蕻良先生在故乡的土地上，印下我无数的脚印。我把小时割稻划破手指滴血的田垄，打过瞌睡的田埂，一身泥浆拔秧的水田，光身下水洗澡踩藕的荷塘，流水淙淙里意外逮十几条戏水鱼的草滩，——走过，许多的往事都像在昨天，静静地发生，也等着我静静回首。而我们总要在千百度寻觅之后，才惊觉幸福一直在身后，不曾远离，只是我们走得太远，离开得太久，一直到我们再找不回它了，才扼腕，才叹息，才追悔。长叹一声，埋怨时间走得太快，人老得也太快，谁心里都不服老，但终是老了。

我轻轻走到一棵泡桐树下，仰望细枝顶端的花蕾，紫微微的，微雨里，更是浅浅的紫了。小时候，它和我一样小，我放牛累了，就倚在它身边午睡，有不开心的事，就静静地站在它跟前，嗅着泡桐花的清香，聆听泡桐花开的声音，就忘记了烦恼。已记不清多少次与它拥抱，多少次与它私语，多少次与它相惜，所以今天再次见到倍觉亲切。那柔柔嫩嫩的泡桐花，我一见就无限怜惜，我只担心将来它们从高高的树上跌落下来，会不会感到疼痛？躺在寂寞冰冷的地上，那娇弱的身躯能承受世人匆忙脚步的践踏吗？失去了大树的滋养，花朵们还能保持往日娇滴滴的模样吗？泡桐啊，人在年少时，很多时候是不懂得去珍惜，不知道幸福是何物；人在年老时，很多时候已经失去了爱的能力，所以特别地珍惜曾经的点点滴滴，特别爱回忆过往的时光。

晌午后，天放晴了。阳光照着满地的水珠，像无数双眼睛，又像满天的繁星，闪着，眨着。水的雾气开始蒸腾，草地间、河面上、连绵的农田里，都蕴着一团团白气。少顷，白气又缓缓上升，渐远渐缈。阳光如爱抚的手指轻轻滑过田野的肌肤，唤醒了风中的鸣莺，野蜂的翅。

真值得庆幸，我独享了这份美好的春光。也深感忐忑，良辰美景不易得，城市的狭窄空间是容不下这醉人春光的，它的度量太小，比不上村庄的百分之一。但我又有些悲哀了，美是最容易消逝的，人类摧毁美的力量实在是太强大了。我家乡北边就刚建了条公路，八车道的，擦村而过。将来肥沃的农田也会筑起高楼，锦绣的千亩坝极有可能圈为开发区。谁能预料呢？以后的日子里，我们的天空还是否湛蓝如旧？我们的土地还是否梦般的葱绿美丽？

想起郁达夫对北国秋天的那份情怀，便也有同感，家乡田野的春色，若留得住的话，我愿把寿命的三分之二折去，换得一个三分之一的零头。

2013. 3. 16

惜书如花

书美如花，不仅在外表装帧，
也在内里文辞。读这样的书，就是
在赏花，喜之不够，摩挲不已，就是惜花。

书美如花，不仅在外表装帧，也在内里文辞。读这样的书，就是在赏花，喜之不够，摩挲不已，就是惜花。

闲暇的时候，随意打开自己喜欢的书阅读，读到哪儿全由着自己的兴趣，有兴趣了，就一直读，可能读的眼睛昏花，才停下揉揉眼睛，可能读得暮色苍茫，才放下书册，向远处眺望，望望绿化树，闻闻青草香。不想读了，就随手一折，或夹上书签，然后去做做家务活，或到江边散会步。这样的读书，不用考虑何时读完，不用担心应急考试。读到喜欢处，大声吟哦，读到伤感处，一掬同情之泪。有时在书房，就着台灯，端坐着，细细品读；有时卧在床上，懒懒的，慢慢赏玩。

好书如红颜，文藻典雅，有内蕴，读得越久越生情；装帧精致，外貌姣好，一见就钟情。有的封面，简约宁静，就像忧郁的王祖贤；有的插图，高雅精美，就像古典的林青霞。碰到这样的书，令人展颜，没有食欲也大快朵颐。记得黄裳先生旧时有枚铅字闲印，曰"惜花人所读书"，钤于藏书的后页上。先生的印语，很有玩味。每每爱书之人，性情大致相合，我也有"惜书如花"的兴致。

别人沉醉于酒，我独酣醉于书，别人倾心投资，我独钟情于阅读。我书橱里的书琳琅满目，看着就很惬意，随意抽出一本，眯眼就闻到一股淡淡的香味，再轻手摸摸，像袁枚似的"揣揣焉摩玩之不已"，心里满是充实。

每当周日的晨光印上窗帘，我在南窗下，沏一杯弥漫着清香的绿茶，手持一卷好书，鼻翼轻轻翕动，呼吸一口淡淡的油墨芳香，然后在轻柔的音乐声中，让躁动的心归于沉寂，静静地沉到书中去，沉到那些美丽的文字或是深邃的思想中去，在翻开书页的一瞬间，就开始启动每一个细胞的快感。

小时候，村里人总认为我长得迟钝，我也很自卑。后来随着阅读的增多，知识的丰富，我的眼睛婉约了，心思敏感了，自我觉得精神面相也渐渐清朗俊美起来，心灵渐渐充盈丰沛起来。

记得第一次看林海音的《城南旧事》，我的眼睛一下被攫去了，那语言犹如一缕温暖的阳光，久久弥香；那童年好似一汪温情的水，历历如画。我躲在角落里，一遍又一遍读着，感觉有一粒会闪光的种子，撒进了我的心里，在静静地抽枝发芽。等我长大的时候，种子就变成了郁郁葱葱的大树。

女作家迟子建有篇文章叫《20年我一直喜欢躺着看书》，其中有个比喻，美艳绝伦："如果说枕头是花托的话，那么书籍就是花瓣。花托只有一个，花瓣却是层层叠叠的。每一本看过的书，都是一片谢了的花瓣。"我也有这个习惯，而且30余年不变。每当夜深人静，卧在床上吮吸花的香液，我以为最妙的是唐诗宋词。吸一口李白的仙气，学一点杜甫的实诚，熏一些子瞻的豁达，染一丝稼轩的豪壮，斟一壶易安的惆怅，饮一盅少游的哀怨，念他们的名字入眠，含他们的诗词做梦，文思随梦飘飘，梦里尽是绿化树青草香。

有时，我胡思乱想，假如老天不让我识字，我的一生将是怎样的枯燥乏味，又假如没有这些先贤，我到哪里去寻这心灵的滋养。老天，你用一首首的诗词和一篇篇美文点化了我。让我在与那些诗情画意一次次邂逅的历练中，触摸到了语言的春天。我在这片春景里，流畅地行走，在花香的引导下，自由地品赏晶莹的露珠，自如地捕捉花上的蝴蝶。我也仿佛有种神奇的灵性，生出无数的翅膀，挣脱羁绊，飞向语言的自由王国。

2013. 3. 24

青春，记得，要记得

回忆里的青春是最美的，不一定那些时光最美，而是这些时光已经永远逝去了，只能用回忆来招回，所以，它是最美好的。

普鲁斯特在《追忆似水年华》里说："生命只是一连串孤立的片刻，靠着回忆和幻想，许多意义浮现了，然后消失，消失之后又浮现。"青春的美好，也许从来没来得及过，从来没来得及感受，甚至从来没意识到过，就随风而逝了。

冲着是赵薇的处女作才想去瞧一瞧，尤其是《致我们终将逝去的青春》这个题目，让我有看一看的冲动。不是吗？人最宝贵的是青春，最感叹怀念的也是青春。在青春的时候也许不觉得，只有失去了，才觉得青春是最美的，我们青春早已逝去，所以想借电影重拾一下青春，把过去那些孤立的片刻幻想一遍。晚上与妻在华亿影城看了8:30的电影，许多消失的青春记忆又浮现了。

青春在女性身上，被致以生意盎然。

女主角郑微，儿时就幻想穿上水晶鞋成为公主与林静生活在一起，因为这份爱慕，她追随到了林静所在的城市上大学。在大学里，对陈孝正更是倾情而爱，这就是青春的激情吧！

阮莞，一个为爱而生的纯粹女人，为爱付出，为爱牺牲，从生到死，这就是青春的痴情吧！

黎维娟，奉行"人往高处走"的信条，虽然势利，嫁给了一个50多岁的有钱男人，但她一直就这么说也这么想的，这就是青春的冷情吧！

这就是"青春"，从幻想到清醒，从青涩到成熟，从快乐到痛苦。不是一个模板，死水一潭；不是一种色彩，单调乏味；不是一样旋律，沉闷低回。栩栩如生，迷幻绮丽，宛转曲折。

青春在男性身上，被致以灰色悲观。无论是生理还是精神或是意志，都懦弱而病态，跟郑微的阳光真诚相比，他们的青春晦暗而腐朽，跟阮莞的纯情坚定相比，他们的青春支离而破碎。也许在小燕子泼辣的个性跟前，男人都是温室里的苗，不仅见不了光，连精神都是萎缩的。

当校园的青春逝去，洗过繁华，剩下了什么？又能用什么来祭奠青春？

虽然没有那种风烟俱净的纯净之美，毕竟我们曾经拥有，从萌动到成长到盛放，谁都热血沸腾过，谁都年少轻狂过，正如赵薇所说："青春是一场落寞的狂欢。"

电影散场，如丝的小雨连连绵绵，看起来像感伤的眼泪，是致将逝春天的吧，因为夏已来临。

我拿什么来致已逝的青春呢？

青春，我已不再拥有，但我可以令自己不要忘记。有什么东西能比回忆更具力量呢？如果已经不能再拥有了，我们还可以回忆，不断地不断地回忆。在回忆里，把那些往昔的岁月和曾经的遗憾，慢慢修补，慢慢衔接，而且是不知不觉。

《致青春》让我回忆的是自己的青春，回忆里的青春是最美的，不一定那些时光最美，而是这些时光已经永远逝去了，只能用回忆来招回，所以，它是最美好的。

青春，记得，要记得。

2013. 5. 6

听雨开花

> 是蒙蒙细雨也好，是狂风暴雨也好，还
> 是霪雨霏霏、连日不开也好，我都默默听着，
> 听它打在窗上、瓦上、湖上、桥上，然后开出花。

喜欢满空的阳光明媚，喜欢永远的花香随着花瓣飘落，但我更喜欢听雨。

记得小时候，就常倚在窗前看那纷飞飘坠的雨丝，听那点点滴滴洒落的自然琴声。

中学时，喜欢读婉约词，读那些诗化的雨，一下自己也像置身那些情境中一般：梧桐听雨、芭蕉听雨、槐叶听雨、枯荷听雨、漏间听雨、竹风听雨、夜船听雨、池荷听雨、隔窗听雨、小楼听雨、丛篁听雨、棋边听雨、对烛听雨……你听听，这哪是听雨，分明在听自己的才情与气韵，情趣与品位，创造力与敏感心，真佩服古人百般的听雨花样，把雨听得这么婉约多姿，这么诗情画意，今人怕已没有了这份宁静和耐心了。

听雨读诗，当然惬意，读他们听雨的心情，即使眼前无雨，灵魂也会湿漉漉的。

读师范时，大有一展教育兴国之志，所以对最有慈悲情怀的听雨者杜甫

特亲，他的《春夜喜雨》曰：

好雨知时节，当春乃发生。随风潜入夜，润物细无声。

野径云俱黑，江船火独明。晓看红湿处，花重锦官城。

字面虽没一个听字，但我能清晰地感觉到，杜甫是用心在听。他不但听到了随风潜入夜的雨声，还听到了雨水滋润草木的声音。用心听，听得仔细，那是因为杜甫知道土地、草木、百姓的需求，他对春雨怀有感激之情。我也要用心听，仔细听，因为我懂得社会、家长、孩子的需求。

工作后，人已成熟，常喜欢听雨忆人，这亦属自然之性。很喜欢唐末五代诗人韦庄的《菩萨蛮》词，他这样写道：

人人尽说江南好，游人只合江南老。春水碧于天，画船听雨眠。　垆边人似月，皓腕凝霜雪。未老莫还乡，还乡须断肠。

听雨联想到美丽的江南女子，韦庄真是浪漫得迷人。点滴中微闻其声，微觉花香，触其鬓发，抚其肌肤，想其娇媚之态，渐渐，或一丝甜美之情潜滋，或一脉伤心之色袭来……

想起那年那月那日，我踏进陆游唐婉的沈园，丝丝小雨一直漫天飘洒着，只顾听雨打枯荷的声音，一把伞从边上遮过来，原来是爱雨的她，回眸一笑，心领神会，从公园的这一头撑到那一头。伞的世界小得很可爱，那握伞的柔柔纤手，恰恰皓腕凝霜雪。

而今中年，在雨里听的是生命的潜滋暗长，是人生的风风雨雨，是命运的起伏荣枯。蒋捷的《听雨》涌上心头，他用听雨来概括自己的一生，从少年、壮年直到老年，达到了"悲欢离合总无情"的境界。

少年听雨歌楼上，红烛昏罗帐。壮年听雨客舟中，江阔云低，断雁叫西风。

而今听雨僧庐下，鬓已星星也。悲欢离合总无情，一任阶前，点滴到天明。

站在窗前，听雨淅淅沥沥地下，再慢慢濡湿玻璃，然后缓缓流下，滑过一道道美丽透明的痕迹，风过有痕，雨过也有痕。

年少的时候,歌楼上听雨,红烛盏盏,迷离的灯光下纱帐轻盈。

人到中年,在异地他乡的小船上,看江流水急，风高怒号，黑云催压，西风中，一只孤雁阵阵哀鸣。

而今，人已暮年，两鬓已是白发苍苍，独自一人在僧庐下，听细雨点点。回想起人生的悲欢离合的经历，还是让小雨下到天明吧。

蒋捷听雨，不是一回两回，是一生一世。这位听雨的知音，在国破之后，听雨却是万般凄凉的，"一任阶前点滴到天明"，这点点滴滴里，听的是词人的坎坷，是家国的兴衰，是人生的悲欢离合。

记得有位相知曾对我说，最爱听雨，爱雨天的幽静和忧伤，爱雨天的诗意和思念。而今，少年的梦虽然远去，笑谈咏雨的豪情不再，但听雨的兴致愈来愈浓，自绵绵春雨到冷冷冬雨，从儿时到壮年，伴我步着漫漫长路。

多少岁月流逝，儿时的景物已日渐远去，而今仍眷恋丝丝扣人心弦的雨滴；每当有雨的夜晚，就睡得特别香甜，仿佛淅沥淅沥的雨滴，是雨精灵所开的花所奏的催眠曲，让大地生物都能安然入睡。

是蒙蒙细雨也好，是狂风暴雨也好，还是霏雨霏霏、连日不开也好，我都默默听着，听它打在窗上、瓦上、湖上、桥上，然后开出花。

没有雨的四季，不知是如何单调？没有雨的晨昏，不知是何等乏味？

天上落下的雨，那是你的心花吗？

2013. 10. 8

读
柳

　　我无法将你的微笑释怀，无法
将你写给我的春天丢在风里。记得你
滴在风霜里的泪，记得你春心初萌，情窦初
开的样子，我却不能回头，看你藏在心底的爱恋。

　　没有风，好暖和的日子。

　　早上，站在西窗的木桥边，静静凝视，忽然发现我窗前的那棵柳树，叶已经落尽了。

　　高高的柳树长在我的屋前。

　　记不清多少年了，它嫩绿了一春又一春，碧绿了一夏又一夏，它装点了我太多的日子，可我没陆蠡的灵性悟出它是生命是希望是慰安是快乐，我不懂怎样和绿叶对语。有它的时候，我只觉得是自然而然的事，我享受这片绿色的滋润，很安然。

　　今年冬天，当霜寒袭来时，我却看到了惊心动魄的一幕：柳树那繁茂碧绿的叶子在一夜之间被霜雪无情的"刷"掉了。前几天，我从窗下经过，偶一抬头，瞥见这些叶子还随着枝条飘舞，虽然是冷酷的风，却执意不肯凋落。我被这份依恋之情感动，那满树的碧色竟成了冬天里最温柔的风景。可才几天，就像人变老似的，仿佛一夜之间，霜雪冰冻了所有枝叶：雪白的枝，雪白的叶，雪白的树。柳树直愣愣站在那里，满眼的玉叶琼枝，好美的雾凇景象啊——这是她最后的风华了，这让我想起张爱玲，在被爱的霜冻摧折之后，风华落尽的伤感。

今晨没风啊，太阳的脸红红的，暖暖的。你怎么"唰"的一下子，所有柳叶落尽了呢？枝条悬挂着，秃秃的，像我黯然憔悴的心。我怎么没看到柳叶片片飘落的情景，也许是我太粗心了吧？在恶劣的天气里，又有几人能挨得过霜雪的无情。

过了十多天吧，冷风依旧肆虐，霜寒依旧煞白，我宅在家里，从西窗望出去，却看到那一根根直愣愣的柳条上，已经爆满了密密的新芽。我像陆蠡一样急切，看它怎样舒开嫩叶，打开柔软的身子，渐渐变青。我细细观赏它纤细的嫩芽，我巴不得它长得快，长得茂绿。

原来我的担忧，我的黯然，都是多余。自然有自然的冥冥法则，柳叶有柳叶的生存之道。只是我们悟性太差罢了。

我不由得惊叹：就在柳叶风凋寒谢时，叶根上已在孕育新的嫩芽！这是怎样的生命呀，她用重生抗拒着凋谢的命运！她又何曾真正凋谢过，衰亡过！

松柏在寒冬里是不凋落的，它有不惧严寒的顽强的品格。柳树同样具有顽强的生命意识，她是以另外一种姿态和形式诠释着生命的顽强。她柔条摇曳，婀娜多姿，像柔美的女子装点着人间，给人们带来无限美的享受。可谁又知道她的内质里深藏的刚强与忠贞，她是柔中带刚，像刘兰芝似的柔韧，"妾当作蒲苇，蒲苇纫如丝"啊。你不仅是我的"绿友"，我更爱你绿色的柔韧。

我无法将你的微笑释怀，无法将你写给我的春天丢在风里。记得你滴在风霜里的泪，记得你春心初萌，情窦初开的样子，我却不能回头，看你藏在心底的爱恋。

　　有一种人，习惯了默默无言，在风起的日子里，依然默默守候，默默繁衍生息，默默承受岁月的风霜雨雪，哪怕一次又一次被无情的命运刷掉了叶子，他们依然每年顽强地长出自己的片片新叶，挂在阳光下，摆在春风里。

　　有一种爱从来不张不扬，承受了无数炎炎的烈日，把所有的绿阴奉献给了别人，自己却总是默默地站在角落里，道路旁。

　　有一种坚强叫柔韧，人的生命短暂、脆弱，人生难免有悲欢离合，难免有不可预知的困难、苦难、危险，但只要有颗坚强、勇敢的心，就没有跨不过的坎，没有克服不了的困难，没有解决不了的问题。

　　我窗前的柳树啊，你默默站立了多少春秋，碧绿了多少季节，给我带来多少生命的启迪啊！愚钝的我，渐渐读懂了你的万千碧叶，其实，这是柳树一样的人，柳树一样的爱，大爱无声。

2014. 1. 15

春夜喜雪

如果今生有愿望，我想用你片片的图
案记录来年的含苞欲放，用你玉洁的冰清
印染梅花的奔放，用你轻轻的拂袖唤醒梦的希望。

"随风潜入夜，润物细无声"，是杜甫描写春雨的，我觉得用来形容昨夜
的雪，也很恰当。

早上还是春日融融，下班回家，西窗柳上新芽还隐约可见，虽然天气预
报说有暴雪，可直到晚上临睡前10点，一点也没有下雪的迹象。早上醒
来，却一片晶莹。

独独今夜早睡，错过了与你相见的缘分。想你一片片的，从我窗外划
过，以喜悦的心情，以柔美的形状，想与我窗台耳语。而当你看我睡那么深
沉，又不忍心唤我，于是你轻轻地，盈盈地，悄无声息地，一直飘着，只等
我自然醒来。梦里又似乎感觉到你滑落的声音，像江南的丝竹，清清幽幽
的，像维也纳的小夜曲，缠缠绵绵的，难怪昨夜的梦那么抒情。

拉开窗帘，柳树、桃树、桂树、香樟、竹叶都被你染白，那是你在人间
完美的化身。立春已经八天，小草即将变绿，花儿即将绽笑，风儿即将变
暖，原以为今年你不会再来了。就在人们不抱什么期望的时候，你却来了，

来得这么坚定，又这么婉约。我不能不被你惊诧，初春里，你以如此丰满的身姿，飞进我的窗口，不是缘分吗？就在今年，尤其此刻，你那么知心，脉脉与我的梦相伴，这不是前世修来的缘分吗？哪怕你再冰寒彻骨，暖暖的我不想你在窗外忍受寒风，真想打开窗，轻轻把你迎进来，柔柔地捧你入手，又怕你瞬间幻化如水。

关上窗，虽然近在咫尺，却只能遥望，你在那头，我在这头。在滚滚红尘里，时间没有终点，宇宙没有尽头，你年年相似，却岁岁不同。

无情的人看雪花依然是雪花，而在我的眼里，雪花的每一片银蕊玉瓣，都似乎凝结着岁月中的红尘往事。容颜被催，人生易老，流光容易把人抛，红了樱桃，绿了芭蕉。看雪花的飘飘洒洒，那么自如悠闲，让我在流年中，把那些难以释怀的营营碎碎，轻轻放下，学做一片快乐的雪花。待到经年后，只会记得一个初春的夜里，下了一场温润的雪，使我触动了内心的那份柔软。

如果今生有愿望，我想用你片片的图案记录来年的含苞欲放，用你玉洁的冰清印染梅花的奔放，用你轻轻的拂袖唤醒梦的希望。

如果今生能永恒，我愿滞留在如花美玉间，凝目碎玉琼花的悄悄绽放，绚烂，任那风起云涌的尘埃，把我掩埋。

如果来世，若能化作什么，我只想化作一片雪花，年年如约而至。就像今夜的雪，哪怕寒冷袭来，我也不会离去。

2014. 2. 13

诗意春雨

　　琐窗卷珠帘，滴滴答答，分不清是雨声还是心音。画船听雨眠，如怨如慕，如泣如诉，我的心随春天的细雨一起流入花香雨露里了。

　　春雨，是最适合我听的音乐，淅淅沥沥，缠缠绵绵。

　　王维最黏春雨，连一场送别，都要安放在初春的朝雨里。"渭城朝雨浥轻尘，客舍青青柳色新"，朝雨过后，路旁的柳枝也褪去了灰雾，变得青翠起来。春雨如同诗人的心，眷恋着朋友的远行，春雨犹如绿色的柳帛，多情地为朋友扫净了路上的尘土。这样的春雨，如此贴心，如此懂心，这送别的骊歌，真的很温暖。

　　杜甫最懂春雨，"好雨知时节，当春乃发生"，四季之雨，只有春雨最是喜人。干涸的土地因为她变的湿润润的，加上春风的吹拂，土地就像发酵似的飘溢着香气。春雨犹如天降的母乳，不管何时，都是那样地香甜。没有杜甫的诗性，怎么想得出"夜雨剪春韭"的画面？春韭摇曳，满庭飘香。我迷恋这春雨之夜鲜韭的馥郁芳香。

　　陆游最喜春雨，"小楼一夜听春雨，深巷明朝卖杏花。"陆游当年客居京城，只身于小楼中，听春雨淅淅沥沥了一夜，想到深幽小巷中明早就会传来卖杏花的声音。早年读诗时，我总是弄不懂这听雨跟明朝深巷卖杏花有什么必然的联系。此时，我似乎刚刚懂了小楼一夜听春雨的妙处，这不就是杏花春雨江南么，不就是说是那村姑婉转的卖花声唤来了春天。

苏轼最迷春雨，"山色空蒙雨亦奇"，多美的诗境，他一下就醉了，醉在春天的雨季里，醉在"浓妆淡抹总相宜"的想象里。春雨啊，苏轼想亲吻你，你不要那么羞涩地躲开；春雨啊，苏轼想掬你入口，你不用瞬间消失得无影无踪；春雨啊，苏轼还想和你一起轻轻摇舞，你可不要嫌他的笨拙。

如果我们是一支海棠，就和春雨谈一场缠绵的恋爱，永远不要雨疏风骤，这样就不会有绿肥红瘦的哀婉。

如果我们是一尾燕，在微雨里翩翩双飞，细雨点撒在花前，轻轻衔起那一片片的落花，再轻轻放在枝头，不让春匆匆流走。

如果我们是一只狐，就和春雨海誓山盟，不再羡慕人世繁华，只住在风烟俱净的山里，与许多一样的白狐群居，一边细数雨滴，一边交心，欢笑。

如果我们是一把伞，遇到雨是我们的幸运，那每一滴，都是雨的多愁善感，我们细心收留雨的泪，启示人们放下长久忙碌的奔波，停脚看一看这伞沿滴落的春雨，就会懂得，作为伞，我们的降生就是为雨而来，为雨而候，为雨而泣。

如果我们是一个心灵落满了世间浮尘的人，我们需要春雨的洗涤，不要怕雨打湿了衣衫，春雨柔软了我们性情，也净化了我们灵魂。

有时想，也许我的前身就是那位着一袭长衫的书生，诗意地徜徉在江南的清晨，在温润清香的气息里，独立断桥边，轻衔一支横笛，笛声伴着春雨悠扬缠绵。

有时想，也许我就是那个撑着油纸伞的戴望舒，在江南雨巷里彳亍徘徊，等候着心仪的芬芳。

有时想，或者我就是聊斋里的蒲松龄，春雨深夜里，酌一杯老酒，与一些美妖善鬼相知相遇，互相倾诉。

　　琐窗卷珠帘，滴滴答答，分不清是雨声还是心音。

　　画船听雨眠，如怨如慕，如泣如诉，我的心随春天的细雨一起流入花香雨露里了。

2014. 2. 17

一瓣白梅

不知是谁，心事默默，
水湄轻吟？不知是谁，婉约含情，
风中浅唱？也不知是谁，香沾襟袖，萦身不
绝？似花非花，似人非人，默默无语，心疼不已。

　　昨夜酣睡，梦见自己睡在梅花树下，好大一棵梅花树，枝头梅花像美玉
一般缀满了。霎时，一阵雾气飘来，梅就在云雾里若隐若现，近的那样近，
就在身边，远的那样远，如在天边，仙气缭绕，如梦似幻。

　　莫不是我也如隋代的赵师雄，奇遇了梅花神女，目睹了"苔枝缀玉"的
姿容，亲历了"枝上同宿"的芳情。

　　醒来，揉揉惺忪的眼睛，池塘边的梅花还真的开了，星星点点的，有暗
香盈袖的感觉，难道是梅花仙子托梦？

　　迫不及待来到梅前，那梅长在潭边，曲折的枝条横斜水面，上面白梅点
点，好似梦中模样，伸手去摸，怕亵渎了你，捧在手里怕伤害到你。静默观
赏，生怕因为我的不小心把你那雪白的花瓣弄飞，只有在心里祈求，祈求你
永远的开放，永远不会随季节而逝。

　　望着你莹白花瓣，一朵朵薄如蝉翼，让人一阵心疼，心疼着你的冰肌瘦
骨，心疼你的清雅脱俗。

我很讨厌宋代那个叫林和靖的人，他居然以梅为妻，有人还赞赏应和，他凭什么如此狂妄而肆无忌惮地亵渎梅。对喜爱之物的态度，不是占有，更不是亵渎，我很欣赏周敦颐的做法，可远观而不可亵玩焉。

妙玉，这个高洁的女孩，是很懂得爱物的。我想她一定爱白梅，如果养梅，也该是养白梅，红梅美得太过华丽热烈，而白梅清清白白，恰到好处。她像白梅一样，很清贵。她喜欢用梅花花瓣上的积雪来泡茶，那茶该是悠远空灵，隐着淡淡的梅花的香了。我很神往这样雅致的爱好。

乍暖还寒，寻常一样冷，有了这一树的梅花便不同了。

苏轼就喜欢这样的情境，看着风露中的崭新白梅，袅袅亭亭的，联想起西厢里的莺莺，恰似西厢待月来。

李煜，我一直把他视为柔肠清骨的浪漫才子。他站在白梅前，诗思流溢，"别来春半，触目愁肠断，砌下落梅如雪乱，拂了一身还满。"白梅落的满头满身，远望像披着白色斗篷，不知他还愁什么，为他的大周后还是小周后吗？

卢仝，这个"初唐四杰"之一卢照邻的嫡系孙子，我只读过他的《有所思》，其中"相思一夜梅花发，忽到窗前疑是君"就让人随他一起痴呆。经过一夜的苦苦相思，到窗前一看，那绽开蓓蕾的梅花，疏影横斜，暗香满袖，竟然以为她就是美人，从天涯回来与他相会，那瞬间的惊喜无以言表。

姜夔对梅最是一往情深，他喜欢在梅边吹笛，月色下、笛声中，眼前似有玉人凌寒摘梅，似有小红弹着梅曲片片飞落。《疏影》《暗香》读久了，绿萼红萼，这两个姐妹花，像聊斋里的花仙子一样从词里袅袅飘来，"红萼无言耿相忆。长记曾携手处，千树压、西湖寒碧。又片片吹尽也，几时见得？"一辈子的牵挂，20年的恋情，让春风词笔的姜夔再也豪放不起来。

不知是谁，心事默默，水湄轻吟？不知是谁，婉约含情，风中浅唱？也不知是谁，香沾襟袖，萦身不绝？似花非花，似人非人，默默无语，心疼不已。

　　风起了，白梅花瓣渐渐滑落，一片，两片，落入草里就寻不见了。夜幕降临，飘起了细雨，一丝一丝的。我打着伞，静静地走着，默默地站着，看雨与风里的白梅，久久的，久久的，犹如自己就真的变成一瓣落梅，像席慕蓉笔下的那些美丽的花瓣，在佛前求了五百年才能经过你的身边，即使泪洒在三月的烟雨中。

2014. 2. 24

春风柳上归

谁说春风是没有颜色的？当你
远远地看到一层柳烟萌动，就看到了
春风的颜色，眼睛都不须看，想想就是绿的。

"春风柳上归"，是李白的诗句，初读觉得有点不像，缠缠绵绵的，像是花间词人或宋人晏殊、柳永、秦观等人写的。

柔梢披风，丝丝柳条袅袅垂落，欲舞还羞的样子。柳蕊新吐，还未成翠色，远远望去，只是一片浅浅的柳烟。

这是贺知章的柳，从唐朝甚至更早，就已栽在世人心中，时光流逝，常绿常新，就像脍炙人口的唐人绝句，被春风反复吟咏。

这棵诗意的柳，虽然留不住匆匆光阴，却可以千百次唤来温暖的春风，轻轻把几万串嫩绿的珠子挂在柳条上，在细雨中，在暖阳下，飘来飘去，飘出许多弯度微微的S线来，你会觉得这一种植物实在美丽可爱，非赞它一下不可。

赞柳的文字浩如烟海，我最欣赏的还是杨巨源和韩愈两家。

"诗家清景在新春，绿柳才黄半未匀。"是新春的柳色。春风的画笔轻轻点染，把第一抹春色涂上柳梢。看着这颜色的变化，你似乎看得到每个芽蕾，胀鼓鼓的情态。

"最是一年春好处，绝胜烟柳满皇都。"应该是盛春的景致。杨柳堆烟，满城皆是。柳如烟，再想不出这么好的比喻。

在两位大家面前，我是失语的。唯有缄默，才可以读到一抹新绿带给我的怦然心动，才可以听到春风蹑足而来的轻音。

想起画家也有画柳成痴的。那个丰子恺，民国年间的画家，就把自己的画斋取名"小杨柳屋"，他极喜欢画柳，现在流行的中国梦系列宣传画，许多都是他的，虽是老作品，却是小清新，很有淡淡杨柳风的韵味。他有幅画画的是一群活泼的孩子环绕着他们的慈母做游戏，觉得非常可爱。这让我们怀想起小时候的场景，玩累了，就自然而然依到慈母的身旁去，或扑进慈母的怀里去。

儿子的名字，小时候就叫"杨柳依依"，取自《诗经》里的"昔我往矣，杨柳依依"之句。那时我们在一所农村中学教书，住的是公房，屋前有棵柳树，夏天一片碧影，加上那时妻子很喜欢女孩，所以孩子未出生前就先把名字取好了，谁知诞下的是男孩，就一直沿用了。如今儿子已长大，5年海外留学归来，变得越来越谦谦有礼了，也越依恋家了，这点还很像柳树，无论长多高，枝条都低垂着，高而能下，高而不忘本啊。每到周末，就从南京回家看望我们，每当这时，我就想起借了春风之力而向泥土中的根本膜拜的柳。

这个春天，物候来得迟些。一早打开窗，风伴着阳光，一缕缕的，渐吹渐柔，那二月的春风，在贺知章的诗句里，只为柳树裁好一身细叶的新衣，为孩子远行精心准备。所以一看到这棵碧玉妆成的柳树，就感觉仿佛自家初长成的孩子，身条细细的，在他乡脉脉翘首而望，就感觉那万条垂下的嫩绿丝绦，是不断招摇的手臂，在长长久久地抒写绵绵的思念。

谁说春风是没有颜色的？当你远远地看到一层柳烟萌动，就看到了春风的颜色，眼睛都不须看，想想就是绿的。

　　"春风柳上归"，这么深情，细想确是李白的。如果可以，我真想停下来。停下来轻吟一声二声，然后静静等待光阴一寸一寸流走，直到地老天荒。

2014. 3. 4

清泉石上流

"清泉石上流。"没有比这再纯净的诗句了。你静静地徜徉，心沉寂在路上。在哪，看不见；在听，听不清；在行，不知归途，反侧辗转。

"明月松间照，清泉石上流。"每次读这样的诗句，心头就顿感纯净。

泉水静静流淌，是那么文静，不像急急的风，迫不及待的。

光阴也如清泉，是那么从容，不像狂暴的雨，噼里啪啦的。

心思也如清泉，是那么澄澈，不像晦暗的天，变幻莫测的。

记得小时候，住在老家，那是一个大村子，几百户人家都姓杨，所以就叫杨村。村子很大，方圆好几里，一到下雨天，水淌不急，村中就形成一条暂时的小溪，两脚宽的样子，水也刚淹脚背，一直流到村边大塘里。一夜的雨水，把浮尘冲得干干净净，早上一看，水清清的，鹅卵石清清爽爽的，还有逆水而上的泥鳅。我们光着脚，兴奋地逮起泥鳅，泥鳅太滑，一溜就跑了，只剩溪水在鹅卵石上缓缓而流，它流动的是童年浅浅的欢笑。

有次去九华山，拾级而上，一路水声相伴，如贝多芬的钢琴曲。一下就喜欢上了那溪水，它穿过山间嶙峋的怪石，抚摸着盘绕的古木，谛听着木鱼经声，一路淙淙。是山的高耸，造就了溪水的深邃；是林间的青翠，孕育了溪水的灵秀。它似乎在告诉我，它历经的一切神奇，它流动的是一份虔诚的祈祷。

前些年到黄果树，才知道什么叫清泉。那水声脆脆的，远看时长，近观时短；初听时无，细听时有；仰望时高，俯视时低，蜿蜿蜒蜒，让我想起轻飘的玉带。走过几条溪流，正遇上几个非洲女孩，低头在水里照影，想那水中的倒影一定不是黑的，她们嘻嘻哈哈走过木桥，银铃般的笑声随溪水一直流向远方。那是从天际飘来的水，所以还带着远方游客的声音和热情，即使它们马上要跌下山去，依然明净碧绿，错错落落，争先恐后，闪闪发光，如泻万斛之珠。

我最珍视的是心灵的泉水，清清滟滟，叮叮咚咚，当我用心去看来自自然的每一片树叶，当我用鼻去嗅新翻开的泥土每一缕芳香，当我用耳去听属于自然的每一声虫鸣，我发现，那真的好纯，好美，心里就注满一溪泉水，即使有小小的不快，也如泉水底下的一粒沙子，依然看得一清二楚，时而拨起沙子，泉水稍许浑浊，但很快，沙子又美美地浸在了溪底，泉水依旧那么清澈。

"清泉石上流。"没有比这再纯净的诗句了。

你静静地徜徉，心沉寂在路上。在哪，看不见；在听，听不清；在行，不知归途，反侧辗转。

你纤柔渺小，生命力却令人叹服。一泓清流，造就了山林的郁郁葱葱，雕塑了大山的绮丽雄伟，波折回环，随生命流转。

你是大地的灵魂，山的血液；你是岁月的流影，夜雨的渲染；你是虫鸟的歌谣，草木的琴声。

"明月松间照，清泉石上流。"一遍又一遍，在月下，在泉边，在花前，吟诵再吟诵。

2014. 3. 17

紫藤花

一阵烟雨，一地落红。脚踩上
去软绵绵的，没有声音，只微微的
有些香气弥漫。有几片被斜风卷起，落在我
的头上，身上，萦绕不去，似远方故友，赠我的
片片牵挂。禁不住，想在这轻软的花香里静静睡去。

紫藤花突然地就缀满了稀疏的木架。

长江长小区的阳光淡淡的，空气里的芬芳也淡淡地缭绕。今年的紫藤花开得盛，朵朵花坠，紫中带蓝，灿若云霞。

2008 年，我家刚搬进这个小区时，这架紫藤还稀稀落落的，经过几年的餐风吸露，潜滋暗长，如今已覆盖了木架，曲虬盘旋，密密匝匝，蓊蓊郁郁。不知不觉间，在被忽略的日子里突然繁华起来，让人猝不及防地喟叹与沉醉。缠绵的蜂蝶们，眉目传情，痴痴恋恋，醉入香蕊，不知花飞与花谢，朝朝与暮暮。

记得小时候，老家门前种着紫藤花，那时候的每一天，都傻傻地看着紫藤花长大，看着它们慢慢地爬上窗边的架子，看着它们渐渐地开花，看着它们结出细细绒毛的果实，然后把视线收进书里，静静地坐在它下面看着，花影投在书页上，文字都染香了。

那时候的阅读，真如饥似渴，直看到黄昏暮色，才合上书，把目光再投

向正盛的紫藤。淡黄的花心，浅紫的花瓣，像是谁在花瓣四周点了一滴紫墨，那紫色便浓淡有致地晕染了开去，深深浅浅的紫色，像是若隐若现的妖魅。那清甜的气息，纯净得让人心静气闲，恍如幽梦，暗香浮动，月色黄昏，仿佛化身在那清浅的香里，只觉时光悠悠，岁月静好。

随着花开花落，我渐渐懂了，世界上的许多事情也如这紫藤花一样，只要栽下了一棵幼苗，总有一天，它的种子都会发芽，虽然有时候缺少水分，有时候没有阳光，但它不会永远默默无闻，只要生的信念不失，等到了时候，它就会萌芽，抽绿，蜿蜒，攀升。

如今，我晨跑晚步，都在紫藤花架下穿行。从没见过这样有生命力的紫色，深深浅浅的，瀑布般倾泻而下，迎着阳光跳跃，似在欢笑，似在吟唱。在这大片的紫色中，依稀的藤叶，鲜嫩油绿，宛如一个个紫衣绿裙的婉约女子，低眉回首，羞怯可人。

一阵烟雨，一地落红。脚踩上去软绵绵的，没有声音，只微微的有些香气弥漫。有几片被斜风卷起，落在我的头上，身上，萦绕不去，似远方故友，赠我的片片牵挂。禁不住，想在这轻软的花香里静静睡去。

回去时，舍不得那架藤花，到底拾了一枝带回家。几天以后，那花朵虽没有了往日的光泽与神采，但那香气，依然不绝如缕，清新淡雅。不由得心生怜惜，将它夹在《诗经》里。

微雨的夜里，翻动书页，花香盈盈，书香盈盈。

2014. 3. 21

声声鸟鸣唤情思

鸟声是最美的语言，闭起眼睛，好好地听吧。房前屋后，花前月下，峰峦涧谷，鸟儿们用一百种声调在歌唱，仙乐飘飘。

屋外，绿树四合，树上，群鸟点缀。

天微亮，窗外就一片鸟啭，分不清是哪些鸟儿，听觉里，只是一片清脆脆的声音。有的时候，是一声长叫，高亢而嘹亮；有的时候，只是一个声音，圆润而不觉其单调；更多的时候，是独奏与合唱相谐的交响乐。不知有多少个春天的早晨，这样的鸟声把我从梦境唤起。

是的，孟浩然有这样的感觉。"春眠不觉晓，处处闻啼鸟。"这是孟才子山水田园里的鸟声，那清脆的宛转，慢慢把他从春宵梦酣里唤醒，他倚着绮窗，陶醉地听，鸟儿的鸣声是世间最美的语言，我想他是懂得的。谁都懂，清风懂，白云懂，昨夜朦胧中的细雨更懂，连庭院里被摇落满地的花瓣也懂。谁都喜欢鸟的鸣叫，谁都懂得鸟的语言。

小时候读巴金《鸟的天堂》，那大榕树上，到处是鸟声，到处是鸟影。大大小小的鸟，花花绿绿的鸟，有在枝上叫，有在飞中鸣，有在扑翅啼。每读这样的文字，我眼前就鸟飞鸟落，忽上忽下，时而翔集，时而停息，时而交颈，时而相鸣，那份快乐，让人羡慕得要死。那快乐是长了翅膀的，从婆婆的树传到娇艳的花，从飒爽的风传到飘逸的云，从幽深的竹林传到清流小溪，每一片风景，都会因为鸟声而神迷。

静静地听一听鸟叫吧，这时你的耳朵便听见自然的天籁；好好地听一听鸟叫吧，这时你的心灵便贴紧了山水的心灵。

有多少人，一生高飞，从不停息，忙忙碌碌，为谁辛苦为谁累。

有多少人，一心想逃，逃离现实，急急匆匆，逃离已拥有的快乐。

有多少人，一味对抗，对抗命运，坎坎坷坷，最后还是俯身低眉。

"燕燕于飞，差池其羽。"美丽的燕子从两三千年前的《诗经》里飞出后，就一直与人耳鬓厮磨，穿越了漫长岁月。一只灵巧的春燕，在我窗前池边轻飞，依恋徘徊，不忍离去，似有无限之情。那是似曾相识的故园燕子吗？你不衔泥却远远的看着我，是要告诉我故乡春的讯息吗？是不是要询问我：春草明年绿，游子归不归？

"落花人独立，微雨燕双飞。"这是晏小山的词句，吟了，内心有急雨经过，一阵潮湿。在静静的凝眸里，双双燕子，在霏微的春雨里轻快地飞去飞来。那灵巧的身影，是当年小苹轻盈的舞姿吗？那快活的穿剪，是花朝月夕的缠绵吗？那呢喃的燕声，是风飘云散的挂恋吗？忆往昔，旖旎风情，脉脉不得而语。

"关关雎鸠，在河之洲。"三千年前的《关雎》，不读便罢，一读就是悠哉悠哉，辗转反侧。那些敏感的诗人，大概是从读这首诗开始失眠的。某个夜晚，一声"关关"未歇，另一声"关关"相应。我想，那夜一定月白风清，该睡的人都睡了，只有一个年轻男子睡不着，他听见了那关关之声，他的心便飞出窗外，飞到牡丹亭畔寻梦，飞到西厢月下等待，飞到潇湘馆外看隔墙花影。这关关鸠声，当我们年轻的时候，无法听懂；当我们听懂的时候，已不再年轻。这个世界，有好多东西可以弥补，有好多东西却永远也无法弥补。

记起多年前，在如皋水绘园里，读到董小宛的诗《绿窗偶成》："病眼看花愁思深，幽窗独坐抚瑶琴。黄鹂亦似知人意，柳外时时弄好音。""秦淮八艳"的小宛，性好清静，每到幽林远壑，就眷恋不舍。最令人心折的，是把琐碎的日常生活过得浪漫美丽。她曼妙的琴声，似有似无，树上的黄鹂，清音袅袅，香魂依是梦，病眼数相思。

"江晚正愁予，山深闻鹧鸪。"像辛弃疾一样，曾经有暮色闻鹧鸪的感受。记得一年暮春，到南陵绿岭，走过一方方明镜般的水田，爬过一坡坡青翠的树林，穿过一片片夹岸的桃花。忽然，"咕——咕——"，从竹林深处传来，愈来愈近，侧耳细听，忽断、忽续、忽近、忽远，像渐渐远去，却又若即若离。那缥缈的鸣声，竟有些不可捉摸了。干脆闭上眼睛，任其久久地萦绕。仿佛这一瞬间，生活的重负，人生的烦恼，情绪的压抑，被声声的鸟啼一一融化了。

传说中，鹧鸪是鸟中的诗人，我以为是诗人的化身，不然鸣声怎这么飘忽不定。"咕——咕——"，把人拉回到一个久远的世界，咕——咕——"，把人拉回到苔痕暗绿落日苍凉的梦境。是的，我知道这是梦，可是我多么喜欢重温。

"飘飘何所似，天地一沙鸥。"这是落魄杜甫的真潇洒，红尘滚滚，半醉半醒记谁名。上下飘荡，任意东西，不论身后之名，不求生前之功，不叹人生落拓，不哀四处漂泊，做只沙鸥，在天地之间随意飘飞。

鸟声是最美的语言，闭起眼睛，好好地听吧。房前屋后，花前月下，峰峦涧谷，鸟儿们用一百种声调在歌唱，仙乐飘飘。

在这美妙的清音里，你听出了自然的消息了吗？你有了岁月的感慨了吗？你唏嘘人世的沧桑了吗？那么，还等待什么，敞开心扉，去做一只鸟。

关关，嘤嘤，咕咕……

一声声、一声声幽远温馨的鸣啾。

2014.3.25

朵朵桃花静静开

还记得，少小离家时，走过你的小院，你从半人高的篱墙伸出来，粲然地一笑，带着桃花香味。记忆里的你，还依然那样小巧，粉嫩，动人吗？如今，你是高了，瘦了，还是美了？长发是披着，盘着，还是用簪花挽着？

桃花在古人眼里，是春风相伴的悸动，是人面相映的惊艳，是流水相依的旖旎。

桃花，轻盈，摇曳。一种掩饰不住的热闹，就像旺盛的青春。坐在春天里打开身子，频频含笑；立在清风里沐浴芳心，欲语还休。

不记得何时见的第一眼桃花，在村口，在水边，在庭院，这里一棵，那里一棵，松松散散，却明花照眼。水乡没有连片的桃林，不像十里桃花开在似曾相识的梦里。

桃花这东西，也易牵惹凄美情怀，让人惆怅若失。"去年今日此门中，人面桃花相映红。人面不知何处去？桃花依旧笑春风。"穿越大唐，走进三月的花园，我听到书生崔护低声啜泣："去年的今天，我这里邂逅了你，如此美好，桃花盛开的季节，你美似桃花。而如今，我再次拜访，你身在何处？为何柴门紧锁，花园空空，只余下满园桃花在春风里？我这种莫名的思念，你若是晓得，也许会笑我傻罢。"

自从住进城里，触目高楼大厦，上是逼仄天空，下是水泥地砖，少有桃花，加上匆匆忙忙，偶尔一两棵桃树开花，也是一带而过。想起多年的冷落，心有戚戚。

还记得，少小离家时，走过你的小院，你从半人高的篱墙伸出来，粲然地一笑，带着桃花香味。记忆里的你，还依然那样小巧，粉嫩，动人吗？如今，你是高了，瘦了，还是美了？长发是披着，盘着，还是用簪花挽着？

不忍心触碰你的感觉，就像初见安意如的《陌上花开》《美人何处》，那封面淡淡的折枝桃花，让我不忍触摸，那如桃花般唯美倾城的文字让我不忍速读。安意如笔下女孩，如志怪小说里幻化的桃花仙子，香艳婉转，勾魂摄魄。

桃花欲语还羞，不知在谁的怀里依依？桃花如影随形，不知在谁的眼里微笑？桃花随风飘飞，又不知在谁的心里忧伤？

我想唐寅是知道的，谁还有他对桃花的钟情。"桃花坞里桃花庵，桃花庵里桃花仙。桃花仙人种桃树，又摘桃花换酒钱。"桃花坞里的桃花开得好繁密啊，白里透红，红里泛白，风一起，花就落了他一头一身。他就这样身化桃花，心醉桃花。"酒醒只在花前坐，酒醉还来花下眠。半醒半醉日复日，花落花开年复年。"如今，哪里有这桃花仙境？又何处去觅这桃花仙人？

民国才子胡兰成，人生热闹得很，看桃花却能将心思沉静下来，品出别样的妙处。他《今生今世》开篇即是《桃花》。第一句便是"桃花难画，因要画得它静。"就算春事烂漫到难收难管，亦依然简静。胡氏一生一世，浮花浪蕊，有无限的桃红暖意，依然人与花一样地静好。一手漂亮的文字，让聪明高傲的爱玲，见了他，亦要低低的，低到心里开出花来。她只想看着他恋恋的眉眼，尘埃里的桃蕊甜蜜地开。

陡然间，天地沉静，恍如定格在那瞬间，沉静，心好似也沉静了。是啊，花开了亦能落，落得那么安静，听不见黛玉细若游丝的叹息，看不见容若一把瘦弱的眼泪。

桃花轻轻开在雨里，最是嫣红。烟雨蒙蒙，花带雨，柳生烟，花柳相瘵，脉脉有语，花光水影，临水而妆，楚楚动人。

那楚楚里，有份纯美，拂动情思的涟漪，吹过心上的柔软，像初见时眼眸里颤动的旖旎。

那楚楚里，有种偎依，在桃树下长梦酣眠，蜜蜂在耳边嗡嗡嘤嘤，什么挣扎苦痛都没有，睁眼时已是地老天荒。

那楚楚里，有那么一个瞬间，觉得自己提前成为养老族，找一个这样的地方静静老去也很好。

桃花，崔护的桃花，唐寅的桃花，胡兰成的桃花，那些人面何处去了？少年的桃花，盛年的桃花，老年的桃花，那些岁月何处去了？

轻轻折一枝桃花，在叶面写下两个字：赠君。

若你心有灵犀，可否在下一年桃花盛开的季节，邀我？

2014.3.27

落花人独立

斜斜地打一把伞，在微雨里，蹁跹
走过落满杏花的小径，看春华丽转身，渐
行渐远。一片，一片，又一片，似杏花，似
桃花，似海棠，似玫瑰，娴静飘落，悄然无声。

　　晏小山，小令写得好，如出水芙蓉，清丽可人。初见，像小时代样的小
清新，再见，张爱玲般的倾城倾心。喜欢晏小山，跟喜欢安意如感觉差不
多，那种喜欢是豆蔻梢头初见的心悦相知。

　　吟小山词，如嗅春花，那嫩蕊，那沁香，一簇簇婉约，一朵朵精致，一
瓣瓣情深。正当你陶醉时，它却香消玉殒，佳期不再，让人徘徊再徘徊，流
连复流连。

　　"从别后，忆相逢，几回魂梦与君同。"如今仍能遥遥忆起，年轻时读到
这阕词的心悸神摇，温暖滑腻，颤颤及手，酥麻入心。没有几个多愁的，细
致的，温婉的，多情的女子能抗拒这首词。

　　记得小苹初见，他回头，见她站立在紫藤花下，幽幽人影落花满地。梁
间燕子不解人愁，依旧双飞，呢呢喃喃。

　　而今，那些小莲、小鸿、小苹，偎在词里，犹如落花，点点飘零，或歌
或舞。纵使相隔千里万里，但有一样是相通的，就是那池阁畔丝雨似的叹

息，那小园里丁香似的忧伤。

落花人独立，曾经多少回在梦中梦见了晏小山，梦见他正在微雨中看着窗外凝思。

"不恨此花飞尽，恨西园、落红难缀。晓来雨过，遗踪何在，一池萍碎。春色三分，二分尘土，一分流水。细看来，不是杨花，点点是、离人泪。"

苏轼此类的情感词，缠绵哀婉，我读的不是杨花，而是一个又一个的红颜知己的飞逝，是夜来幽梦忽还乡的王弗，是恨不能同穴的王闰之，是唱"花褪残红青杏小"而哽咽的王朝云。那些枝上的繁花，那些记忆里的娇艳，而今芳踪何在？

《诗经》里说"惠而好我，携手同行"。爱我，是吗？那就携我的手，与我并肩同行，始终。

苏轼，仰慕他的人很多，却不能始终，所以最让人心疼。

眼前，仿佛站着苏轼，白髯飘飘，惠州六如亭里，来去低回，低声啜泣："不合时宜，惟有朝云能识我；独弹古调，每逢暮雨倍思卿。"

所以纵使相隔千年，每每想起他的名字，想起他的朝云们花谢花飞，我内心都会涌出一种温柔，夹杂着隐隐的痛，止也止不住。

落花人独立，曾经多少回在梦中梦见了苏轼，梦见他正在微雨中看着窗外吟哦。

"半世浮萍随逝水，一宵冷雨葬名花。"这是纳兰容若的两句词，安意如用来诠释陈圆圆，半生飘零，流落风尘，倒是最契合的文字。"花谢花飞花满天，红消香断有谁怜。"这与大观园里的红颜们也极契合。

那容若似的哀感，那容若似的缠绵，那容若似的悲凉，只有那片疏窗，只有那片黄叶，只有那片落花，最懂。

记得你与卢氏的那个春日，你贪杯喝醉了酒，她不曾惊醒沉睡的你，轻轻为你扑着轻纨小扇，在那个春日里，幸福就在你的手心；还记得那个午后，你们赌书的场景吗？你一直在赢，只是想品一品她泡的茶。茶香书香还有她作陪，可惜当时的你只道是寻常。

此情不复，此人已逝，此景和泪，往昔如蝶，正如席慕蓉所写"走得最急的，都是最美的时光"。

人怜花似旧，花不知人瘦。容若只有躲到词里，怜惜稍纵即逝的幸福，守候昙花一现的爱人，感叹锦瑟流年，谁与相共？

容若，那些逝去的美好，仿佛是飘零的樱花，美丽、易碎，又那样让人流连忘返。

落花人独立，曾经多少回在梦中梦见了容若，梦见他正在微雨中看着窗外自怜。

"落花人独立，微雨燕双飞。"每当读到它时，就有种奇妙的韵味，仿佛自己亲身经历过一样。

斜斜地打一把伞，在微雨里，踽踽走过落满杏花的小径，看春华丽转身，渐行渐远。一片，一片，又一片，似杏花，似桃花，似海棠，似玫瑰，娴静飘落，悄然无声。

2014. 4. 4

天堂有花开花谢吗

母亲如肥皂泡，带给我们儿时的欢乐，吹着吹着，就没有了；母亲如一件易碎品，整日被拿起放下，终于有一天碎了，碎得出乎意料；母亲如一场梦，梦里只有含辛茹苦的唠叨，待苦尽甘来，梦就到头了。

燕子来了，梨花落了，清明又至。母亲去了已近两年，却再也回不来了。

伴着微微的山风，我们来到母亲长眠的地方，插上白幡，烧上纸钱，深深地磕个头，在心里许个愿。母亲，天堂在何处？你在那里过得好吗？你那里每年也是花开花谢吗？你那里二十四节气轮回吗？

童年时光，总是很美。母亲是个戏迷，槐花快落时节，周边村子唱戏，母亲总牵着我的小手带我看戏，唱的是庐剧，内容大多是旧时公子落难小姐讨饭的故事，现在想起来只有《王庆明招亲》还记得。下雨天，母亲要我们捡鸡毛，我们提出用讲故事作为奖励，就在那是，我知道了杨门女将、樊梨花、薛仁贵的故事，那些故事，那些旧戏载着我小小的心愿与梦想，带着我欢乐的童年飘向了远处。

童年时光，是光阴的故事。最盼望是过年过节，可节日总是那么慢悠悠的，在眼巴巴中才姗姗来迟，哪像现在，年一过，跟着节日就纷至沓来，想要它慢点都不行。母亲会做炒米糖、甘豆筋，最拿手的是做米酒，一坛米酒，一屋的浓香，你争我抢，还没吃几下，坛就空空如也，母亲看着总很高兴，说："明年多酿些，让你们吃个醉。"

那时各家经济都很差，一个月才买一次肉，记得那时我还没上学，有次看人家吃肉，那香味，那一口咬着油顺嘴流的情状，让我馋极了。母亲给我一块钱，要我去买五毛钱肉。卖肉的问我买多少，我用手在一块钱中间比划着，说"这钱的一半。"引得大家都笑起来。肉买回来，母亲做了好几样菜，肉烧菜，真香，真好吃。现在回想起来，那香味似乎还有扑鼻的感觉。很赞同台湾美食家蔡澜的话，这个世界上，只有妈妈做的菜最好吃。是啊，妈妈做的菜最有家常味了，那菜里融入的那份细致入微、润物无声的爱心，是别人根本模仿不出来的。而当母亲离开了我们，那菜永远都吃不到了。那时我不知道，终有一天，母亲做的菜会成为一个美好而怅然的回忆，你出再多的钱也买不到了。

有人说，失去母亲就等于失去了半个故乡，就等于失去了半个自己。十八岁离家在外求学，然后工作，然后成家，然后添子，然后创事业，工作不断调动，家也从乡镇到县城再到市区，漂泊到中年，工作稳定了，事业小有成就了，就是把母亲疏远了，以致偶尔见面竟无话可说。生命是什么？生命就是捏在手上的泥沙，怎经得起风吹与雨打。母亲的生命就如流沙渐渐从指缝消逝了。不知道会有这么一天，一觉醒来，母亲再也没有了。母亲如肥皂泡，带给我们儿时的欢乐，吹着吹着，就没有了；母亲如一件易碎品，整日被拿起放下，终于有一天碎了，碎得出乎意料；母亲如一场梦，梦里只有含辛茹苦的唠叨，待苦尽甘来，梦就到头了。

记得女作家张抗抗在《苏醒中的母亲》中讲到，当昏迷的母亲苏醒过来，张抗抗叫道："妈妈，是我呀，抗抗来了。"可她母亲复述时却变成了：

"妈妈来了。"作者还纠正说:"是抗抗来了。"她母亲固执地重复强调说:"妈妈来了。"作者顿悟,眼泪一下子涌上来。"妈妈来了。"每个孩子在童年时,都听过这样的声音:"别怕,妈妈来了。"

记得雷雨天,一个人在野外放鸭,被炸雷打得心惊肉跳,这时,听到遥远而熟悉的声音:"别怕,妈妈来了。"闪电雷鸣似乎就不可怕了。

记得小时候刚参加劳动,跟大人后面学割稻,那是我第一次割稻,不小心割破了手,半个指头差点掉了,我吓得哇哇大哭,母亲跑过来说,"别怕,妈妈来了。"母亲在田里找来止血草,揉碎,放嘴里咀嚼,然后给我敷上,手马上不灼痛了,还有一丝凉凉的感觉。

不知从哪一天,母亲突然老了。记得有年冬天,母亲从火桶里跌下来,腿摔断了,可她忍着不去医院,硬撑着,在床上躺了两年多,才拄拐下地行走。想想母亲那时,一定很痛很痛,但她却熬着,流再多的血,也不会喊出声来。就是好好的人,在床上睡两年多也会睡出病来,何况母亲一把老骨头,还是断骨,可她就是不去医院看,她生性刚强,以为什么都能挺过去。

岁月是无情的,不因为你有韧性,它就让着你。时间是一个圆,将活着的人抟成了一座圆圆的坟。地下的,是横着的永久,地上的,是竖着的漂泊。

时光流逝,匆匆,谁也无法阻挡。琦君在忆母亲的《髻》里写道:"母亲年轻的时候,一把青丝梳一条又粗又长的辫子,白天盘成了一个螺丝似的尖髻儿,高高地翘起在后脑,晚上就放下来挂在背后。"而后来,她帮母亲梳头,头发是一绺绺的,渐渐稀少且没有光泽,琦君叹道:"一把小小黄杨木梳,再也理不清母亲心中的愁绪。"无人能挽住时光,留住生命,母亲曾经的往事,如今皆已成空,可也正是成了空,才如此让人惦念,如此伤感。归有光在《先妣事略》哀伤:"中夜与其妇泣,追惟一二,仿佛如昨,馀则茫然矣。"

人可以是一缕风，一片云，一阵雾。风跟着风走，云随着云飞，**雾牵着雾飘**。不是人的随心，也不是人的随意，岁月的选择，就像一场雨，要击落哪一片叶，要败掉哪一瓣花，不是人能掌管的。来，由不得你，去，你由不得。

鸟的脆鸣在坟头的枝丫间清唱，浓密的绿叶稀疏了地上与地下的距离。我知道，花谢了花还会开，燕去了燕还会来，母亲去了却再也回不来了。虽然几次做梦梦到了母亲，但她总是默不作声，没有和我讲过一句话，不知是不是天堂的环境养成了母亲安静的性格，还是母亲对我有意见的表示。

都说母亲在天堂，母亲的天堂是否岁月静好，时光安然？那里一样有日出日落、人间冷暖吗？那里一样有四季更替、花开花谢吗？

母亲，天堂的生活，你能适应吗？在那里可不要再操劳了，那里的时光应该是永恒的，你不用那么急匆匆了，好好享受那边的生活，我会在每年清明冬至给你烧好多好多纸钱，你在天堂一定要幸福。

燕子还在飞，梨花还在落，只是今年清明没有了雨纷纷。

2013. 4. 6

梨花一枝春带雨

有些人，生命里只来过一次，便是长长的一生，无论相隔多么的遥远，哪怕，隔着阴阳，依旧可以认出一袭素衣翩翩，只是，你不曾，从不曾知道，那泪痕楚楚的凝望里，有一滴，是为你洒落。

近水如镜，远山染绿；春雨细密，朦胧如织；几树梨花，临水照影。

西窗下，一个八九岁的女孩伸着长长的脖颈，轻嗅梨花，睫毛上沾着细密的雨珠，好似白居易诗句的情景："玉容寂寞泪阑干，梨花一枝春带雨。"立在窗前静静地看着雨中绽放的梨花，一团摇曳的白色诉说着楚楚的美丽。

那微雨欲湿，那纯洁清丽，那淡雅馨香，我怎么视而不见听而不闻？那些文人，从李重元到秦观，从唐寅到孔尚任，不约而同写自己"雨打梨花深闭门"，这怎么舍得？闭门不见，这怎么忍心？"梨花带雨"该是何等惹人爱怜？在这点上，我很欣赏元朝诗人艾性夫的做法："一帘香雪嗅梨花。"对，人要有点浪漫情怀，轻轻拉开印花窗帘，嗅一嗅梨花清香。

我拿起相机扑进梨花雪海。站着，蹲着，跳着，正着，侧着，歪着，把各种姿势都依附在浪漫的梨花上。轻轻地走得近些，再近些，就像那些被勾了魂儿的人一样，眼中只剩下那唯一。那一朵朵小小的梨花，美得那样纯粹，不媚俗，脱离了低级趣味。有的低垂着，似藏着无限的羞涩；有的身姿

110

挺直，骄傲地对我微笑；有的躲在新芽丛里，悄悄偷窥着。我闭上眼睛，陶醉在满眼的雪白里，仿佛张开了翅膀在花间悠闲穿梭。

忽然一阵风吹来，有几朵梨花轻轻地飞舞。地上铺着一层雪白的花瓣，我舍不得踩踏，生怕踩坏了那些娇小的生命，就这样痴望着。不知多久，也不知怎么弄的，竟然不小心碰断了一枝梨花，顿时，花蕊纷纷扬扬，落了一地，我心为之一痛。杜牧说："砌下梨花一堆雪，明年谁此凭栏杆？"明年此时不知身在何处？又不知是谁将站在这里看这景色？今年不知明年事，不如怜惜眼前花。我弯下身，拾起脚边的梨花断枝，轻轻地托在掌心，静静端详。白而小的梨花，成串地拥在一起，花瓣真的很小，一滴雨珠就能将花瓣淹没，可看起来小小的梨花并不弱，在雨珠中依然美丽。隐隐地，鼻子有些发酸。小心地捧回家，插在书房的青瓷花瓶里，书房里尽是浅浅的香。

曾经有朋友问我，为什么欣赏带雨梨花？我一时语塞，不知道该怎样回答。为什么呢？我问自己。

有些花，经不了雨，几天的春雨一淋，花就迅速地败了，连叶子也蔫了，而梨花在春雨的装饰下却更美，虽然开得小，可她们却成串拥簇着，把零星的白点变成一树的琼枝，又将一团团无暇之白变成这仿佛有生命的羊脂美玉。假如没有这断断续续的雨，梨花也许就不会显出它的坚韧，也许就不会开得如此盎然动情。雨中的梨花，因水的滋润而倍添神韵。这也许就是梨花一枝春带雨的美丽吧！

朱淑真《断肠集》里就有许多咏落花的词句，我最喜欢的是那句："梨花细雨黄昏后，不是愁人也断肠。"想想那细雨霏霏、春意阑珊的光景，想想那清风徐吹，花枝簌簌的动态，想想那不时有雨滴和着花瓣，轻轻飘落的意境，不是愁人又怎能不枕人无寐？那清凉的芬芳，素洁的香魂，带着淡淡的哀怨，你能不愁思百转？

"女人花摇曳在红尘中，女人花随风轻轻摆动，若是你闻过了花香浓，别问我花儿是为谁红；爱过知情重，醉过知酒浓，花开花谢终是空……女人如花花似梦。"喜欢梅艳芳的这首《女人花》，深情婉转，使我想起质本洁来还洁去的黛玉，玉容寂寞泪阑干的玉环，落花犹似坠楼人的绿珠，那种忧伤的美丽令人沉醉。有些人，生命里只来过一次，便是长长的一生，无论相隔多么的遥远，哪怕，隔着阴阳，依旧可以认出一袭素衣翩翩，只是，你不曾，从不曾知道，那泪痕楚楚的凝望里，有一滴，是为你洒落。

　　"花落流年度，春去佳期误。"叩问时光，有多少美丽，经得起韶华的匆匆流逝？又有多少的人生风吹雨落？也许，不待回味明白，已是"一朝春尽红颜老，花落人亡两不知"。

　　已是深夜零点，在百度搜索一张张带雨梨花图片，设为电脑桌面背景，每当打开电脑，我想象自己就仿佛站在梨花丛中，与梨花相伴，阵阵清香扑面而来，丝丝润泽心田。自然的梨花，也许明天就凋谢了，但我电脑里的梨花却天天绽放，季季馨香。

　　天之涯，水之湄，在流年清浅里，若时光能够倒流，我愿与你雨中漫步。若世间真有轮回，我愿在月光下听你倾诉。若来世懂得，我愿一直祈盼，等你来惜。

　　心有梨花，为伊而开，洁白花语，对伊而许。

　　一枝梨花春带雨，一年又一年。

2014.4.21

112

扇里看花

小小扇画，有说不完的意境。

打开折扇，如一扇月，月辉清吾心，合上折扇，如一竿竹，竹韵陶吾情。

近日，迷上了董桥，被他精致的文字所惑，尤其是他描述扇子的意境，唇齿间字句珠玑，勾人绮念，是那种读起来心生缠绵、低回不已的怜玉感受。

溥靖秋，爱新觉罗家族的女画家，善画花卉蛱蝶小扇子。她有一柄纸扇画的蛱蝶，董桥几笔就写出了韵致："溥靖秋画蛱蝶胜在娴静：意态娴静，色彩娴静，韵致娴静，跟我家旧藏于非闇、周錬霞画的工笔蛱蝶很不一样。京派于非闇的蛱蝶太粉，海派周錬霞的蛱蝶太艳，只剩溥靖秋彩笔下蛱蝶生机盎然。"

特意到网上搜索了一下，还真找到了溥靖秋的这把扇子，一把小小的小姐扇，花蝶娇小，题字娟秀，可惜与我无缘。但有董桥的文字，立马有了遐想。

小时候，看戏里的公子，大多有一把随身而带的折扇，悠悠打开，那份雅致，让少年梦也飘香。如果一扇在手，则落落清风，芬芳四溢。小小扇子入字入画，一剪寒梅，一枝红杏，一绺幽兰，在画家笔下云卷云舒，情趣横生。

几次到苏州、杭州游玩，喜欢逛逛折扇店，明清时苏州的扇子称为"香扇"，杭州的称为"雅扇"。有名的画扇佳作很多，如明代周之冕的竹雀扇、唐寅的枯木寒鸦扇、沈周的秋林独步扇，清代恽寿平的菊花扇、王武的梧禽紫薇扇等，可惜这些珍品扇画我一次也没见着，于是越加羡慕董桥，有那样好的运气，可以看到那么多名家的扇画。

任伯年，清末画家，画过很多扇画珍品。董桥在20世纪60年代就曾目睹过任伯年的一幅扇画《小红低唱》。扇面讲的就是姜夔那个有名的"小红低唱我吹箫"的故事，迷蒙的情影，淡淡的妩媚，迎风的柳丝，让我想起那样的早春，那样的微风，那样有芦花的山冈，似能听到小红的低声宛转。想着想着，不免生出无限怜惜，低声轻问：你柔弱的身子，还像早先一样怕风吗？每个春夏之交的时刻，你还会到水西园那片山冈眺望吗？

惦记是一种缘分。董桥先生就很惦记任伯年的团扇。他说："想找任伯年一幅团扇，找了许久找不到惬意的，缘分一来，我竟然拿到这幅《桃花燕子》。"在董桥《墨影呈祥》集子里，就有《桃花燕子》的插图。董桥是这样描写的："够水，够淡，够雅，够旧。"驻足欣赏，古旧的纸张，水红的桃花，灵巧的紫燕，足够雅致了，虽然任伯年画过多幅"桃花燕子"，但我以为这幅最有价值了，上面还钤了名家的收藏印，"那是真迹的印信，岁月的霜鬓！"。

小小扇画，在董桥笔下，透露的是一类名士的情趣，是一份闲逸的心思，是一股苍凉的悲怆。所以柳苏说，"你一定要看董桥"，因为他能道尽其妙，因为他文字的花红柳绿，因为他的高贵清雅。

想起杜牧《秋夕》诗句"轻罗小扇扑流萤"，想起唐寅《秋风纨扇图》：

"秋来纨扇合收藏，何事佳人垂感伤。"想起宝钗扑蝶画面，似能听到她的娇喘细细，想起秦淮河边的李香君，她的斑斑血迹在侯方域相赠的扇子上染就的朵朵桃花。小小扇画，有说不完的意境。打开折扇，如一扇月，月辉清吾心，合上折扇，如一竿竹，竹韵陶吾情。

董桥，在一把把扇子里，有无垠的牵挂，在扇底的清风明月里，有缥缈的顾盼。一把把扇子，一段段惜香怜玉的旧梦，写情写意，在心里泛起淡淡轻愁，花间戏蝶，字里看花，探得笔墨消息，见出董桥那番心思："好好玩赏，也算纪念一段老去的岁月。"

第一次在董桥的扇子里，看春花细雨，听梅边吹笛，浅浅的绮念换取浅浅的会心，恰到好处，不多，不浓，不过。

2014.4.30

"梦里花落知多少?"在我们背后，花为人落，人却不知。花儿落下，谁在意过？花儿碎了，谁知？风儿刮过，谁凉？

"林花谢了春红，太匆匆。无奈朝来寒雨，晚来风。胭脂泪，相留醉，几时重。自是人生长恨，水长东。"

这是南唐后主李煜的词，虽是短幅的小令，却有无限的情殇。是啊，林间的红花，绽放才有几时，就这样凋谢了，那么急急匆匆，纵是千万个不舍也是无可奈何啊，花儿怎么能经得起凄风苦雨的昼夜摧残呢？

花落满地，随水漫流，像是美人双颊上的胭脂和着泪水流淌，让人疼惜。看花的人，如痴如呆，仿佛花向他哀哀求救，而他却只有泣涕涟涟，说不出一句抚慰的话，这诀别的伤心，就像那东逝的江水，连绵不断，滔滔不绝。

"樱花落尽阶前月"，美好时光匆匆过，人生风雨几度秋？来不及回味，花已落尽春已去，冷月当阶人独在，花难解语，月亦无声。

"花自飘零水自流，一种相思，两处闲愁。此情无计可消除，才下眉头，却上心头。"

李清照的"花自飘零水自流"，很似晏殊的"无可奈何花落去"。花落，春去，最美的时光，最美的风景，最美的红颜，都成了泛黄的影像。如今有谁堪摘？时间和距离总把真心化作无奈，旧时的记忆如同落花一样飘零，情深处，梦寐里，一点幽怀谁共语？伊人远去，但在等待人的眼里，她处处都在，花落人相知。

"赌书消得泼茶香。当时只道是寻常。"容若的哀伤，让"泼茶赌书"的欢快，"共剪西窗烛"的甜蜜，"云中谁寄锦书"的祈盼，成为梦里忧伤而寂寞的回味。仿佛看见那人在这个时节离去的背影，仿佛听见那人在这个夜晚低低的啜泣。而今，不仅时光老去，连花期也一并错过了。伤心的人，只能徘徊落满花瓣的小径，看紫燕双飞，戏蝶翩翩，而后一声一声的唏嘘，用泪洗着曾经缥缈的约定。

杜甫也仿佛停在梦一样的回忆里。"正是江南好风景，落花时节又逢君。"一样旖旎的风光，一样片片的飞花，人生暮年，流落中相遇，困顿中相对，再美的良辰胜景，再香醇的美酒佳肴，再动听的仙乐神曲，莫不掩泣罢酒。

"自在飞花轻似梦，无边丝雨细如愁。"飘飞的花瓣轻得像夜里的美梦，飘洒的雨丝细得像心中的忧愁。除了秦观，谁还在咏如此婉约的词？谁把等待，安放在如此花落时节？谁把谁伤的断肠还期待与谁同倚？

多情的欧阳修竟然痴想："泪眼问花花不语，乱红飞过秋千去。"为何这样痴痴？只因花上盈盈有泪，只因这胭脂泪而悄声问花，只因这花默默不回一语，只因这花孤独飘荡，飘满深深庭院，飘过空荡荡的秋千。人暗自伤心，花暗自恼人，花愈恼人，人愈伤心。

我问花落何处，花儿不语，我独自数一朵两朵三朵。民国才女张爱玲说："守一颗心，别像守一只猫。它冷了，来偎依你；它饿了，来叫你；它痒了，来摩你；它厌了，便偷偷地走掉。守一颗心，多么希望像守一只狗，不是你守它，而是它守你！"有些人会一直刻在记忆里的，即使忘记了她的声音，忘记了她的眼泪，忘记了她的走路的姿势，但是每当想起她时的那种感受，是永远都不会改变的。

"只恐夜深花睡去，故烧高烛照红妆。"能够倾听花开声音的，只有苏轼；能够陪苏轼永夜心灵散步的，只有这寂寞的海棠。人惜花，花之幸；花懂人，人之幸。海棠与我两知音。

"梦里花落知多少？"在我们背后，花为人落，人却不知。花儿落下，谁在意过？花儿碎了，谁知？风儿刮过，谁凉？

耳边传来霍尊的《卷珠帘》："细雨落入初春的清晨，悄悄唤醒枝芽，听微风耳畔响，叹流水兮落花伤，谁在烟云处琴声长。"

记起徐志摩的诗《我等候你》，等候你，桃花落了，鸿雁还迟迟不来；等候你，杏花落了，邮件还迟迟不发；等候你，樱花落了，希望还迟迟不来。无可奈何的辗转，无可奈何的叹息，无可奈何的痛楚，无可奈何的回味。

2014.5.6

浅夏一朵花

一朵夏花，静静地绽开，
不为谁来；一棵夏草，勃勃地
生长，不为羡慕；一只夏虫，轻轻地飞过，
不为炫耀；一朵白云，悠悠地飘过，不为留痕。

春太匆匆，夏来正好。

早上，站在南窗边，痴痴看桃叶，那些鲜艳的芳菲，好像还是眼前的景致，眨眼就密叶覆盖了，果然是"人间四月芳菲尽"，谁能阻遏自然呢？

桃叶上闪着露水，是初夏告别春天的泪痕吧。春的韵脚刚刚没过马蹄，还来不及策马扬鞭，夏的衣袂就翩然飘起了。瞧瞧自己，也确实，身上穿着浅色的短衫，一幅浅夏的气息。

浅夏有浅夏的气息。只有心在其中，才能嗅得出来。少年迅哥儿的心沉静在初夏里，他嗅到了河岸豆麦和河底水草散发的清香，还有清香夹杂水气扑面吹来的肌肤之亲，听觉里，宛转的笛声，也一起沉浸在豆麦蕴藻之香的夜气里了。自从离开农村，已没有与自然相亲的感觉了，此时，只能在鲁迅先生的文字里幻想一番。

记得小时候，走在初夏的田埂上，各种草木的气息随着风，扑面地吹来。稻麦气，豆蔬气，莩荻气，艾蒿气，像热情好客的村妇，浓烈，馥郁，不再像初春，小姑娘般的，矜持，羞羞答答。

好喜欢这样清浅的日子，没有了姹紫嫣红的争奇斗艳，只有繁华落尽后的岁月静好。

偷得浮生，半日清闲。

忙碌了许久，整个人像弦绷得太紧。此时，安静地独坐，看光阴悄悄的在槐花的蕊影里辗转，甜甜地飘着香气，再从我的指缝间潇洒地溜走，不留恋，不回首。

朱自清的《春》总有点夸大其词，春刚来，草软绵绵的，可能吗？打两个滚，现实吗？浅夏，草正好恣肆，绿茵茵的草坪上，仰卧，侧躺，依偎，皆可。一杯绿茶，一本泰戈尔的诗集，轻轻打开，悠悠品咂，无繁忙喧嚣乱耳，无杂务案牍劳形，偷得浮生半日闲，唯有浅夏最逍遥！

爱极了这般静美的好时光。今年在老家菜地，种了一些蔬菜，每周一去，心清气爽。初夏里，辣椒挂上了小灯笼，向我展示岁月的成熟。丝瓜已渐渐爬上了架，向我蔓延成长的温柔。黄瓜瓠子开的小花，黄白相间，向我诉说心情的妩媚。那些绿绿的叶，衬着长长的藤，比着赛地向高处攀爬，藤上结出了一个个绿色的小瓜纽，随着一阵微风翩翩起舞，可爱多了。

走进初夏，王安石说："晴日暖风生麦气，绿荫幽草胜花时。"秦观说："芳菲歇去何须恨，夏木阴阴正可人。"初夏还有小荷叠叠如青钱，轻点水面，苏轼说："微雨过，小荷翻，榴花开欲然。"欲燃的榴花让人眼前一亮，还有栀子花，细雨里渐飘清香，槐树花一丛丛挂着幽芳。

初夏何所事？朱淑真很敏感地告诉我们："谢却海棠飞尽絮，困人天气日初长。"那就睡睡小午觉。杨万里午睡起来，很慵懒地对我们说："日长睡起无情思，闲看儿童捉柳花。"他眼睛真尖，"小荷才露尖尖角，早有蜻蜓立上头"也被他最早看到了。陆游一觉醒来，却很孤寂地自问："叹息老来交旧尽，睡来谁共午瓯茶?"陆兄，要想通啊，人生彻悟了，就轻松了。不必兀兀穷年问个不休，世事没有参不透的玄机，只是早晚而已。

晚唐诗人徐夤就很浪漫，"青虫也学庄周梦，化作南园蛱蝶飞。"初夏小青虫受谁的感染，悄然而来，又悄然远去。擦身而过的档口，却是一种莫名的神奇，原来转身之后，已幻化成一低头的温柔。千般垂怜，往事知多少?一路悄落，尘香知多少?

桃树香樟垂柳，层层叠叠，迷离交错。阳光在其间穿梭，时而栖居枝头，时而依偎干身，时而蜷缩根尾，盈盈的模样，好似性情开朗的女孩，动若脱兔，静如处子。

南窗，我独享初夏的处所，安静的好地方，每一次呼吸，都带着草木的清香，如"花来衫里，影落池中"。

一朵夏花，静静地绽开，不为谁来;一棵夏草，勃勃地生长，不为羡慕;一只夏虫，轻轻地飞过，不为炫耀;一朵白云，悠悠地飘过，不为留痕。

只想，将时光停在这一刻，不言沧桑，不说悲凉，只愿时光荏苒，岁月静好。

2014.5.16

流年落花

急与不急，光阴都在那里，不多不少；
等与不等，光阴都在那里，不快不慢。红了
樱桃却不是去年的红，绿了芭蕉也不是明年的
绿，流年去了却不能倒回，只等把往事轻轻回味。

时光总是那样匆匆，过去的再也回不来了。

就像小时候的玩具，自以为是世界上最好的东西，把日日的心思都放在上面，而今那份心情消失得无影无踪。

竹蜻蜓，是那时最喜欢的玩具，玩时，用双手夹住竹柄，快速一搓，两手一松，竹蜻蜓就飞向了天空。看着慢慢上升的竹蜻蜓，恨不得带上自己去看世界。可小小的我却并不知道，其实世界只在心中，从不在远方。

竹蜻蜓飞起来，可以再落下，而时光飞走了，却再也不会降落。

一样玩具，就是一段岁月，失去一样玩具，就是流失一段光阴。

夏日阳光在孩子眼中，从没觉得酷热刺眼。常在村口树荫下，坐在有灰的泥土上，也不觉得艾蒿怎样的碧绿，槐花怎样的清香，栀子花怎样的洁白，只是喜欢和小伙伴们玩泥巴，或是甩泥炮，或是做泥包子，或是做小动物。那时，一点不觉得泥土是肮脏的，哪怕是黑色的泥土。因为我们知道，那黑色是因为泥土浸沤了树叶和落花的缘故，这样的泥土做出来的东西易成

型，而且越揉越光滑，越有淡淡的泥土气息散发出来。

和泥土接触久了，泥土也成了玩伴，记得小时候总不愿穿鞋，尤其雨天，赤脚走在田埂上的感觉，真舒服得无法形容。可后来到城里生活，再也没有亲近泥土的机会，偶尔皮鞋上沾了点泥星，都很嫌弃。

由小到大的成长，成了对泥土的逐渐逃离。中年的心境再也找不回那失去的光阴。

记忆最深的，还是稍大一些后，我学会了插秧。约在清明前后，田里的水还有丝丝的冰凉，赤脚下到水田里，毛孔一缩，脚赶紧深插进稀泥里，便不觉凉了。我家稻田边上是一块高地，上面有很多高大的橘树橙树，树枝斜横水田。插秧时，也正是橘树橙树开花的时节。记得那时俯身插秧，白色的橘花橙花就纷纷落到田里，粘在泥上。那时的泥水，现在回忆起来似乎都还沾着橙花橘花的香气。

而今，还能到哪里闻得到那时泥水的香气呢？

为哄我们多干事，妈妈常给我们讲故事。记得最清楚的是嫦娥的故事，一边听着，一边在脑子里产生无穷的想象，一个漂亮的女子，白裙飘飞，长袖曼舞，一朵祥云托着她，正向着月宫飞去。这画面，一团的美与好。

从此心里藏着了小秘密，将来也遇着一个嫦娥般的女孩子，在我孤独的时候，飘来陪我说话。而我也有了一份窃喜，以为在我睡着的时候，她一定偷偷下来过，看过我睡觉时懒懒的小姿态。

现在，很多年过去了，母亲已不在人世了。我也不再年轻。幼时的那种天真，除了感慨，就是感动。母亲讲的故事，有不少是添油加醋改过的，她讲的嫦娥不是因为偷灵药飞到月宫，而是为了在月亮上栽桂花树。记得她说，等那些桂花盛开的时候，我们所有人，都能闻到它的香了。这样的故事，让我觉得无限的美好。

而今，日日上班，周一到周五，稍纵即逝，咋就那么快。9点往办公室一坐，不一会儿，吃中饭了，午睡过后，还没打印两个文件，下班的大巴车已等候在区政府大门口了，回家还没怎么看电视，就11点了，带着一脸的疲倦入眠，梦正做在兴头上，妻就喊着快起来，上班快迟到了，睁开眼又是一天过去了。周六周日，虽是悠闲的好日子，可好景不长，在家里转悠转悠就没了，两天的时光，像长了长腿，比飞人博尔特跑得还快。

哪管得了四季的风风雨雨，哪看得见檐外竟日雨潺潺，哪闻得到雨中隐约沁着的清香，又哪能感觉到一朵花从枝头落下的淡淡伤感。

整天，整月，整年，在时光的隧道里蜗行，不知光阴怎么流淌的，不知白发怎么长出来的，不知鱼尾纹怎么爬上眼角的，不知青春从什么时候溜走的。

"风住尘香花已尽。"不知宋朝风起的那天是否也下了雨，多愁善感的词人是否正欹在窗前听风听雨，感慨流年，日晚倦梳头。

急与不急，光阴都在那里，不多不少；等与不等，光阴都在那里，不快不慢。红了樱桃却不是去年的红，绿了芭蕉也不是明年的绿，流年去了却不能倒回，像邓丽君唱的《往事只能回味》一样，"时光已逝永不回，往事只能回味。"竹蜻蜓飞不回来了，村口的树荫回不来了，泥土的花香味闻不到了，母亲改编的故事再也听不到了。

"零落成泥碾作尘。"是啊，放翁早就暗示我们，花落终成尘。

可谁知，"流年落花"，四个字，写在纸上，很短。感知它的涵义，时间却很长。

2014.6.9

浮生若花

只记花开不记年。我想我们
都在翻飞的光阴里变老，越来越老。
在浮生里浮到最后，感慨和留恋一样长，
如同那些谢落一地的花，终究抵不住时间的洪流。

都说浮生若梦。

庄周梦为胡蝶，"不知周之梦为胡蝶与，胡蝶之梦为周与?"

唐朝鸟窠禅师劝慰："何须更问浮生事，只此浮生在梦中。"

中唐李涉《题鹤林寺僧舍》云："偷得浮生半日闲"。

纳兰性德《画堂春》更是："半醉半醒半浮生"。

李白哀叹，人生天地间，匆匆如过客，"而浮生若梦，为欢几何?"

人生几十年，在我未出生前的所有时光与我无关，在我离世后的所有岁月跟我无缘，我就这么短短几十年，与时光之流同行一程，不管一程风，还是一程雨，都是行色匆匆，永远作别，再无擦肩之幸，真是短如梦幻。

何为人生? 沈复《浮生六记》，记叙的乃是快意人生。闺房之乐，闲情之趣，坎坷之愁，浪游之快，中山之历，养生之道，有这六种体验的人生不也快哉?

记得几年前，在苏州园林听昆曲，唱《浮生六梦》之《牡丹亭·寻梦》，渐渐听得入神，同游叫了半天才恋恋离开，走了多远，还浸在飘忽的优美、惆怅的寄寓里，宛如晨起时的一声清唱，随雾气渐行消散。我以为，那种儒雅的念白唱词、华丽的身段唱腔，最能表达"事如春梦了无痕"的清愁。

多少次峰回路转的梦境，或如红楼痴梦，或如黄粱迷梦，或如今宵别梦，或如庄生晓梦。我们无法知晓梦的开始，也无法控制梦的结束。我们只能被动地参与其中，处万物之逆旅，为百代之过客，算算能有多少欢乐的时光呢？天地光阴，皆无可左右，梦中轨迹，却是自己走过。

人一辈子，就像梦一般缥缈易逝。苏轼在《前赤壁赋》中感叹："寄蜉蝣与天地，渺沧海之一粟。哀吾生之须臾，羡长江之无穷。"人的生与死都毫无痕迹可寻，我们都不知道自己从哪里来，也不知道将向哪里去。惜云聚云散，伤花开花落，把昨日的恩怨消化，把眼前的争逐看淡，把未来的牵挂解开。

人生还有什么结解不开？又能有多少伤心事被缠绕？

我说浮生若花。

乘着烟花三月下扬州，去年在扬州中学参加全国中语会，那些古朴的教室，让我一下醉了，感叹浮光深处终遇你。过去的公子小姐求学，应该就在这样的地方，有疏疏的翠竹，有花草掩映，有迷离的月色，有俊俏的书童伴读，有机灵的丫鬟相随。也有南窗，初夏里，流萤飞过，紫薇花下，一起纸扇扑蝶，也许就有女扮男装的英台点缀其中。

当晚，就急着要去寻二十四桥，走了不少的路，又何处寻得？转念一想：纵然寻见，又怎会是心目中的那桥，又怎会再闻玉人箫声？光阴去了，又岂有再回来之理？古往今来，有多少身影曾在扬州晃荡，惟有杜牧，凭一身青衫，走过红袖飘飘，醉了，睡了，走了，只把风流的背影留给了波心冷月。他的浮生又岂是我等得见的，今夜若有吹箫的玉人和悠悠箫声在心底飘荡即是三生有幸了。

浮花般人生，近代胡兰成算是了。他苍苍莽莽的一生，他无可辩驳的争议一生，他被岁月抛弃又拉回的人生，是否真如他自己所说的："我不但对於故乡是荡子，对於岁月亦是荡子"？他说"人世可以这样浮花浪蕊皆尽，惟是性命相知。"网友知我爱看胡兰成的文字，特买了两本送我，一直忙忙碌碌，不知东西南北，书一直搁在床头待读。入夏后，晚上两三蚊子扰我睡眠，一边拍打蚊子一边把自己睡眠也赶跑了，便读胡兰成，从《今生今世》到《山河岁月》，真不明白他联翩的才气何来，有如花来衫里、影落池中的自然。你看《山河岁月》里一段："那女工襟边佩一朵花，坐在机杼前，只见织的布如流水，好像她的人是被织出来的，真真的如花美眷，似水流年。"美句随手即拾。这个让张爱玲低到尘埃里的浪子，莫不是传说中千年狐狸幻化的白衣秀士，手持纸伞，衣袂飘飘地走在人群之中，赚多少多情的眼球，而我们陶醉所付出的纯情，被他供养自己的狐身。

浮生聚散是浮萍，再回首已是百年。羡慕唐寅似的浮生，写诗作画外，就是在桃花庵里种桃花。花开时节，桃下独酌，花不长开，少年不重来，浮华过眼，哪管桃花深处有谁回眸。"酒醒只在花前坐，酒醉还来花下眠；半醒半醉日复日，花落花开年复年。""别人笑我忒疯癫，我笑别人看不穿；不见五陵豪杰墓，无花无酒锄作田。"上个月去天津，实在无景可看，只在鼓楼文化街转了一圈，最后看中了一把折扇，上面写的是唐寅的《桃花庵歌》，老板娘说是从苏州进来的，源自唐寅家乡，字体婀娜，有不胜罗绮之感，便买了。

一扇在手，时不时地展读，唐寅仿佛花中仙，酒醒坐花前，酒醉倚花眠，暮暮朝朝年复一年，虚虚幻幻的浮生。这个夏天，这扇一直随身带着，缓缓地摇，有鸟鸣，清凉凉地；有溪流，清爽爽地；有云雾，清淡淡地；有风吹，清幽幽地；有花香，清馨馨地……然后，轻轻一折，一切全收起来，或者，"唰"地打开，又把这一切再现手中，而当再回头，轻轻四散。

恰如袁枚《祭妹文》中哀叹的："草色青青忽自怜，浮生如梦亦如烟。乌啼月落知多少，只记花开不记年。"

只记花开不记年。我想我们都在翻飞的光阴里变老，越来越老。在浮生里浮到最后，感慨和留恋一样长，如同那些谢落一地的花，终究抵不住时间的洪流。

一架蔷薇，夏风吹过，一层一层掀开，吹进浅浅的梦中。

南窗飘满了香气，浮生若花知多少？

2014. 6. 13

青草香

家乡处处有青青的草地，与三五伙伴在上面嬉闹，眼前有蝴蝶蜻蜓的翩跹，耳畔有鸟儿清脆的啼鸣。我光着脚丫，在草地上蹦跳，穿梭，醉在草香里，心里明媚得没有丝毫的忧郁和感伤。

青草香，多清新的字眼，其实是一个网友的网名，每次看到这三个字，就想找一个散发着青草香的佳处，听着乌兰托娅演唱的《梦里青草香》，然后把身子躺下，把心打开，把尘世忘却。

记得儿时，家乡处处有青青的草地，与三五伙伴在上面嬉闹，眼前有蝴蝶蜻蜓的翩跹，耳畔有鸟儿清脆的啼鸣。我光着脚丫，在草地上蹦跳，穿梭，醉在草香里，心里明媚得没有丝毫的忧郁和感伤。

有时，割一抱青草，铺在树荫下，躺在上面，玩斗草游戏，或者比赛用草叶吹哨音，有时吹得腮帮子发酸了，就美美地睡上一觉。醒来后，或眯着眼睛，沿着阳光投射过来的方向，去探视太阳从树叶间投射下来的光线。稚嫩的心随着草的清香任意飘荡。

记得在一个夏日黄昏，我割草，那绿油油的青草，一刀割下去，似乎流着汁液，饱食过草香的镰刀，空气里散发的是扑鼻的青草气息。那草小猪吃起来，膘噗噗地长。有时和几个小伙伴一起猫着腰钻进菜园里，看谁家地里的瓜果最香，在青草丛里摸到熟透的香瓜，悄悄摘来，然后卧在草地上，美美分享成熟的滋味。我就在那些泥土青草味中，快活又自由地成长。

后来，我开始在钢筋水泥堆砌的城市里生活，渐渐失去了少年的伙伴，失去了我的泥土青草香，失去了我的妈妈，看着爸爸不知是从什么时候变苍老忧伤的样子，突然懂得了原来幸福真的只是一刹那。

我的皮肤不再那么黑了，而且开始有点白皙了，我也不屑说家乡话了，开始练习起普通话。城里人就要有城里人样儿，我已经是城里人了，我是真的与这个城市融为一体了，因为我已闻不到自己身上的泥土青草味了，也听不到鸟儿美丽欢快的歌唱了。在没有青草香的日子里，我的心不知为何那么的彷徨。

记得去年冬天，到碧桂园朋友家喝酒，趁着酒兴，与朋友跑到北大滩踏雪。那草上的雪，真软，一踩上去脚就陷下去了。偶尔有几丛苇草，干枯枯的，瑟缩在雪地里，随着寒风凛冽摇曳。我一下忽发恻隐之心，弯下腰，拨开雪，用手摸摸那枯苇，轻轻剥开苇衣，突然，我眼前一亮，那苇心竟泛出了新绿，再凑近一闻，天啊，有淡淡的清香。原来寒彻骨的雪里也散发着青草香啊！

今年初春，寒风依然凛冽，冰雪依然封冻，我家门口的那棵柳树，千枝万枝被冰雪点缀得就像巨大的白珊瑚。我在柳边徜徉，俗心如洗，一片玉洁冰清。那吹面不寒的杨柳风，怎么就被冻雪封住了呢？我牵过一根柳条，拂去冰雪，哈口热气，融化浮雪，这时，我猛然发现，有鹅黄的晕染，虽是淡淡的，用手摸摸，却有嫩芽拱出的感觉，粒粒饱胀，时不时地还有一股清气，隐隐透出。原来冰封的柳条也蕴藏着青草香啊。

春分时节，我在老家开了块地，清明前后，种些蔬菜，点上瓜豆。我的菜园开始蓬蓬勃勃了。

菜地里，除了菜，长得最疯的就数青草了。当一场雨落过，地沟里，菜垄上，只要有泥土的地方，就会有大片大片的青草长出来，嫩嫩的，青青的，软软的。我没播种，也不施肥，更不莳弄，不经意中，菜地就被青草洇成一块铺天盖地的绿色画布。星期天或者下班后，到地里去除，被除的青草，连根都散发着清香味，袅袅地在菜地上方回荡。有几次，我看到那些被清理在路边的青草在一场雨后竟齐刷刷地扬起头来，一副不屈不挠的样子，一副委曲不求全的样子。我突然心生感动，想，那些菜自然是要精心护理的，可是这些青草，被我生生刈除，不是有点残忍吗？它们同是生命，都在点缀自然，命运何其不同也。从此，我锄地时，总是无限怜惜，能不除的尽量随其生长。我想，有草的激励，菜长得会更有动力。我置身其中，不仅闻到瓜果蔬菜的香，还能额外享受一份青草香。

我又闻到熟悉的青草味了，所有美好的记忆都在青草香里复活了。其实，人的青春也如同青草一样，当春乃发生，丰美春夏，而当季节一过，就会日渐苍老枯萎，最后，独立秋风斜阳，默然，回首。所有的伤感，温馨，宁静，都成了生命里不可轮回的一缕青烟了。

2014. 7. 4

一朵永不凋谢的花

当你缓缓地走到舞台中间，
微笑着向观众鞠躬致意。灯光一
下亮了，你如花开陌上，缓缓而归，让人
恍惚得骨子里头都沉淀了花的影子，花的风韵。

有没有一朵花，永不凋谢？有没有一个人，永不消逝？

岁月无痕，邓丽君去世已经16年了。我想不管以后多少年，只有要华人的地方就会有人在乎你，在乎你保存在磁带里的甜蜜歌声，在乎你印在人们心中的美好记忆，就像杨钰莹说的，你已"种"在了我的脑子里了。

不知什么时候听你歌声的，总之是比较迟的。记得好像是2006年，买了张靓颖演唱的音乐专辑《我爱邓丽君》。至今记得那盒子是粉色的，犹如粉色的回忆。盒上的张靓颖身着"邓式旗袍"，含着微笑，淡淡的，却很梦幻，还错以为就是邓丽君。

那时我确实没见过邓丽君的影像。记得我边听你的歌边想：你是怎样的一个人呢？竟有如此甜美的嗓音。你的如泣如诉，为什么我听的时候很感伤，听过后心里却很平静？

于是，我就想看到你的风采。有次电视播放你演唱的《我只在乎你》，一下痴迷了。就在淡黑的灯光里，演唱会场宁静得像空旷的草原，所有的人都在静静地等待，等待着你倩影的到来。当你缓缓地走到舞台中间，微笑着向观众鞠躬致意，灯光一下亮了，你如花开陌上，缓缓而归，让人恍惚得骨子里头都沉淀了花的影子，花的风韵。你双手握着话筒，微微抬起头，似乎在和我们一起等待着前奏响起的那一刻。你启唇的那微颤，那声音，那旋律，还有那婉转的情致，缓缓地把我的心包裹起来，一下一下地摩挲着。

从此，我喜欢上了前奏，在等待着前奏响起的那一刻，就有一份期许，期许我们和你同在，期许你仿佛正精神抖擞地重新出现在舞台上，重新让我们为之迷醉，为之欣喜。那个梦幻般的前奏，让我对你的歌总是有一种常听常新的感觉，让我的心摆脱了麻木和冷漠，让我找到了心中纯真柔软的部分，然后心贴心地告诉我："把你的心事都交给我吧！"

这首歌，许多人唱过，其中不乏唱得好听的，但我总觉得比不上你唱得有韵味，唱得更让我感动。我甚至觉得这首歌别人根本就不应该唱，它只配你唱，只有你才能唱出那丰富的情感，那深深的爱，只有你的声音字字句句打动人心，只有你的情意时时刻刻牵动人心。

"任时光匆匆流去，我只在乎你，心甘情愿感染你的气息，人生几何能够得到知己，失去生命的力量也不可惜，所以我求求你，别让我离开你，除了你我不能感到一丝丝情意。"

去年5月8日，我看了一段视频，是成龙邓丽君隔空对唱的《我只在乎你》，"如果没有遇见你，我将会是在哪里，日子过得怎么样，人生是否要珍惜。通往平静的天梯，是你最美的声音，让天空都放晴，就让世界更光明，任时光匆匆流去我只在乎你。"改动的歌词，带着一丝丝的温暖和一丝丝的怀念，虽然以前也听过，但没有这样的凄艳伤感，有许多的话语哽在喉咙里，有许多的泪水噙在眼眶里。我想，如果你还在世的话，你也会很激动很高兴的，因为有这么多的人依然爱着你，依然想着你，依然没把你忘记，依然那么在乎你，你就是人们心中一朵永不凋谢的花。

　　我想，无论在什么时代，谁又能拒绝温柔与真情呢？人生总有一首歌让你怦然心动，回忆绵绵，总有一首歌让你记住了某个时刻，记住了某个人。"美酒加咖啡，喝多少也不会醉。"你的歌就是这种感觉，像阵阵细雨，洒落我心田，无声，有韵，细致，一点一点地滋润，一点一点地把坚硬的心变得敏感，多情。

　　"如果没有遇见你，我将会是在哪里？"音乐缓缓地流淌，心底涌起无限的感慨，那是一个怎样缠绵悱恻的故事，让人与人之间的距离可以那么远，又可以这么近，又让所有的一切能淡淡地来，好好地去。

　　"谁的世界没有风，谁的世界没有雨。只要我们想起你，彩虹就出现天际。"风中赏雪，雾里赏花，良辰美景，不问那歌声是否依然甜如蜜，我只在乎你。

　　你如花，永不凋谢，也永不消逝。

2014. 7. 8

油纸伞与丁香

油纸伞，是江南美丽而遥远的梦。每当江南雨意绵绵，油纸伞就盛开在小巷，如荷塘张开的荷叶，清风自在。

"撑着油纸伞，独自／彷徨在悠长、悠长／又寂寥的雨巷／我希望逢着／一个丁香一样地／结着愁怨的姑娘。"

每当雨天，心里就浮现这样诗意迷蒙的意境，小巷，细雨，丁香，犹梦中一阵飘过，还有那油纸伞，一柄在握，盈盈销魂。

油纸伞，是江南美丽而遥远的梦。每当江南雨意绵绵，油纸伞就盛开在小巷，如荷塘张开的荷叶，清风自在。

记忆中的油纸伞，散发着桐油的漆味，刺鼻但又有一丝芬芳，明黄的颜色，雨天特别亮眼，手柄长长的，力气小了，是难以撑开的。伞头顶在地上，双手用力，"嘭"的一声，才撑开，好似撑起明晃晃的一片天，温暖着打伞人的心。

小学时，我曾打着油纸伞走在上学的路上，密雨斜侵，歪歪扭扭，伞和人都晃荡在乡间泥泞的土路上，这时，雨模糊了视线，风吹淡了田园的颜色，雨在伞背叮叮咚咚地敲打着音乐，此起彼落，使孤寂的我有了一份乐曲的慰藉。

在乡下，常看到这样的画面：细雨蒙蒙的插秧时节，秧田里，一把把油纸伞撑着，女子们在伞下拔秧，烟雨氤氲，一把把秧苗，在她们身后浮着，青绿滴翠。拔秧女子，笑语清甜，弯腰争先。雨水顺着伞沿，滴滴答答。

当下，现代文明遗弃了油纸伞。可是，没有了油纸伞木质的温润，油纸的芬芳，和伞下的诗意，还能挡得住风雨么？

最诗意，是公子小姐打的那种油纸伞。雾气薄薄的，窗外柳絮轻扬，一朵油纸伞，从江南仄仄的小巷里走出，夹杂着桨声的江南小调，在梦幻里，看如花美眷 叹逝水流年。

油纸伞在《白蛇传》里，还演绎了一段美丽动人的爱情故事。烟柳下，断桥边，也是江南细雨。书生许仙遇见白娘子，同舟归城，借伞定情。一把油纸伞，红颜与青衫，沉思遐想，踟蹰彷徨，那么宁静，那么典雅。两把油纸伞交错磕碰而过，蓦一回首，便擦出了爱的火花，产生了如水的柔情。

像《一朵油纸伞》唱的："水墨晕染一篇雨中的诗行，丹青点缀一树紫色的丁香。我还在那条青石的小巷，守望那朵油纸伞的芬芳。轻轻收拢在沧桑的手掌，和你一起走过岁月的悠长。静静撑起在断桥的梦乡，和你一起走进雨后的斜阳。"

我也曾在一路绿肥红瘦后，撑着油纸伞，走过雨打的芭蕉，走过栀子花飘香的小巷，走过莲叶何田田的池塘，看一片片烟雨的葱茏，一个个披蓑戴笠的农人，一只只兀立舟头的鱼鹰，还有水面轻漾的丝丝微澜。

江南的烟雨，从来都是风景旧曾谙。诗情涟涟，雨意潇潇。那伞下的她原就是诗人的一个梦。那眉头微蹙、眼神幽怨又香气袭人的女子，只能在伞下低眉矜持，半遮绝世容颜，梦一般地在人心里迷离惝恍。她不是祝英台，也不是花木兰，更不是张爱玲。她或许从来就不在人间，她只在戴望舒的诗里。

我爱油纸伞，却无法再回到油纸伞的时代。我只能在梦里逡巡，逡巡在那悠长悠长的雨巷，手里握着一把被诗句濡湿的，油纸伞，还有伞下的丁香。

2014. 7. 15

开花的树

打开书，那花香随着湿润的
空气像一条清澈而芬芳的河流汩汩
地流淌。粉紫的花瓣，有的一簇一簇倒
挂在树上，有的小喇叭似的一朵朵飘摇下来，
落到我书上，我整个身心都沉浸在这美妙芬芳里。

我们曾默默驻足过一棵树，也曾在一棵树下用心良苦地守候，或充满期待，或不觉惊叹，点点滴滴的心思潜滋暗长。

还是多年前，喜欢上了席慕蓉的小诗，原以为她像安意如、安妮宝贝，清秀婉约的模样。后来才知，是20世纪40年代出生的，奶奶级的。但她的诗却很年轻，恰如一棵树，开出了满满的花朵，在我彷徨的时候，在我青春的路口，看见了她的美丽，她的情怀。

"阳光下,慎重地开满了花／朵朵都是我前世的盼望／当你走近／请你细听／那颤抖的叶,是我等待的热情。"这是《一棵开花的树》中的句子，我真的非常喜欢。

从此，我幻想成为一棵树，像韩剧《蓝色生死恋》里恩熙说的一句话："下辈子我要变成一棵树，因为树是不会移动的，这样我就不会和我的家人分开了！"做一棵树，没有离别，没有改变，就算枯朽，也不会离开熟悉的一切。

当人要与爱物、与亲人分别时，心中该是怎样的不舍，以至于希望自己是一棵树，一棵栽在原地不挪动的树，那样，纵然分别，依然记得，依然能找到，依然不会逝去。

每当春天，我便喜欢看树，喜欢在树下流连，喜欢拍树的照片。这样，拍下一棵树的时候，我不只眼睛被一树的繁华所吸引，不只内心被一树的淡雅所摇撼，而且灵气都聚到席慕蓉的树里，原来这树竟是一个痴情的人，这树竟有一颗痴情的心。

在乡村里，一棵棵开花的树，擦亮了我的眼睛，也洗净了我的灵魂。

泡桐树，不是名贵的树，就是乡下人也很少有人种植。记得我家老屋南边就有一棵，它树干挺拔，树枝向四周伸展，叶片宽大，形成高大繁茂的树冠，很有气势。小时候，我读书比较勤奋，泡桐树花开的时候，清晨会早早到泡桐树下。打开书，那花香随着湿润的空气像一条清澈而芬芳的河流汩汩地流淌。粉紫的花瓣，有的一簇一簇倒挂在树上，有的小喇叭似的一朵朵飘摇下来，落到我书上，我整个身心都沉浸在这美妙芬芳里。

乡村的老槐树，都是一大把年纪。每年的五月份，树上就挂满了白色的花朵，如雪，似玉。槐花最盛的时候，母亲总要采摘一些，放在开水里煮一下，和上韭菜，拌上佐料，那淡淡的槐花香在桌上就香气四溢。馋嘴的我，有时也会伸出手臂去够那花枝，但是咫尺天涯啊，就是够不着。人世上，美好的东西总是可望而不可及。

还有一种树，我已叫不出它的名字，只记得它开花的样子。它的花很小，一蓬蓬，一穗穗，开得内敛而小心。没有惊世骇俗，也没有艳压群芳，它只是那么自然地开着，不争艳，也不媚俗，坦坦然然地开着自己心喜的花。无名树，清清爽爽开花，利利落落做树，自我生长，不妨碍他人，也与他人无关。

在乡村，一年四季，我都惊奇于一棵棵沉默不语的树吐露芳香。

远离了故土，远离了那些蓊蓊郁郁的开花的树，我纯洁的灵魂正不知不觉地被物欲抽走了。在城市迷茫的生活里，触目所及，没有了雪一样纯洁的花香，没有了水一样沁心的阴凉，那些和村庄一样卑微的刺槐树、苦楝树、皂角树、臭椿树，于我渐行渐远。只有梦寐的夏夜，我还能听到乡村万叶吟风的乐声，悠悠琴韵般的，呢喃深情，拂去我心灵上的尘土。

正如一棵开花的树，当她美丽绽放的时刻，在她身边停留过的人远远胜过那些漫不经心与之擦肩而过的人。

2014. 7. 24

巴根草

有时，我们也找来草茎，比谁的水分多，那种粗粗壮壮的，含的水分最足，用大拇指从一头往根部挤，轻轻地，轻轻地，草根上聚了一个水珠，慢慢地，慢慢地，从小变大，淡淡的水红色。

巴根草，长着简单的叶子，一生趴在地上，匍匐身子，安安静静的。

江南水乡的老家，巴根草随处可见，数不胜数，田埂、地头、路边、沟堤铺满了，就像铺了一层绿地毯，蜿蜒伸向远方，沟堤有多长绿地毯就有多长。

小时候，家里养了六七只鹅，鹅喜欢吃草，吃嫩嫩的、沾着露水的巴根草。每天清早，正在床上做着梦，母亲就大声喊我，接着就是掀被子。我揉着惺忪的眼睛，把鹅赶到沟堤上，然后看鹅甩开颈子吃草。

太阳还没出来，草尖上顶着露珠，颤巍着身子，唤醒了紫红的紫云英、金黄的黄瓜头、洁白的蒲公英，还有一些不知名的小野花，引来了花喜鹊的翻飞，布谷鸟的欢叫。巴根草长的旺盛丰美，鹅美滋滋地吃着，也把露珠一道吸下去。难怪我家的鹅毛色特白，像用牛奶洗过一样。

等露水干了，鹅也吃饱了。我就躺下去，身子压在草上，受用这无边的绿色。偶尔昂起头看鹅们休憩，倒下的草也慢腾腾直起身子，我静静注视着它，看它快完全立直的时候，又把头枕上去，头下的草，被我枕得越来越软，耳边的草，悄悄地抗议，老是搔我，搔得痒丝丝的，让我体验了耳鬓厮摩的感觉。

有时，几个小伙伴寻了草茎来拉，比谁的草韧性强，经得起拉，用巴根草的最后总是赢家，输的被刮鼻子之后，围观者跟着一阵大笑，那是我们最简单也最快乐的游戏。有时，我们小嘴里喜欢含着一根巴根草，含长了，草根似有一种清甜的味儿。有时，我们也找来草茎，比谁的水分多，那种粗粗壮壮的，含的水分最足，用大拇指从一头往根部挤，轻轻地，轻轻地，草根上聚了一个水珠，慢慢地，慢慢地，从小变大，淡淡的水红色。

不知道鹅是什么时候长大的，只记得母亲不让我看鹅了，许是我看鹅偷懒被母亲发现了，许是隔壁人家说鹅晚上吵着他家睡觉了，许是我长大了再看鹅有点大材小用了，总之，我改放牛了。

生产队里有头小白牛，与我有一见如故的熟识感。

我用看鹅的方法看牛。每天早早牵它到沟堤，吃带露水的巴根草。不几天，小白牛就渐渐胖起来，我很有点成就感。我那时真有些目光长远，考虑起牛过冬的大事来。于是，在闲了无聊时，就拔巴根草。巴根草从沟堤披挂下去，直达水面，比较好拽。但堤上的巴根草，根扎在泥土里，需费些力气。拔出的根须，白白的，像一段段浓缩了的藕结一样，纵横交错，根根相连。洗去泥土，晾干，冬天，拌在稻草里，是牛最爱的绿色食料。巴根草也是拔不尽的，拔了一节，它又会长出新的再生根。新根老根簇簇相连，心心相通，那么顽强的生命力，真让人叹为观止。

有年夏天，天快下雨了，我骑着牛快跑，不小心从牛背上滑下来，跌到沟里，满沟的水，我那时还不会水，手就乱抓，好不容易从水里爬上来，原来我抓到了一丛巴根草，才捡了条小命。

我不想用巴根草来比喻什么人，是团结向上的人，还是不事权贵的人，或是经历坎坷的人，我没有这样的经历，我的经历让我记住了巴根草汁液的微甜和性格的坚韧，还有就是我的救命草，仅此而已。

2014. 8. 4

紫薇花开

烟雨里的紫薇花，娇羞
脉脉欲语，朦朦胧胧似诉，遮
遮挡挡还露。我不知是否握住了你的
朦胧，也许你连这点美的记忆都不会留给我。

北窗的紫薇花，不知什么时候就开了。

俯窗而视，它就那么娇媚地绽放着，白得无瑕，红得娇柔，粉得羞赧，宛如风姿绰约的女子，有袅袅娜娜的，有亭亭玉立的，有低眉颔首的。

在这夏日里，让人一下似痴如醉。

这两株紫薇花，阳光映照下，静绽花蕾，斑斑驳驳的，像微笑。微风拂过，花叶相互扶掖着摇摆。

其实，紫薇花随处可见。上班的路上，城市道路的两边，车在流动，花的美丽也在流动。

紫薇花期长，历三四个月之久，故有百日红之称。杨万里咏道："似痴如醉丽还佳，露压风欺分外斜。谁道花无红百日，紫薇长放半年花。"想想，世上还有哪种花能有它经久不衰的美艳？又有哪种花能有它经日凌霜的韧性？因有这样的磨砺，才有那一抹抹的嫣红，才有这盛夏里最美的景致。

古人曾将紫薇、南天竹、六月雪、海棠等十八种花木誉为"十八学士"。所以文人们常借紫薇花抒怀言志。当年的陆游，官场失意，曾对紫薇吟道："钟鼓楼前官样花，谁令流落到天涯？少年妄想今除尽，但爱清樽浸晚霞。"虽运势低迷，但也从容淡定。当年的白居易，志得意满，曾对京都衙门前的紫薇花诗兴大发："丝纶阁下文书静，钟鼓楼中刻漏长。独坐黄昏谁是伴？紫薇花对紫薇郎。"紫薇郎才高八斗，风光无限，第二年就被贬杭州，面对杭州的紫薇花，诗人感觉大不一样："紫薇花对紫薇翁，名目虽同貌不同。独占芳菲当夏景，不将颜色托春风。"顺境与逆境的落差，虽然让紫薇郎一夜间变成了紫薇翁，但他对浮名的不屑与洒脱依然如故。

岁月匆匆，带走了青春的美好时光，也带走了心中的那份浪漫。

我沉默于花前，思绪漫溢。昙花虽美，终究一瞬。人们痴迷昙花，大概是痴迷于她在短暂生命中达到的辉煌。我却更愿意对持久的辉煌倾心关注。

一层烟雨慢慢笼过来，紫薇披上了一层薄薄的雾气，犹抱琵琶半遮面的样子，楚楚可怜。"紫薇花开百日红，轻抚枝干全树动。"烟雨里的紫薇花，娇羞脉脉欲语，朦朦胧胧似诉，遮遮挡挡还露。我不知是否握住了你的朦胧，也许你连这点美的记忆都不会留给我。

我倚在窗前，忘记了时间的流逝。当我再一次抬眼望去，阳光早已洒在了她的身上。阳光下，她依然娇艳欲滴地盛开着。

我喜欢紫薇，喜欢它的青涩。紫薇没有松的伟岸傲姿，没有菊的泼辣烂漫，没有兰的清纯高雅。它文静，羞涩。若用手轻轻摩挲它的枝干，它会枝摇叶动，浑身颤抖，如同怕痒的黛玉，娇喘咻咻。

黄昏的时候，我忍不住跑下去，悄悄摘了两枝紫薇，配上几束野生的星星草，插在玻璃瓶里，装点着自己的书桌。

寂静的夏夜，静静地坐在书桌边，看着灯下闪着光的花儿，心语嫣然，似有一种腹有诗书气自华的自信与超然。

2014.8.7

紫藤花

> 记得小时候，老家门前种着紫藤花，那时候的每一天，都傻傻地看着紫藤花长大，看着它们慢慢地爬上窗边的架子，看着它们渐渐地开花，看着它们结出细细绒毛的果实，然后把视线收进书里，静静地坐在它下面看书，花影投在书页上，文字都染香了。

紫藤花突然地就缀满了稀疏的木架。

长江长小区的阳光淡淡的，空气里的芬芳也淡淡的萦绕。今年的紫藤花开得盛，朵朵花坠，紫中带蓝，灿若云霞。

2008年，我家刚搬进这个小区时，这架紫藤还稀稀落落的，经过几年的餐风吸露，潜滋暗长，如今已覆盖了木架，曲虬盘旋，密密匝匝，蓊蓊郁郁。不知不觉间，在被忽略的日子里突然繁华起来，让人猝不及防地喟叹与沉醉。缠绵的蜂蝶们，眉目传情，痴痴恋恋，醉入香蕊，不知花飞与花谢，朝朝与暮暮。

记得小时候，老家门前种着紫藤花，那时候的每一天，都傻傻地看着紫藤花长大，看着它们慢慢地爬上窗边的架子，看着它们渐渐地开花，看着它们结出细细绒毛的果实，然后把视线收进书里，静静地坐在它下面看书，花影投在书页上，文字都染香了。

那时候的阅读，真如饥似渴，直看到黄昏暮色，才合上书，把目光再投向正盛的紫藤。淡黄的花心，浅紫的花瓣，像是谁在花瓣四周点了一滴紫墨，那紫色便浓浓有致的晕染了开去，深深浅浅的紫色，像是聊斋里若隐若现的花妖狐媚。那清甜的气息，纯净得让人心静气闲，恍如幽梦，暗香浮动，月色黄昏，仿佛化身在那清浅的香里，只觉时光悠悠，岁月静好。

随着花开花落，我渐渐懂了，世界上的许多事情也如这紫藤花一样，只要栽下了一棵幼苗，总有一天，它的种子都会发芽，虽然有时候缺少水分，有时候没有阳光，但它不会永远默默无闻，只要生的信念不失，只要时候到了，它就会萌芽，抽绿，蜿蜒，攀升。

如今，我晨跑晚步，都在紫藤花架下穿行。从没见过这样有生命力的紫色，深深浅浅的，瀑布般倾泻而下，迎着阳光跳跃，似在欢笑，似在吟唱。在这大片的紫色中，依稀的藤叶，鲜嫩油绿，宛如一个个紫衣绿裙的婉约女子，低眉回首，羞怯可人。

一阵烟雨，一地落红。脚踩上去软绵绵的，没有声音，只微微的有些香气弥漫。有几片被斜风卷起，落在我的头上，身上，萦绕不去，似远方故友，赠我的片片牵挂。禁不住，想在这轻软的花香里静静睡去。

回去时，舍不得那架藤花，到底拾了一枝带回家。几天以后，那花朵虽没有了往日的光泽与神采，但那香气，依然不绝如缕，清新淡雅，不由得心生怜惜，将它夹在《诗经》里。

微雨的夜里，翻动书页，花香盈盈，书香盈盈。

2014. 9. 15

一样的花开

我问你，一个人的寂寞到底有多深，才能将花间的风声、寒塘的鹤影、微雨的淡云、渺渺的灵河，一同纳入心中？所有的设问都不是为了答案。

夜色瞑瞑，秋风瑟瑟。

捧读红楼，正是黛玉泪滴欲干，泪眼问花花不语处。

眼望窗外，桂蕊已落，秋菊正凋。此境中，还会有黛玉的影子吗？倚窗拭泪，含泪葬花。担着花锄挂着花囊，手里还拿着花帚，扶风杨柳似的婉约，悄悄修起一座诗意的花冢。

那些曾经被她深问的菊，依然惆怅吗？当繁花明艳时节，她想起的却是花落的声音。当鸟儿和鸣之际，她惦念的又是春归的落寞。今夜，她听见了雨的悲切吗？秋风拂过，她听见了落花的叹息吗？

她是个敏感的诗人，一朵幽然的花，绽放着高贵。潇湘馆里，幽篁一片，她的眼泪洒在瘦削的竹叶上。

"则为你如花美眷，似水流年。是答儿闲寻遍，在幽闺自怜。"短短的话语，竟令她一时竟站立不住，一蹲身坐在山石上，反复品味，不觉就心痛神痴，眼中落泪。

寂寞的人儿，不知有多深的寂寞，竟如此让人心疼。

最后，你的绿竹流逝了所有的芳华，你最后的一滴泪，还了前世今生所有的"情"，你的春天戛然而止。一切美好，转身间风吹雨打去。你全部的痴、全部的情，甚至生命，都在最后一声"宝玉，宝玉，你好……"中凝固。

我问你，一个人的寂寞到底有多深，才能将花间的风声、寒塘的鹤影、微雨的淡云、渺渺的灵河，一同纳入心中？所有的设问都不是为了答案。

"彩线难收面上珠，湘江旧迹已模糊。门前亦有千竿竹，不识香痕渍也无"。当所有的星星都不再明亮，当所有的曾经已握不住一点点温暖，那就放逐记忆。

岁月就这么轻轻滑过了指尖，细数光阴，停在了夹竹桃的叶间，缝隙里漏下点点滴滴。今夜，一个人静静循着曾经熟悉的小路，虽然路边有幽幽的花香，听人赞了一声，似有声音在说："你闻闻……"我哪闻得出来，我的鼻子聋了。

久违的花开，在我们走过的路上，有太多的印痕，小桥流水春风细雨似的，虽是无声无息，可心里波澜微起。那是人与花的彼此等待，等待那种互视的眼神，嘴上不说，心里却懂得！那时花开，是等着春日的绚烂，是候着夏日的热烈。

而今秋深，在花雨缤纷的同一条路上，一种依旧的等待，却是一种变卦的转身。等待里，只剩下梦里花落知多少的惆怅。

没有等待的彷徨，不知道时间还有多长？没有期盼的清醒，不懂得夜色还有多深？

借我一支长篙，向青草更青处漫溯。

2014. 9. 20

逝去的花

所有时间里的东西都会逝去。我们美好的童年，谁能记起是哪一天逝去的？我们美好的青春，谁知道是什么时候溜走的？谁又曾正儿八经地致过礼？所有的美好终将离我们而去，而我们却无法意识到，总天真地以为她永远会是自己的。

读《诗经》，心头漾起一丝丝惋惜之情，许多美好的东西，在我们口耳相传中渐渐逝去了。就说"薇"字吧，已成为当代女孩钟爱的字眼，比如"赵薇"、"李乐薇""欧阳智薇"等，还有那美丽的"薇薇新娘"，查字典，"薇"指古书上的巢菜。何物？再查，又名野豌豆，美好的"薇"，原来是漫山遍野的豌豆苗。心像被什么轻轻击了一下。脑子里一直在勾勒她美好的情影，心中一直在想象她青春的气息。一下知道了她原来是这个样子，泪莫名地暗流了。我也明白，对物的喜爱，与对人的钟情一样，无所谓对错，可是，我并不是一个洒脱的人，做不到对曾经的过往视而不见。

下班回家，凉风瑟瑟，步履匆匆，一路的桂花，落英缤纷，铺了一地。记得两天前，还是花蕊嫩嫩的，黄黄的，总以为，这样的美丽可以一直延续下去，可不知为什么，她就离我而去，飘在风里，散在草丛里，浮在池水里，一千个理由都挽留不回，一万个眼神望穿也是枉然。美好，已化成一阵轻风，或一缕炊烟，袅袅而去，再也无法挽留。

夜深人静的时候，我倚在窗口，脉脉凝视她飘然的情影，一丝一丝，如过往的云烟，带着相看两不厌的点点滴滴，那些岁月的印记，"物是人非"的美好，如今真的是"物是人非"了。"林雨轩"的雨从今再没有朦胧的情怀，"枫丹白露"的霜再没有传说中的诗意，"双江塔影"的波心再也没有缱绻的眷恋，回忆的痛，别人看不见，自己却很清楚，就像印在胸口的刺青。

人闲桂花落，人静桂花香。陨落的花香会让人学着安静，学着忘记。

所有时间里的东西都会逝去。我们美好的童年，谁能记起是哪一天逝去的？我们美好的青春，谁知道是什么时候溜走的？谁又曾正儿八经的致过礼？所有的美好终将离我们而去，而我们却无法意识到，总天真地以为她永远会是自己的。并且，终将有一天，我们的生命也灰飞烟灭，在几滴眼泪和几声号啕后，世界依旧是那个世界，来来往往的人群依旧来来往往，而我们寂灭得无声无息无踪无影。

桂蕊已逝，暗香幽幽。我知道，你只在最适宜的气候里开放，天热了，你黯然匿行，天冷了，你委顿而隐。对你的过分牵挂也许就是一场错误。你是被气候左右的，你也身不由己。可是在错误面前，我还是选择了坚持，不是有所图，不是有所贪，只是那些情感的记忆太深，是心底对那些美好逝去的不忍。

想象虽然美好，却经不起现实的照射。就像《诗经》一样，许多美好的字眼，在几千年以后的人眼里，却那么陌生。"采采卷耳"，满怀思念的"卷耳"，不过是苍耳，在农村里谁都不愿碰，满身是刺，气味难闻。"采采芣苢"，这么优雅的名字，芣苢？原来是车前子，乡下人叫"猪耳朵草"，田间地头，随处可见。

何须再说什么，谁能禁得住岁月的烟熏火燎。曾经的豆蔻芳华，转瞬人老珠黄，曾经的风花雪月，眨眼黯然离殇。

雾失楼台，月迷津渡。失望何用？伤心何能？痛哭何必？

想想花的辛苦开落，情的辛苦纠结，人的辛苦辗转，还有什么不能释然的。

2014.9.26

芙蓉花开

时间总是这样，在我青春年少时未识它，在我未踏入社会学会世故圆滑时未悟它，而今，已是沧海难为水时才重逢它，即使能听见自己欢喜的心跳，即使它对我一笑便觉世界晴明，我也只能让它宛若涓涓流水，静谧安然地滑过胸口。

晚秋时节，去宣城市参加教研活动，一路忐忑，车过宛溪河，一棵芙蓉扑入眼帘。

提起芙蓉，首先想到的是李白"清水出芙蓉"的意境，但我心中牵念的却是20多年前的那棵木芙蓉。

一边看着眼前的芙蓉，一边心里念着：感谢上苍！在日新月异的城市扩建中，这棵20年前即见了的此树，还依然存在着，又发了许多枝条出来，还开了灼灼的花。树依然年轻，而看它的我已鬓添白发，想留个影，却怕破坏了美境。

虽然只在这个城市生活过4年，但它对我的影响确是深远的。此生总是忘不了曾经的一草一木，一花一藤，尤其是木芙蓉，虽然我仍是过客匆匆，归宿远离，但斯树长存，我的感激之恩不变。

春天里，宛溪河边看双桥落彩虹，那芙蓉树已发芽了，绿油油的叶子，看上去像嫩嫩的手掌。当我苦闷时，依在你的身边，诉说心中的烦恼，你似乎轻轻拂去了我的阴云。

秋天，宛溪河边看秋色老梧桐，那芙蓉树上开的花，一朵朵的，白里透红，像亭亭的粉面少女，微风一吹，轻轻地摆着婀娜的身姿。当我被成长中的困惑缠绕时，你让我醍醐灌顶，一下清醒。

当我毕业离开时，不知这棵芙蓉树，冬天的叶是否变黄？冷风一吹，它的花是怎样的簌簌飘下？寒雪欺压，它又是否有勇气坚守，耐过漫长的煎熬？我想，应该有一位花神，像《红楼梦》里晴雯似的芙蓉女神，专门照看芙蓉花。至今这棵芙蓉花还这么美，也许就因为有一位美丽的芙蓉女神在照看。

今天，我是来践约的。看你在瑟瑟秋风里是怎样傲霜的。时候虽冷寂，你开的却不乏温情，你的枝头还唤起了两只白头小鸟的柔情。让我想起曾经欣赏过的一幅国画，名为《花丛翠影》，是个叫朱宣咸的画家画的，画中芙蓉枝叶纷披，那秋色芙蓉，颇为冷艳，不像菡萏亭亭玉立，也无兰花益远清香，更无樱花漫天红云，也比不上梅花惹人怜惜。

芙蓉花，你独在这涧边，一如既往地开着自己的风花雪月，摇曳多姿，异彩纷呈。幼时记忆里留下的美好诗句，终于把你读懂了。

你比秋菊更耐霜寒，所以有那么多诗句赞你："堪与菊英称晚节，爱他含雨拒清霜""千林扫作一番黄，只有芙蓉独自芳""谁怜冷落清秋后，能把柔姿独拒霜""群芳谱里群芳消，俏中还数木芙蓉"……

你比醉海棠更妩媚，所以王安石见了有艳遇之感："水边无数木芙蓉，露染胭脂色未浓。正似美人初醉著，强抬青镜欲妆慵。"

此刻，我就站在你的身边，看着你悄然绽放，闻着你淡淡清香。你也是期盼已久吧？我伸手摸出了你眉间的笑容，触到了你花边细细的泪痕。时光匆匆，我也没把你淡忘，记得你的淡粉色，记得你的粉红色，记得你的梅红色，那是20多年的情感积蓄，仿佛要在这一刻倾心低诉。

好一朵木芙蓉，虽然不像睡莲那样娇媚，不像牡丹那样雍容，也不像腊梅那样孤傲，你总是安静地含苞、安静地初放、安静地灿烂，默默无闻，暗香袭人。

好一朵木芙蓉，读你，如读一本书，我们在文中品味欢乐与哀愁，寂寥和豁达，我迷恋，沉醉，蓦然回首，文辞锦绣，句句沁香，我才觉出这花是香的，这色彩是令人心动的。若没有经历一定机缘的等候，又何能深刻体会出它的珍贵，哪怕曾经遇见也不曾欢喜觉悟。

时间总是这样，在我青春年少时未识它，在我未踏入社会学会世故圆滑时未悟它，而今，已是沧海难为水时才重逢它，即使能听见自己欢喜的心跳，即使它对我一笑便觉世界晴明，我也只能让它宛若涓涓流水，静谧安然地滑过胸口。

我要走了，也许今生不再相见，见与不见，你依然故我，不会像别的花一样，经不起霜雪的摧残，残败不堪。

韶华易逝，青春难再。见你就如看见心仪之人，就让这20余年的无声等待，护佑你在最好的青葱季节里一路盛开。

我挥一挥手，独念着吕本中的《木芙蓉》："小池南畔木芙蓉，雨后霜前着意红。犹胜无言旧桃李，一生开落任东风。"

2014.10.14

桂花谢了

如果有一天，我有一个花园，我一定种满桂花树，雨天，我会痴痴地站在窗前，凝望；晴天，我会留恋地在花下，穿行；外出时，我会揣着对它的怀想上路，且行且珍惜；归来时，我会酿一坛桂花米酒，花下独酌。

桂花就这么谢了？我真的不舍，所以每天早上上班去要朝枝头张望，晚上散步要到桂树下轻嗅，可自上周时，桂花就销声匿迹了。

桂花年年盛开，从中秋到国庆，偌大的小区就成了桂花的海洋。从我家楼下沿木桥一直到西门的走道两旁，再向北走通往池塘的小径，到处开的是桂花，有浓密的，有浅淡的，显露枝头的，掩映叶底的，各具形态，各展情思。不管是去上班，还是月下漫步，扑面而来的都是桂花的味道。有时傍晚吃完饭，拿一本书，穿过花海往江边走，妻跟在我的身后，走在江堤上，秋风送来桂香，我们就谈桂花，谈桂花的诗文。

老夫子朱熹见桂花犹不能已，捻须赞道："亭亭岩下桂，岁晚独芬芳。叶密千层绿，花开万点黄。天香生净想，云影护仙妆。谁识王孙意，空吟招隐章。"秋风瑟瑟，桂树亭亭，青绿叶千层，黄花开万点，云影映衬，仙容妆饰，如此美境，人生何求？恨只恨此身不能化为一茎桂蕊，无影无踪；憾只憾此心不能化为一缕桂香，缥缥缈缈。

清人张云敖有首《品桂》的绝句："西湖八月足清游，何处香通鼻观幽？满觉陇旁金粟遍，天风吹堕万山秋。"杭州桂花开放的时节，我也偶遇过。记得多年前在西湖边，金色的小花朵，恣意盛放，甜香清幽的味道飘荡在空气中，我闭着眼睛嗅着，心像被清泉洗过一般的纯净。树下草丛里，散落的桂花一层层的，像金丝绒，那味道让我呆呆地站了很久，后来我还捡拾了几抔，装在袋子里，留着回家细品杭州秋天的味道。

　　这个秋天，小区东面有个正建的金域蓝湾工地，灰尘弥漫，空气混浊，这让我更加怀念逝去的桂花，有它甜蜜的气息尚可缓解一些心底的烦躁，使我每天伴着这香味入眠，早晨又在这香味之中醒来。此刻除了挖掘机的轰鸣声、渣土车的呼啸声、打桩的叮当声，我去何处可以寻得一份安宁？难道让我像琦君远走异乡，一生在外漂泊，老境颓唐，只能在梦中闻闻桂花香味？

　　琦君梦里这一朵朵小巧的桂花，这一场场沁人心脾的桂花雨，让我们收获的不仅仅是芬芳，是香甜，是快乐，是温馨，更是一种心灵的滋润，一种长长的相思，一段暖暖的牵挂，一种人生的幸福。

　　心中有桂花，处处是香甜。

　　如果有一天，我有一个花园，我一定种满桂花树，雨天，我会痴痴地站在窗前，凝望；晴天，我会留恋地在花下，穿行；外出时，我会揣着对它的怀想上路，且行且珍惜；归来时，我会酿一坛桂花米酒，花下独酌。

　　在一声无奈的叹息里，在前世今生的欢颜里，在蚀骨穿肠的柔情里，像唐诗宋词一样浅吟低唱：

　　"中庭地白树栖鸦，冷露无声湿桂花。今夜月明人尽望，不知秋思落谁家？"

2014. 10. 18

菊花

庭花，乱红，黄昏，寂寞，旧诗里的意象，太招惹同情和伤感。多少次，疏窗暗闭，庭院深深几许？多少人，忧愁的低垂，谁念西风独自凉？

一花一世界，一树一菩提。

偶然的邂逅，遇见你浅浅的微笑。历经春暖夏热，你依然是我的最爱，无需冠冕的理由，无需钟情的对眸，到了季候就自自然然的反应。

小时候，看得最多的是野菊花。深秋时节，小山坡上，这里一簇，那里一丛。点缀着一星儿白，一点儿黄，还有一缕儿紫。远远看去，就像是几个少年朋友，穿着不同颜色的衣服，有的躲在芭蕉后面，闪出半个小肩膀；有的藏在栀子花丛里，探出机灵的小脑袋；有的隐在海棠下面，害羞地对我微笑。

雨中的菊花也是我的最爱。犹记得多年前，赭山公园举行菊花展，黄昏时匆匆赶到，又遇西风瑟瑟而起，跟着就是秋雨沥沥。打着一把黄折伞，走在菊丛里，伞沿流动着菊韵，带来阵阵秋思，却抵不过这黄昏的点点滴滴。寒中彻骨，雨润流香，菊蕊有情，枝叶交错，相依相偎。

那多情的菊花，一层卷着一层，丝丝袅袅，有的菊瓣柔柔的，像纤纤玉指的千手观音。有的菊瓣长长的张开着，覆盖着嫩嫩的花心，像母亲雨中护着自己的幼子。有的花瓣一齐下垂着，羞人答答，像做错了事的小姑娘那样低着头。

　　记起了《醉花阴》里的菊花。一朵两朵，细细的蕊，横着，虬着，月下淡淡的晕影，喷着细香。"东篱把酒黄昏后，有暗香盈袖。莫道不销魂，帘卷西风，人比黄花瘦。"清照的菊花纤细、瘦弱、缠绵、憔悴、凄苦，在岁月的风雨里，她不仅人比黄花瘦，从此，也无心堪摘，哪怕满地黄花堆积。遇着清照词里的菊花，我只有敛住气，跕着脚，细瘦的身影，投在残花里，花影摇曳，心思像雨又像风。模模糊糊的看过去，花依旧嫣然不语，娉婷如此，寂寞何耐，花心谁解？

　　最叫人惜的是，斜风细雨过后的残蕊满地，重门须闭，凭着轩窗，依着栏杆，问一问多愁的颦儿，你那《问菊》，何以如此凄恻："欲讯秋情众莫知，喃喃负手叩东篱：孤标傲世俗谁隐，一样花开为底迟？圃露庭霜何寂寞，鸿归蛩病可相思？休言举世无谈者，解语何妨话片时？"一种凄婉，两处相思，何人知心解秋思？

　　庭花，乱红，黄昏，寂寞，旧诗里的意象，太招惹同情和伤感。多少次，疏窗暗闭，庭院深深深几许？多少人，忧愁的低垂，谁念西风独自凉？

　　一直以为，陶渊明最懂菊，近日搜查菊花诗，发觉宋朝有个叫史铸的，晚年爱菊成瘾，还自号山阴菊隐，作《百菊集谱》六卷，其中咏菊诗百首之多。"东篱黄菊为谁香，不学群葩附艳阳。直待索秋霜色裹，自甘孤处作孤芳。"

　　史铸爱菊，无矫揉造作，也不孤芳自赏，应该是发自真性情。自然界的万物，很多时候爱上是没有理由的，就像人与人之间的感情，不是所有的爱都理由充分。爱这物与爱那物，今天爱与昨天爱，或是明天爱，也并不是都界限分明。很多时候，丝丝缕缕，欲说还休，缠绵恻隐，欲理还乱。

　　人初静，风声紧，寒气逼，只怕菊花冷清，寂寞睡去，何妨秉烛夜游，照亮每朵含苞的，开透的，半开的菊，与她倚篱而生，散发幽香，共度良宵。

　　庭院阒然，离离疏影，当时只道是寻常。

2014.10.22

米兰花开

小小的花蕾，悄然开在绿叶间，就像母亲的爱满满放在我的心里，日复一日年复一年，自自然然，而我一点都未察觉。母亲的爱不管我是否真正明白，还是一样围绕在我身边，就像米兰不管有无人去问津总是开满米色的花粒。

心里装着美好憧憬的人，对每一朵盛开的花朵，都会心存感念。

米兰花的花语是：有爱，生命就会开花。

是的，自然万物，唯有爱最伟大，最可泣，最感人肺腑。

母亲最喜欢米兰花。记得我家搬新房时，我在一家花店，眼里只有那些吸引眼球的娇艳、张扬的花朵，雍容华贵的牡丹，艳丽芬芳的玫瑰，甜香浓郁的百合，以及寓意吉祥的绿色植物，枝杆挺拔的发财树，寓意美好的幸福树，生机勃勃的万年青。可母亲却选了一盆小小的植物，我问："这是什么花？"母亲说："这是米兰花。"啊！这就是米兰花啊？

我低头一看：那一丛丛碧绿的小枝上，满是黄色的小米粒，星星点点的。刚才置身花海，嗅觉被那些扑面而来的花香迷醉，却忽略了这朴素无华的米兰。米兰花外表低调，不与时花争宠，不向路人邀艳，只要有阳光的爱抚，雨露的滋润，它就会默默地、悠悠地送来一丝清香、一份清醒、一缕温馨。

从此，我家就天天可以见到那盆米兰花，那片片小叶，泛着柔和却又充满生命力的绿油油的光，看得我心底生出微微的隐痛，觉得好怜惜。静静的米兰花开着，静静地散发着淡淡的香味。我的情绪也掺杂着淡淡的忧愁，正如我凝神之际想起母亲，想起往事。

　　记得我读一年级的时候，特好睡懒觉，父母早起下地去了，我睡到太阳照进窗子的时候才醒来，心里一阵发愁：这么晚了，干脆算了，睡个好觉，下午再去，于是迷迷糊糊又睡着了。不知什么时候，我被母亲一把从床上拖起来，扫把丝子发出咻咻的声音，我从床头躲到床角，从床上跑到床下。我哭号着，躲避着，抓起书包，像只狼狈的小狗，跑向学校。耳后还隐隐有母亲的声音："我们累死了，供你念书，你倒好，睡大觉。"

　　从那以后，我再也没有迟到过，也不用再等大人喊我起床，也不用在最后几分钟急急忙忙地跑到学校。冬天的清晨站在校门前，搓着手跺着双脚等候学校大门的开启。夏天的早晨站在校门前，捧着书默念着今天课上老师要听写的单词。我再也没迟到过，上课还是等人，或是听课，这既是尊重别人，也是尊重自己，这就是母亲让我养成的好习惯。

　　读初一时，分产到户，家里劳力缺乏，有天正是插秧的时候。母亲要我早上帮着去拔秧，我怕蚂蟥，又怕撒了化肥的水腌脚，就二十四个不愿意。下田不久，就偷偷溜回家，拿着书包去学校，刚到村口，被母亲堵个正着，她说正是抢种的时候，你父亲又生病，你帮一下忙都不行啊。我犟在那里，就是不回去。母亲火来了，把我书包扔出多远，念什么书，一点都没爱心，书念的再多也白搭。同村的孩子有不少没念书，一个个挑着秧篮从我身边经过，指指点点。那时候我已经有了羞耻感，羞耻感让我眼泪直往肚里流。我不记得后来是怎么离开的，反正我那天上午没去学校，含泪拔了一上午的秧。后来上了师范，毕业教书，直到当上教研员，我都记着帮人是福，帮人就是帮自己。这都离不开母亲对我的严格要求。

这些点点滴滴，我从未用心去体会那丝丝缕缕的爱，就如米兰，朴实无华。小小的花蕾，悄然开在绿叶间，就像母亲的爱满满放在我的心里，日复一日年复一年，自自然然，而我一点都未察觉。母亲的爱不管我是否真正明白，还是一样围绕在我身边，就像米兰不管有无人去问津总是开满米色的花粒。

母亲离开人世已三年了。今天，藏在绿叶丛中的米兰花，又一次静静绽放了。虽然小小的黄花，看起来那么普通，渺小，但它淡淡的清香却洒在了每一个路过她的人心中。

2014. 10. 23

白茅草

菜地边上，是荒地，长满了茅草，白白的一片茅草很吸引我。有时早起去，看见它们身子沾着露水，显得愈加莹白，空气里一丝风也没有，菜地显得非常静谧，白茅草弯曲着身体，一动不动，好似在做着风花雪月的美梦一样。

白茅草，实在太普通了。

空地就是它生长的乐园。只要有点泥土，有点阳光，白茅草就无处不在，蓬蓬勃勃。由于它的点缀，丑陋的土地有了诗意，焕发出生命的原始力量。

我家乡的路旁，我们工作单位的周边，无论土地贫瘠，还是富营养，无论荒地上，还是沟渠边，整个秋天，如同一个个柔软的梦，随风轻晃。

深秋的夜里，故乡村边的白茅草成了极好看的装饰品。一轮圆月挂在西天，它的清辉把白茅草的身姿投影在地上，芳草萋萋。一阵秋风吹拂，月影在草间上颤动，如梦如幻。

我没有养花草的雅兴，在我眼里，自然的东西最美。

白茅草虽然不漂亮，也算不上开花的草。但是一大片白茅花竞相开放，置身那白绿相间的场景里，风一吹就像风起云涌的天空，花白，白得纯净；叶绿，绿得透亮。自然啊，就这么随意一挥，就是创造，就是一种美的极致。虽没楼阁望远，也无亭台抒怀，却让人产生一种心旷神怡，宠辱皆忘，把酒临风，喜洋洋者也的情怀。

160

白茅草，在诗里的气质太柔美了。

走在白茅地里，捋一把茅花，夹在《诗经》里，茅花与诗意齐飞，一起飞向远方。

白茅草在《诗经》里的芳名叫"荑"。

《诗经·硕人》就说"手如柔荑"，好美的比喻，读着词句，你尽可想到美人一双手的洁白，柔嫩，美态，她随手一招，该是怎样的妩媚，怎样地让人心旷神怡。

《诗经·静女》说："自牧归荑，洵美且异。匪女之为美，美人之贻。"多美的好事：我自郊野归来，静女就送我白茅草，那白茅草啊，美丽而奇特，其实不是白茅草真的有多美，而是因静女所送，才会如此美丽珍贵。

白茅草，纯洁得像仙境的圣女，安静得像地里的棉花。没有穷奢极欲的奢靡，没有惹蜂引蝶的招摇，一支白茅草，柔弱的身子，却坚定地承载着一生的情意。今天的我们，不知还有几人记得白茅草般自然和纯美的爱情？

白茅草，实在太诗意了。

老家有块空地，原来荒芜着，我用了两个双休日，把它翻了一遍，在上面种了菜，现在各样时鲜蔬菜长得正旺，每次去摘菜，看着碧绿的颜色，闻着清香的气味，顿觉心旷神怡。

菜地边上，是荒地，长满了茅草，白白的一片茅草很吸引我。有时早起去，看见它们身子沾着露水，显得愈加莹白，空气里一丝风也没有，菜地显得非常静谧，白茅草弯曲着身体，一动不动，好似在做着风花雪月的美梦一样。

不知什么时候，阳光照着这片白茅草了。它们沐浴在晨光中，我顺着光细瞧，白茅草呈现出金黄的本色，我又逆着光看，白茅草更白更透。置身白茅草镶边的菜地，摘菜劳动也变得诗情画意了。

这时，阳光从高地的树缝里照射过来，照得茅草一片白亮，茅草们静静的姿态变成了动态，轻轻伸着懒腰，打起精神。更多的阳光，白茅草纷纷醒来，摇晃着身子，抖一抖露珠，开始唱歌。

2014. 11. 1

曾为梅花醉似泥

是啊，心中若有梅，人生处处皆是梅。欧阳修以寸寸柔肠盈盈粉泪写就的"候馆梅残"词，让人想见，更在遥远的青山之外，渺不可寻的美！

梅是最有古韵的，我一直很迷醉。

"疏影横斜水清清，暗香浮动月黄昏"这美丽的场景，连寒雀都想飞落下来，先偷看梅花一眼。

栊翠庵的妙玉高洁若梅，静心收集梅花瓣上的雪，贮留五年，才拿出来泡茶，真是冰清玉洁，暗香销魂。

"当年走马锦西城，曾为梅花醉似泥。二十里中香不断，青羊宫到浣花溪。"开到烂漫开到纷繁的梅，让欧阳修醉倒。

十二月份的滁州琅琊山不知可有古梅？可否让我也醉上一回？

沿着山路，约行六七里路，确也渐闻水声潺潺，从两峰之间泻出，水尤清冽，可惜没有梅的倒影，总觉有些缺憾，哪怕只一株，该是怎样的疏影暗香啊！

过一古桥，桥石斑驳，印有苍苔的枯痕，令人发幽古之思。我想，桥边若有一梅，不知年年为谁而立。风中一片片，静静而落，梅蕊落尽，春也就来了。

半山腰有欧阳修的醉翁亭。我依亭而立，默诵着《醉翁亭记》，老诗人仿佛美髯飘飘，迎我而来。睁开眼，不知音容何在。痴情问花，花儿无语，泪眼婆娑，梅一样高洁的诗人，也在脉脉凝望我们这些朝拜者吗？

在醉翁亭的北面，居然有个古梅亭，亭里竟然有株梅，而且传说是欧阳修所手植。这不就是"欧梅"吗？我从不同角度观察此梅，梅高过亭，干分四枝，苍颜多瘢，有的用假根撑着，有的用水泥护着。虽经几百年风霜雨雪，遒劲的枝干傲立着，遮蔽了半个庭院，眼尖的老师说看见了枝头红红的芽孢，隐隐约约，点点滴滴。不知今日梅上还是否有你的手泽？我们来早了，假如再迟些时日，有了一场雪，梅的诗韵就出来了，雪映梅花，疏影寒淡，梅花凌寒而放的品格就能尽情彰显了。亭边联诗恰点主题："品节追欧苏，千载芳梅撑铁骨；冰姿宜水月，一天香雪荡春风。"

山中千树万树，每树自有每树的香，大千世界，梅花也各有其韵，可我独爱醉翁手植的此株梅花。今日本是来访醉翁亭，访酿泉，却意外被梅迷醉，醉翁兼醉梅，访梅原为访翁来。

想起看过的一本古梅画谱，有些梅画得很不像，很是疑惑：画家未曾见梅吗？若未见梅，何以画梅？友曰："画心中的梅花。"唯此梅，凝视久了，似有一股寒香拂鼻。唯此梅，如胭脂一般，映着雪色，分外显得精神。

是啊，心中若有梅，人生处处皆是梅。欧阳修以寸寸柔肠盈盈粉泪写就的"候馆梅残"词，让人想见，更在遥远的青山之外，渺不可寻的美！潇洒的诗人，天寒地冻，捧酒对雪，诗语忆梅："当时作诗谁唱和，粉蕊自折清香繁。今来把酒对残雪，却忆江上高楼山。""帘幕东风寒料峭。雪里香梅，先报春来早。红蜡枝头双燕小。金刀剪彩呈纤巧。"

驿外断桥，白雪堆山，寂寞而开，醉里折梅，浪漫地想说："何方可化身千亿，一树梅花一放翁。"真真是爱梅成痴啊！化身千万个放翁，在每棵梅花树下欣赏梅花，不辜负了每朵梅花的美。

没有古寺寒钟，没有小窗明月，也没有品茗弄琴，我和梅两相凝望。假如在课堂上，我会问："孩子，陆游曾为梅花而醉，你曾为谁醉似泥呢？"聪明的孩子也许会答："我为读书醉似泥。""我为漫画醉似泥。""我为梦想醉似泥。""我为自己醉似泥。"

好一个"曾为梅花醉似泥"！

2014.12.17

邂逅一朵花

也许是在提醒收到的人，花在书里，记得那花，那是一个春深似海的回忆；也许是暗示收到的人，此书如花，字圆如露，句清如水，字里行间芳香弥漫。

我喜欢书，喜欢到旧书摊找书。

深冬雨后的傍晚，在镜湖边一个不起眼的书摊前，我随意地翻看着。突然，一个名字跳进眼帘——《我的世界下雪了》，作者迟子建，一下吸引了我。

那天真的很应景，我翻着这本薄薄的旧书。当时窗外已是白雪飘飘，却感觉不到一丝丝的冷气。翻过一页书去，竟看到一朵干花，夹在书页里，这是一种叫黑郁金香的花，美得令人心旌摇动了。大仲马在《黑郁金香》中，夸这种花"艳丽得叫人睁不开眼睛，完善得让人透不过气来"。

这本书是山东画报出版社2005年5月1日第一次出版的，简洁的封面，干净的构图，正适合让人做关于雪花的梦，不论梦醒之时，还是沉沉暗夜，哪怕窗外一派鸟语花香，回忆起一年之中，能做着一季的梦，都是浪漫的。

"我仍然喜欢在黄昏时漫步，喜欢看水中的落日，喜欢看风中的落叶，喜欢看雪中的山峦。我不惧怕苍老，因为我愿意青丝变成白发的时候，月光会与我的发丝相融为一体。让月光分不清它是月光呢还是白发；让我分不清生长在我头上的，是白发呢还是月光。"就在句子的这页，夹着这朵干花，在页脚空白处，写着"萍寄2005.6.1"几个小字，纯蓝色的墨虽有些褪色，但掩不住字体的娟秀。

这是怎样的一朵花？

夹在书里的这朵干花，不再是那枝头傲然的精灵，只是隐约保存了一些风骨——多么像一段只能用来回忆的往事。

我凝视着这朵干花，想到大自然与它曾经共处的金黄、粉红、深蓝、浅紫、银白等缤纷色彩，那是怎样的一份朝气。大自然的花季过去了，而这朵郁金香的色泽还在。如果有蜜蜂飞来，不知是否会停留在这页文字上？如果户外是春天，不知它们青睐的是金黄的菜花，还是黑色的郁金香？

郁金香，在它短暂的花期之后，被这个爱花的人夹进了这本书。是怎样的一双巧手，在某个雾失楼台的清晨，轻轻摘下，轻轻拂去花上的露珠，像拂去哀愁一样，又或是在夏季繁星一般闪烁的花丛里，左寻右觅，才在河畔草滩上寻得，这么难得的一朵，仿佛撒在水上的一片湿润而灿烂的夕照，又不知经过几道工序，才把它风干，更不知有多少情到深处的目光，有多少物是人非的叹息，一起全都寄在了一本书里。

"无论冬夏，如果月色撩人，我会关掉卧室的灯，将窗帘拉开，躺在床上赏月。月光透过窗棂漫进屋子，将床照得泛出暖融融的白光，沐浴着月光的我就有在云中漫步的曼妙的感觉。"

"我躺在床上，看着它，沐浴着它那丝绸一样的光芒，感觉好时光在轻轻敲着我的额头，心里有一种极其温存和幸福的感觉。"

"所幸青山和流水仍在，河柳与青杨仍在，明月也仍在，我的目光和心灵都有可栖息的地方，我的笔也有最动情的触点。"

每次读迟子建的散文，总有一种在茫茫尘世里找到了一片广袤、洁白的雪地的感觉。她的心灵独白和絮语，连同这朵花，被这个叫萍的女孩寄出，十多年后变成了我喜爱的读本，一次次触动我的伤怀之美，充实、温暖着我的心灵，这也是我们的一种缘分吧，素未谋面的美丽邂逅。

这是怎样的一个女孩？

"萍"，随水而流，漂泊无依，她也如浮萍般无依无归吗？她的字如此娟秀，她的人也如她的字一样娟秀吗？这朵花，如此精致和美丽，她的情感也如此这般的精致和美丽吗？为什么是郁金香？为什么是《我的世界下雪了》这本散文集？为什么花夹在那页？有什么特别的纪念吗？那夹着花的书是如何寄的，是专心地等候亲手送的，还是偶然地期盼邮局寄出的，或是彷徨忐忑后委托他人转送的？特别写上寄出的日子，我想一定是有纪念意义的，是青梅竹马的日子，是情深深雨蒙蒙的日子，还是从此天涯相隔的日子。也许是在提醒收到的人，花在书里，记得那花，那是一个春深似海的回忆；也许是暗示收到的人，此书如花，字圆如露，句清如水，字里行间芳香弥漫。我想"萍"定是一个书香女孩，或许如安意如、安妮宝贝、匪我思存一样的诗词为心，兰心蕙质。我仿佛看见轻拂的微风中，淡淡的斜阳下，一个明眸善睐的少女沉醉在书卷上，不时浅浅地笑着，融入时光深处。我仿佛看见她脉脉含情地把自己的名字写在书上，脉脉含情地把花夹进书里，脉脉含情地把书寄出。不知是否出了什么变故，否则这书应该作为情感的信物被珍藏着。是怎样的风也萧萧，怎样的雨也萧萧。十年，足以天翻地覆。人生再不如初见，何事秋风悲画扇？十年，他已不再年轻婉约，她的眼神添上了岁月的风霜了吧？她的心里染上生活的忧郁了吧？十年，花自飘零水自流，有多少的情已无计可消除，多少的愁才下眉头，却上心头。十年，这个叫萍的女孩那段郁金香的梦应该醒了吧，她那双天使的翅膀是飞起来了还是隐形了，抑或被折断了？她还在这个尘世吗？她闲下来的时候，偶尔还会想起这段往事吗？

那个深冬雨后的傍晚，在这飘着雪的书摊前，一本写着一个女孩名字的书，一本夹着郁金香的书，让我有了一段美丽的邂逅，我的世界也仿佛下雪了。

2015.1.22

雪花之美

眼中是雪，发际是雪，耳旁是雪，颈后是雪。雪拥着我，我拥着雪，彼此暖心。林清玄说："雪，冷面清明，纯净优美，在某一个层次上像极了我们的心。"

记忆中，小时候，雪总是那么大，大团大团的如柳絮，纷纷扬扬，弥漫了双眼，天地一片混沌。一到下雪天，晚上大人就说，明天要起早，第一个扫的可能是老天爷撒的米粉，迟了就是雪了。那时家里穷，能有白米饭吃饱肚子就是幸福了。于是早上早早地起来，想扫一麻袋白米，可别人家早就把门口扫得干干净净了，哪里还有一粒米的影子。只把希望留着下次实现。那样的雪天特别漫长，感觉一个冬季都弥漫的雪花里。大人们蜗居在家里烘火，只有孩子们与雪难舍难分，即使小手冻的像紫芽姜，依然亲昵地塑着雪罗汉。树木渐渐消失了，村庄也渐渐消失了，我只见到狗深深浅浅的脚印，只感到四周雪花的陪伴。小小的心里满怀着愿望，便也觉得雪是美好的了。那便是初始体会到的怀想之美了。

候鸟，随着季候，从一棵树迁到另一棵树。人有时就像候鸟，随着年岁的增长，从一个地方迁移到另一个地方，从乡村到镇街，从县城到市区，渐渐体会到城市刺耳的喧嚣，呛鼻的烟云，狂躁的混沌，那种人、情、景相融为一体的怀想之美似乎逃之夭夭了。

有一年冬天，我从一棵落满雪的树下走过。一个女孩正在背诵一首诗："我多想成为一棵树，深植大地，拥抱蓝天。看日出日落，沐浴阳光雨露。我让鸟儿来我身上筑巢安家，让它们的歌声和我的赞美声一起热闹。"那时我正遇到一些不顺心的事，心里郁郁不平，听了女孩背诵的诗，我释然了：原来，做什么都是快乐的，鸟有鸟的快乐，树也有树的快乐啊！人生何尝不如树呢。顺境如夏树的郁郁葱葱，逆境如冬树的蓄势待发。一个人无论身处怎样的境遇，都要学会找到适合自己的土壤，把根深深地扎下去，这样即使遇到狂风暴雨，也不会撼动生命的根基。

后来读到三毛的文章："如果有来生，要做一棵树，站成永恒，没有悲伤的姿势。一半在土里安详，一半在风中飞扬，一半洒落阴凉，一半沐浴阳光。"

于是，我独坐窗前，微阖双眸，总有一种感觉，渴望自己能成为一棵树。

成为一棵树，会有风会遇雨，但风中摇摆也是一种姿态，雨中飘摇也是一种潇洒，更多的是在阳光下熠熠生辉，洒落一地阴凉，斑驳一片想象。

成为一棵树，静静生长，不言不语，不动不移，闲看花开花落，淡望云舒云卷。即使期许不到春暖花开，即使寒冬里雪满枝头，那寂寞的站立，也是一种宁静的怀想之美。

今年冬天，雪落得特别大，时间也绵延得特别长，蜷了一冬，特想放松一下自己，便邀二三好友到巢湖半滩泡温泉。

雪天里泡露天温泉是需要点勇气的。记得那天我裹着一条白色的浴巾，推开外室的门，寒气和雪花汇合着朝我袭来，我全身的肌肤都在呼吸凛冽的风。

半汤的露天汤池很有特色，一个个汤池掩映在花木巧石间，宛如一块块温润的碧玉，小巧而精致。我下到池里，浸入温暖的泉水，全身的气孔仿佛都被打开。玫瑰泉的香液，桂花泉的幽香，松柏池的倒影，竹影泉的婆娑，更不用说雾凇泉、湛露泉、漱玉泉的诗情画意，仿佛一下四季皆来心底——繁花似锦的春天、烟云缥缈的夏季、枫叶飘荡的秋日、冰雪飞舞的冬寒。我的心也随之或怡然自得，或超脱尘世，或宁静澄明，或天人合一。

　　多安静啊！仿佛只有我一人。天上是雪花飘飘，池中是暖意融融。雪雾缭绕，树木朦胧，假山若隐若现，我也与云与山与水相互融化，上下一白了。泉岸上的雪，越积越多，越积越白。绿树上的雪最动人，白的雪白，绿的碧绿。两个世界，今天成为彼此的支撑。

　　我的记忆也随雪花穿越时空，飘飘忽忽。几十年的光景，发已如雪，明夕何夕，花落谁家？来不及道一声珍重，一转身如雪落水中，如花美眷流逝匆匆，芳踪何寻？眉间辛酸，脸颊沧桑，一声嗟叹，老去何速？

　　怀想之美在此时突然撞入我的心扉，它使我忘却了庸俗嘈杂的城市，忘却了生命轮回的约束。

　　眼中是雪，发际是雪，耳旁是雪，颈后是雪。雪拥着我，我拥着雪，彼此暖心。林清玄说："雪，冷面清明，纯净优美，在某一个层次上像极了我们的心。"

　　赏雪，需要一颗善良的心去聆听，聆听雪的舞蹈，聆听雪的哭泣，然后让心与雪相通、相契，以至于相融。

　　雪，也有一颗善良的心，她懂我内心的安静与闲适，懂得哪一片雪花是我怜惜的怀想之美。

2015. 1. 31

170

紫薇花

惟有紫薇花，紫色的流光抛
洒开来，把蓬草也染得紫盈盈的。
那朵花冉冉升起，微笑地俯看着我，
给我梦幻的感觉，仿佛母亲并未离去。

立春已过，地里的草还没透青，村边的槐也不见芽。一眨眼就春分了，野外看看，确如欧阳修所咏"青梅如豆柳如眉，日长蝴蝶飞"。院里的紫薇似娇气些，始终未见花。

以前对紫薇没什么印象。春风又绿，眼前满是桃红李白，哪有闲眼关注平庸的紫薇。随着年岁增大，渐渐看淡那些显赫一时的花朵，一年一度，紫薇越加入眼。

四年前，打理老宅后院，扦插了一棵紫薇枝条，不久它就有模有样地生长起来了。

前年冬天，老母亲过世，办完丧事，我还没从生离死别的悲痛中缓过气来。

开春后，又面临老父亲安顿的生之困惑。我心情挪揄，只好到后院踱步。那时园中荒草没膝，除一棵可爱的玉兰花外，还有覆盆子，结了小果子，玛瑙扣子似的，一簇簇挂着。

忽然在覆盆子边上，闪出一点紫色，浅浅的，在眼前晃了几晃。我过去拨开草丛，见一朵紫色的花依在覆盆子的枝间。

这是紫薇。紫薇开花了，浅浅的紫色。

紫色是我最愿见到的，那是岁月凝练的积淀，还可以把忧郁的情绪与深沉的感喟染进花色里。这娇嫩的紫花，也许不知道自己是多么的奇特，但在我心中一下营造了一个梦园，让紫色的幻想流荡，渐渐驱走了我心头的悲伤。

去年，家里老房子快要塌了，在园旁兴起土木，建了40多方平米的新屋。水泥、砖块、木条全堆在园里，把植物全压在底下。这种建新毁旧的景象，我见得多了，渐渐也就习惯了，虽然很有感叹，又能怎么样呢？

没想到春来时，被建筑材料压得奄奄一息的紫薇竟又活过来了，绿枝上，一朵紫色的花正在颤颤地开放！

我的心也震颤起来：压了这么长时间还能开出花，生命奇迹啊！

我凑近看这朵从重压下挣扎出来的花，花瓣虽薄如蝉翼，却开得自然舒展。

我突然想起母亲生前对我们的教导："任何时候都不要低头，不要自卑。"是啊，记得小时候家境很差，硬是母亲凭着结茧的双手撑起了这个家，她就是那种宁愿用自己的死换取孩子生的人。受她影响，我这一辈子也是不怕困难，百折不挠。如今看着紫薇，我忽然觉得一下又拥有了神奇的力量，无论生活怎样艰难，只要不低头，任何愿望都会实现的。

今年果然有了一个新的开始。

清明时节，到母亲坟前扫墓，首先映入我眼帘的便是又亮又紫的紫薇花。墓地四周长满了蓬草，几株松柏在风中摇晃着身子，给人一种孤寂荒凉的感觉。惟有紫薇花，紫色的流光抛洒开来，把蓬草也染得紫盈盈的。那朵花冉冉升起，微笑地俯看着我，给我梦幻的感觉，仿佛母亲并未离去。

新房建好了，粉刷一新，老父亲可以安心地居住了，还在村里专门请了人服侍，他虽已92岁，一切生活起居都能自理，一根排骨炖汤一餐就能吃完，每天日出或是夕阳时分，他也踱步小园，坐在藤椅上，看着紫薇花开花落，也算是安享晚年了。

花了整整两天的时间，我把小园又整治了一番，剪除了杂草，添种了两棵紫薇，想到来春的枝繁叶茂，想到小园的欣欣向荣，想到老父亲在园里的情景，即使见不着花，心里也会满怀美好的期待。

人来到这个世界走一遭也不容易，要倍加珍惜才是！

2015. 4. 6

桐
花

清晨，薄雾笼罩着清美的桐花，空
气中弥漫着清新的浅香，我踩着花影，走
在青石板过道上，觉得有书读的光阴好美好美。

桐花有什么值得留恋的。

农村的房前屋后，常常栽种的就是泡桐，一到谷雨，就繁繁密密地开起
花来。

小时候居住的老宅是草屋，南边和北边各有一棵泡桐树，无须人管理，
却长得粗壮高大，从南北两边遮盖的半个屋子。一到下雨天，落下的桐花厚
重地砸在屋上，一层压一层，堵了水的流淌，腐烂的时候，腥味透过屋顶渗
下来，草都沤烂了，雨脚如麻，床头屋漏。每当这时，我们总抱怨父亲为什
么不早点把它砍掉。每回放学，走到村口就能望见桐树开花，浅浅的紫色，
跟暮霭的天光融合，草屋显得灰不溜秋的。正午时分，挑货担卖小吃的，磨
剪子铲菜刀的，总歇在北边桐荫下，吆喝的长音不时传来，慵懒而诱惑，如
果没有桐树，这些走村串户的小生意人，怕是总在夏日的太阳下烤了。

我读初中的学校是一个祠堂改建的，四周高高的围墙，青砖青瓦的老式
房子，口字形布局，中间青石板过道，显得悠长悠长的。我们班级门口，就
有一棵泡桐，开的花都是白色的，顶在高高的枝顶，有肥硕的阔叶支撑着，

远远看去，就像停了一树的白鹤。

清晨，薄雾笼罩着清美的桐花，空气中弥漫着清新的浅香，我踩着花影，走在青石板过道上，觉得有书读的光阴好美好美。

傍晚的桐花，一卷卷的，云样的缱绻。晚风吹来，桐花簇拥起舞，如薰如醉，少年的那点心思也被染香了。

每当听课倦了，就往窗外望一眼桐花；每当考试思路堵塞了，就对桐花深吸一口。

上学的那些岁月，桐花就是我的四季，就是我的风景。它和我一样安安静静，不露声色地染绿生机，从从容容地积蓄茂盛。

人到中年，喜欢回味以往的经历，那曾经的无意似乎暗藏着隐秘的心迹。尤其是曾经要逃离的泥土，都似乎散发着特别的馨香。

泥土上生长的桐花，开出暗香的情愫，开出无争的淡定，开出孤独的优雅。

在中学教书时，得遇县语文教研员黄老师的提携，他清瘦矍铄，带着深度眼镜，爱好藏书。他家四壁皆是书橱，藏有各类图书，还要一些线装书。我憋足了劲教好语文，多写论文，教研活动一次不拉，只为讨得他欢喜，好开口问他借书。他也终于答应我，我可以去他家借书。

他家住在县城南门外，红砖青瓦的平房，门前用紫藤围出一小块菜园，里面青枝绿叶，茄紫椒红。记得是五月初，他屋门前的一棵桐树，正灼灼地开着，繁华照眼明，也庇护着房子和园子。我去借书，看他在树下坐着，一人，一椅，一本书。读到高兴处，抚掌微叹，以为妙绝。

不记得是什么时候离开的，也不记得这样的时光有多少次，多年后还常常想起：一树的光阴，一个清瘦的面容，一本发黄的老书。

桐花到底还是值得人留恋的。

简静，安稳，清美，这就是桐花。

2015.4.29

黄瓜花

每次，我走进菜园，瞧见两排黄瓜架上的
小黄花，就有些欣欣然赴约的感觉，轻轻地走
近它，俯下身子欣赏它，忍不住伸手轻轻触摸它，
柔柔的、滑滑的，像一段悠闲的岁月轻轻拂过指尖。

我种的蔬菜，是真正的绿色。

一不喷洒农药，二不打生长素，三不施化肥。精耕土地，一遍又一遍的翻晒，待蔬菜栽下活棵后，放上油饼，这是纯菜子榨油后的残渣，种出的蔬菜不仅嫩，还有甜甜的味儿。

今年种了十棵黄瓜，五一一过，就爬藤了，接着就开花了。

小菜园一下就姹紫嫣红了。

豆的青，茄的紫，椒的红，瓠的白，你花开罢我花开，好不热闹。当然黄瓜的花最好看，金黄黄的，在菜园里最引人注目。

每次，我走进菜园，瞧见两排黄瓜架上的小黄花，就有些欣欣然赴约的感觉，轻轻地走近它，俯下身子欣赏它，忍不住伸手轻轻触摸它，柔柔的、滑滑的，像一段悠闲的岁月轻轻拂过指尖。

有次，起早去摘菜，黄瓜架上五彩的光芒眼前一闪，就像一颗颗多彩的小钻石在熠熠发光，走近细瞧，原来是黄瓜花上的露珠折射的晨光在闪烁。

昨天，伴着淅淅沥沥的小雨，我来到我的小菜园，看细雨中的黄瓜花是那么的风韵。微风徐徐，细雨滴滴，花藤招摇，缠缠绵绵。满怀怜惜地摘几根黄瓜，顶花带刺，放在竹篮里，瓜色青绿，花色金黄，妩媚可人。

做一盘朴素的炒黄瓜，真是好吃。一个紫洋葱，切成细细的葱丝，先下油锅，猛火爆炒，再倒入洗净的黄瓜段，最后放黄瓜花，快速翻炒几下，再加点白盐，白糖，炒匀即可出锅，盛放白瓷盘里，其香扑鼻，其色悦目，其涎欲滴。

2015. 5. 5

蚕豆花

蚕豆花即使盛开，也很低调，
不争宠，不献媚，像个矜持少女，
低眉浅笑，安静地守着密密匝匝的绿
叶，从不轻易泄露自己轻柔曼妙的舞姿。

蚕豆花紫。

蚕豆花白。

我种的一领蚕豆开花了。

层层叠叠的豆花，瓣边白色，花纹浅紫，中央黑斑，好似一只只紫色蝴蝶吻着绿叶。蚕豆花即使盛开，也很低调，不争宠，不献媚，像个矜持少女，低眉浅笑，安静地守着密密匝匝的绿叶，从不轻易泄露自己轻柔曼妙的舞姿。

剥蚕豆是最有趣的事。长形的豆荚，身子正长成熟，渐显丰腴。剥的时候，先剥去绿绿的外壳，即看到几个豆粒，生机勃勃的躺卧在里面，四周是绒绒的白衣，再剥去豆粒外面的绿衣，轻轻地一挤，豆仁就出来了，嫩绿嫩绿的，我们称它为蚕豆花。小时候剥豆的时候，还把豆衣套在手指头上，当戒指玩。

因为蚕豆小家的餐桌变丰盛了。

蚕豆仁在清水里煮汤，待熟时，打两个鸭蛋，搅几下，滑溜一下倒下锅，就是清香四溢的鸭蛋豆汤。如果讲究色彩的搭配，还可以放西红柿、木耳、豆腐一起清煮，这样西红柿的红，黑木耳的黑，豆腐的白，鸭蛋的黄，加上蚕豆的绿，就五彩缤纷了。

今天立夏，晚上回家好好煮两碗蚕豆，品尝立夏蚕豆的味道。煮蚕豆不需要剥去绿衣，加清水，放盐，搁些八角，先猛火，再文火，待熟了，稍焖一会，这时一接锅盖，清香满室，楼下路过的人都能闻到，让人垂涎三尺。记得小时候，母亲还用线串一串煮熟的蚕豆给我戴着，小嘴馋起来，随手一送，就到嘴入肚。

吃不了的蚕豆，把它养老，厚实的蚕豆仁炒韭菜，是下酒的上等美食。

晒干的老蚕豆爆炒，放盐就是咸的，放糖就是甜的，一咬脆蹦蹦的，香而有味，感觉生活都是有滋有味，回味隽永的。

还记得小时候烧火堆，在家里捧来一把蚕豆，放在火堆旁烤，等火熄灭，掏出蚕豆，香喷喷的，一边吹去热气，一边剥着吃，小手小嘴都黑乎乎的，有时把烤焦的也吞进嘴里，苦苦涩涩的。至今还记得烤蚕豆的时光。

因为有蚕豆的记忆，所以，每年蚕豆上市的时候，心底那份浅浅的温馨就会荡漾开来。近来，又因为亲自种植蚕豆，亲眼看着它从小长大，所以收获的时候，感触特深，那份辛勤劳动的回报比吃豆还开心。

又是一年豆花开。

蚕豆花，你是面朝暮春的洁白，还是背对初夏的深紫呢？

2015. 5. 6

豌豆花

今年的豌豆地，就是一处绝佳的景致，看着养眼，采摘方便。偶尔有草，及时拔除，然后蹲在地边，看豌豆青葱的秧苗，听豌豆开花的声音，想豌豆甜蜜的味道。

一到双休日的早上，城市还在鼾声里未醒，我就想起我的菜地，想起那片散发着泥土清香的豌豆花。

如果没记错的话，小时候我家只种过两次豌豆。

一次是我中考那年，记得那时还要预选考试，全乡选三十几个人参加正式的考试。我是应届生里的第一名，学校规定要住校，临行的那天早上，母亲煮了一锅豌豆角，除让我吃饱外，还包了一袋带了。母亲说，"让你的同学也尝尝咱家的豌豆角。"那时每家生活都很艰难，能够与同学分享豌豆角，不仅心里有满足感，也自然成了一份美好的记忆。

还有一次是我师范毕业那年，等待分配工作的时间不仅漫长，而且焦急。记得家里也种了豌豆，母亲连着几天卧床不起，吩咐我摘点豌豆回来炖点汤，我打伞到地里一看，哪有豌豆，一个花也没有，根茎被连天的阴雨打得趴在地上，蔫不拉叽的。这好像预示着我的不顺，几天后，我被分到了本乡中学，好不容易考走，毕业又回到本地，原地绕了一圈，心情很沮丧。

后来考上县教研员，在县城工作了十年，2006年三山区成立，缺少专业人才，我被引进回乡服务，人到中年，隔着十几年的光阴，能回家乡，心里欣欣然有回归的感觉。年轻时逃离土地，中年反而觉得土地亲切了。

每到双休日，回老家开荒种菜，手扒泥土，反觉清香，与妻说着农事，津津有味。

现在，我每年都种一畦豌豆，那嫩嫩圆圆的豌豆，在所有豆中是最鲜美的，在唇齿间一过，连皮带豆滑溜一下就入了肚。

每次我走进豌豆地，看到绿油油的豌豆携着花儿对我微笑，我就流连忘返，一待就一两个小时，时间愈久，那流淌在鼻息间的豌豆花愈加弥香。

去年随豌豆自然生长，由于根须柔软，整个身子都匍匐地上，一下雨，挂在地上的豆就烂了。今年吸取教训，用竹竿搭了架子，这样，豌豆借着架子的支撑，憋足劲往上长，嫩嫩的毛须须，缠着竹签子，毫不客气地爬上了顶。放眼望去，一地里都是盛开的豌豆花。

今年的豌豆地，就是一处绝佳的景致，看着养眼，采摘方便。偶尔有草，及时拔除，然后蹲在地边，看豌豆青葱的秧苗，听豌豆开花的声音，想豌豆甜蜜的味道。

美吧？偶尔吟吟陶渊明的诗句，感觉还蛮有情味的：

"种豆南山下，草盛豆苗稀。晨兴理荒秽，带月荷锄归。道狭草未长，夕露沾我衣。衣沾不足惜，但使愿无违。"

我比陶渊明可会种多了，也勤快多了，至少地里没什么杂草，而且豆苗长得诗情画意，不但愿无违，而且如愿的喜悦随豌豆花开了，袅袅飘散在鸟语花香的菜地。

2015. 5. 7

瓠子花

初夏的露水，一夜的滋润，
瓠子花朵朵精神。五瓣白花，打
开柔嫩的身子，从一片毛茸茸的绿叶丛
中探出头，好似西湖边的白娘子，一身服，
撑着一把五瓣小伞，精巧别致，雪白干净的。

瓠子，本性清淡，清炒口味最相宜。

一条瓠子，刨去青皮，切成薄片，葱花热油炝锅，瓠片入锅，翻炒几下，出锅前加盐调味。盛入碟子，色泽明亮。快流口水了。

小时，家里卖瓠子，要我记账，我就写个"胡子""弧子"。直到多年后，才把"弧"字写对，因为语文课本上没有接触到这个字。去年看汉字听写大会，其中就有这个词的听写，有个学生按形声字的方法，写"葫子""笳子"，怎么凑都没凑对，因为"瓠"是个会意字。

这之后，我对瓠子印象就加深了。今年还种了半领瓠子，还搭了架子，支撑它苗壮成长。

瓠子花则不仅仅可宜口，还宜目，悦心。

看瓠子花，宜在晨时。

初夏的露水，一夜的滋润，瓠子花朵朵精神。五瓣白花，打开柔嫩的身子，从一片毛茸茸的绿叶丛中探出头，好似西湖边的白娘子，一身素服，撑着一把五瓣小伞，精巧别致，雪白干净的。

这片瓠子花，看着就羡煞，何况后面还有长长、绿绿的瓠子呢？

半领瓠子，半领黄瓜。开花时节，藤蔓交错，黄花亮眼，加上地头的一棵南瓜，也壮丽地开着硕大的黄花，一下就使瓠子花鹤立鸡群了。小菜地的瓠子花，本极平常，却由于其他花的映衬，一下就显出了高格的气质。想想也是，它从不刻意涂脂抹粉，天天打扮如此，一览无余的素白，既不盛气凌人，也不故作清高。

花还没落，就在身下挂个小瓠子，像个不愿回家的孩子，喜欢随风晃悠，等到个条长长了，身子长圆了，就变成了成熟的青年，稳重多了，挂在藤上，靠着架子，不再蹦跳显摆了。

初夏就这么好，正是蔬菜、瓜果上市时，那一挂绿一藤花点缀的菜地，就是一个田园，一首牧歌，宛若苏轼的东坡，酒足饭饱之余，一边拄杖赏着门前修竹，一边捻须吟着诗句。更不亚于王维的辋川别墅，花径不扫，临风听蝉，绝俗忘尘。

不像清人归庄为看梅花，日日寻觅，形容憔悴；也不似秋先惜花成痴，连花神都赶来助其落花上枝，鲜艳如初；更不如黛玉锦囊收艳，荷锄葬花，以致顾花自恋。我只觉得日日菜花，紫绿青黄，一花一草，自有情怀，一茎一叶，自当珍惜。

瓠子花，开得晶格格的。风中雨中听声，日中月中观影，花中蕊中寄情，闲中闷中做伴。

对瓠子花，我还需说什么呢？

2015.5.11

栀子花香

夏日的清晨，还在梦中，嗅觉
就被栀子花香醉醒了。书桌上放着
刚摘的两朵栀子花，白色的瓣，鹅黄的
蕊，身子含着露，像两个明眸皓齿的仙子。

也许没人知道，一个男孩子居然也悄悄期待栀子花开。

夏日的清晨，还在梦中，嗅觉就被栀子花香醉醒了。书桌上放着刚摘的两朵栀子花，白色的瓣，鹅黄的蕊，身子含着露，像两个明眸皓齿的仙子。

于是，我一骨碌爬起来，凑近轻嗅，然后放进书包，匆匆上学，边走边摸，陶醉其中的样子让人难忘。

乡村童年的时光，因这美好的季节，因这纯洁的馥郁，芬芳一夏，怀恋久久。

栀子花来自对门大妈家。记得她是裹小脚的，走路一挪一挪，平平仄仄，我们便叫她"小脚(juě)大妈"。每天头发梳得净光，胸前别着两朵栀子花，兜里还藏着好几朵，她并不抹香，但香气自溢。夏夜乘凉，她最喜欢到我家，几乎每夜必到。等她从凉床离开，我和哥哥抬凉床回家，还闻到暗暗的香。

小脚大妈没有子女，她把栀子花当闺女一样伺候，松土，施肥，搭架，打枝，把个栀子花养得白白胖胖。我家也跟着沾光了，我有点窃玉偷香地不好意思，便常帮她护理。一有小狗在花下打架，我就追着赶；一有鸡飞上枝头歇息，我就扯着嗓子啸；一有夜风吹响，我就祈求风儿小心些，不要把花瓣打出了折痕。所以，每当我有同学来的时候，她总愿意把新开的摘几朵，一踮一踮地送过来，我的同学每人分得一朵，都高兴地离开。剩下的，放在一个盛水的碗里养起来，满屋的就是芬芳了，甚至连睡觉也要嗅着它睡才香呢！

后来，我到外地上学了，小脚大妈过世了。栀子花树自然也归我家所有了。那时农村的日子过得都紧巴巴的，谁还有多少心思护理花。不久，那棵大栀子花树也枯了半边。

后来，大队部改村，母亲几块钱把栀子花树卖给了村里，村里干部是连根挖走的。那年端午节，我回了趟家，家里有粽子，有菖蒲，有艾蒿，就是没有了洁白的栀子花，心里失落落的。忍不住绕到村部院子，看看哪棵花是我家的，院门紧锁，里面约有三四棵花树，但我一眼就认出了我家的那一棵，半边新长的绿叶，颜色深浅不一，虽然枝头零零星星地开了不少，但无人去摘，有的花已熬不住，歪在枝头，脸色发黄，像冷宫里失宠的妃子，无人欣赏，青春年华在孤独中渐渐老去。

再后来，我师范毕业，走上教师岗位，带了一届届的学生，有年毕业告别会上，有个学生带了一书包的栀子花，每人发一朵，然后他们哭着唱起了《栀子花开》"栀子花开，如此可爱……栀子花开呀开，栀子花开呀开，像晶莹的浪花盛开在我的心海；栀子花开呀开，栀子花开呀开，是淡淡的清纯，纯纯的爱……"一下勾起了我渺远的心思，不知道老家的那棵栀子花是否还在？花香可浓？这些年，我在陌生的城市生活，便再也看不到梦中洁白的花朵了，再也闻不到家养的栀子花香了，我猛然意识到，今生的花香也许就是美好的回忆罢了。

我那难忘的乡村，一到六月，一朵一朵的栀子花，就像洁白的雏鸽，息在树上，藏在叶间，村子也变得精神亮眼。女孩们衣上别着，发上戴着，袖里藏着，蚊帐里挂着，书包里放着，熙熙攘攘、跑跑跳跳，整个村子因她们都染了香了。

栀子花开的日子，村子里的快乐也都是香的。

上个月，村里通知，老家要拆迁了，一时有点懵，新城改造谁人能挡。经商谈，上周签了拆迁合同，虽得到一笔安置款，可92岁的老父却故土难离，不知何处安顿。我也很纠结，失了故土的心，总觉得是悬的，没有了栀子花香，何处能安放乡愁啊。

昨天一阵夏雨，一阵清风，我家南窗的栀子花开了。透过飘窗望去，有的含着水珠在枝头招摇，有的白色芽尖冲破绿衣正蓄势待发，她们都在对我露齿微笑，仿佛告诉我她们懂我。

一时兴起，跑到微博上刷了一下：我家南窗的栀子花开啦！这一得瑟，引来了博友的窃笑，认定我是个花痴。

古来花痴者多也，偶当一回花痴何妨？黛玉锦囊收艳、荷锄葬花，湘云醉卧芍药，红香散乱，不就是活脱脱的花痴？欧阳修泪眼问花，嗔花不语，化身千亿，幻化为花，不是花痴一个？东坡故烧高烛照红妆，只恐夜深花睡，不是花痴无双？

也无须说冯梦龙《灌园叟晚逢仙女》里的秋先，不仅痴爱枝头花朵，不容他人折损一花一蕊，又只许远观，不容亲近，而且就连落花，也珍惜至极，他的诚心感动了花神，使落花都重返枝头，茂盛如初。

更不用说蒲聊斋《香玉》中的黄生，爱花成痴，花神感其至情，让花化为美女香玉，相伴缱绻，惹得黄生甘愿寄魂于花，面对死亡不悲反喜，死后果然得偿所愿，化为花芽，痴情可谓深也。

好温馨的艳事，我也很期待有这样一个园子，一份雅兴，种一园的栀子花，守一份痴爱，岂不是一种恒久的幸福！

今晨，同事带两朵栀子花放我办公桌上，看它新鲜的样，凝脂的白，我不禁有些忧伤，今天芳华正茂，明天就渐染淡黄，继而深黄，继而枯黄。但又有些自慰，即使干枯，花香依旧是馥郁的，纵使尸骨不存，那魂也还是香的。

2015.5.28

豇豆

你看这豇豆，叶子，绿意浓稠如
酒，长长的豆子，从架上垂挂下来，
如丝如缕，井然有序地排列着，随风轻摆，
颜色润泽如玉，鲜明如挂链，真是可爱又可心。

"老公，多久没去菜地了，豇豆，都老了吧？"妻在阳台上，剥着粽叶，对我说着。

是啊，今年的豇豆，到现在还一次没采摘呢？经妻一提，我恍然记起，"我下午就去看看，三天前还只见花儿，不知现在能不能摘了？"午饭后，我拿了方便袋，坐48路公交车回老家，去菜地。

人懒地荒，三天没来，杂草肆意生长，把豇豆欺得无立足之地了。我弯腰拔草，有的还是带刺的蒺藜，个别豇豆只得顺着它牵藤，我慢慢把豇豆藤牵到正道上，让它沿着架子爬。

想想今年，初春点豆时，蒙上地膜，由于久不下雨，结果出的苗稀稀拉拉，后来补种了一遍，总算出齐整了，可连着阴雨绵绵，地里积水深，豆苗长的瘦不拉几的，我郁闷了好几天，妻提醒我，赶紧抽沟，我便冒雨挖沟排水，妻又提醒我及时施肥，我是从不用化学肥料的，只用油饼，沤一段时间后，施到豆苗根部。呵呵，真见效，几天后，藤蔓就粗了。地里长草了，村人提醒我用除草剂，一喷洒草就全死了，而庄稼不死，那庄稼要有多大的耐毒性啊。我只用原始的办法，或锄头锄，或亲手拔，即使无暇除草，豇豆也精神倍爽，自觉爬藤了，有的还在乱草和蒺藜里开花，并且结满了豆荚。

折下一根，细细赏玩，大自然的匠心真是巧妙绝伦啊！它不但对于鲜红欲滴的草莓，水嫩娇艳的葡萄，绛衣冰肌的荔枝，精心装饰，着意渲染，就是这小小的一根豇豆，也不肯掉以轻心的。你看这豇豆，叶子，绿意浓稠如酒，长长的豆子，从架上垂挂下来，如丝如缕，井然有序地排列着，随风轻摆，颜色润泽如玉，鲜明如挂链，真是可爱又可心。

我从小在农村长大，对于田家风味，分外留恋，尤其爱吃自己亲手种出的蔬菜。我爱于初阳刚收露水时，荷锄铲一棵青枝绿叶的大白菜；我爱从泥土里拔起一个一个的大萝卜，到清水里洗净；我爱在架上摘下长长的丝条，刨去皮露出白嫩的肉。遇上雨天，春雨，夏雨，或秋雨，沐浴着茄的紫，蒜的绿，瓜的黄，韭菜的青绿，辣椒的红绿相间，其色其声，觉得比雨打枯荷，更悦目可耳清爽。

老家有半亩田，两块地，每每在公务之余，急匆匆地跑去，锄两锄地，拔几把草，由于时间不济，多是天苍苍野茫茫，风吹草低见菜黄。何时能回去躬耕？今天摘着豇豆，我愈加想着回去躬耕南亩呢！时下食品安全问题如此严重，不说商家如何使用各色添加剂，用尽各种化学药品保鲜，单就农民种的菜也无法让人放心，化肥、尿素、复合肥用个不歇，催生素、敌杀死、除草剂喷个没完，那菜还有营养吗？那菜还是绿色的吗？那菜还能吃吗？想起这些情形，不觉深深地叹了一口气。

呜呼！无可奈何！

2016. 6. 10

如果可以

　　如果可以，我愿把一颗柔润
的心，交给桃花的芬芳，梨花的素
洁，杏花的浪漫，掬一湾溪水，洗洗脸，
濯濯足，任一阵风吹，一阵鸟喧，一阵树响。

　　如果可以，我愿意有一个院落，一个木屋。

　　靠着山，山是青青的；依着水，水是绿绿的。

　　四周，不用墙，被一圈的篱笆围着。门前，被丛生的植物和花朵环抱。沿着篱笆墙，种一排硕大的向日葵，一朵朵葵花，黄灿灿的。

　　院里，用青砖铺一条路，路边砌几个花坛，一坛种梨花，一坛种桃花，桃红李白，春天的颜色。再一坛种海棠，一坛种丁香，一坛种梅花，一花一意境，一花一诗意。墙边点缀点芭蕉，屋拐斜插些书带草，屋后栽几竿细竹。这样一年四季，鲜花簇拥，暗香疏影，一天朝暮，樱桃红过，芭蕉又绿。

　　夜深无眠时，我也可以秉烛夜游，静静看着海棠花开，东坡般地贪赏不足。

　　而当细雨霏霏，我也可以撑一把伞，彳亍彷徨，轻嗅雨露花香，戴望舒般地怅惘。

　　寒风呼啸时，我还可以卧听窗外翠篁萧萧，隔窗观望竹影婆娑，风姿幽雅，郑板桥似地无限伤怀。

而当雪花飘飘，我还可以触摸梅蕊的细腻，品咂梅香的甜语，姜夔样的，为梅谱一曲流芳的歌词。

有这样的院子，此生还期待什么爱意和快乐呢？

如果实在闲得慌，就去南山开一块地，让土地在夏天的酷日下晒熟，再在冬天的寒风里冻酥，等来年开春，种什么就有什么，青菜扁豆，紫茄黄瓜，葫芦韭菜，演绎一场又一场的繁茂葱茏，芬芳一季又一季的希望。

谷雨的早上，趁天晴，挽着裤脚，扛把锄头，把地里的杂草除一除，干净的土地焕然一新。

夏天夜里，听青蛙鸣叫，山鸟啾啾，闻稻花香气扑鼻，无需担心山前雨来，明天又是一个清澈的天青色。

有时，在草地上，就这么坐着，一直坐到夕阳西下，没有知觉，也忘却了知觉。不知何时回到我的小院。

随手推开西窗，眼前晃着一片夕阳的橘红，远山橘红，天地橘红，眼前好像幻觉。

夜深了，只有我的小院醒着。炒一把碧色的青菜，蒸一碗紫色的茄子，拌一根顶花的黄瓜，每一枝一叶都是美味佳肴。独坐花下，拿起酒盏，花间独饮，明月一轮，举杯相邀，影影绰绰，对影三人。

酒醒后，在小院里，写些安安静静的文字，看些安安静静的书，总之，是安安静静的那种。像徐志摩，像席慕蓉，还有最挚爱的宋词。翻到哪一页，就把精致的书签夹在那页，或许，有一回，正好夹在写有《一棵开花的树》的那页。

在心里偷偷问了上千次："如何让你遇见我，在我最美丽的时刻……"

不期待谁来回答。遇到一朵花的绽放或凋谢，那也是万分的幸运。于芸芸众花里，于四季的轮回里，于三百六十五天的时光里，是恰好的时刻，恰

191

好的美丽，恰好的开或落。这份相遇已足够美丽，我还有什么奢求和遗憾。

等你等了那么久，我的小院，我的木屋。

如果可以，我愿用笔墨点点，宣纸卷卷，把你填写成一阕声声慢。

等你等了那么久，我的小院，我的木屋。

如果可以，我愿为你微澜，只要你不嫌我与你相遇太晚，我定会牵你今生，挽你来世，面向阳光，走向春暖花开。

等你等了那么久，我的小院，我的木屋。

如果可以，我愿把一颗柔润的心，交给桃花的芬芳，梨花的素洁，杏花的浪漫，掬一湾溪水，洗洗脸，濯濯足，任一阵风吹，一阵鸟喧，一阵树响。

等你等了那么久，我的小院，我的木屋。

如果可以，请你踏月而来，轻声敲门，或唤我的名字，守着窗儿，温一壶月色下酒。我明白了，只有你出现的时候，世界才是美丽的。

如果可以，我愿意在我小小的院里，小小的花坛，小小的菜地，种桃，种梨，种春风。

2015. 6. 11

艾
草

她只顾弯腰低头，一心一意采艾，谁
知边上遥看的男子，早已魂不守舍，看傻
了眼，想痴了心。一日不见，就如同隔了三年，
何其漫长，让相思的人情何以堪？一抬头好似一天，
一眨眼好似一夜，再相见已恍然过了辗转反侧的四季。

又是端午，回老家看老父亲。漫步乡村，家家门口盆栽着艾草，夏风微吹，清香缕缕，沁人心脾。

记得小时候，每到端午节，家里总是栽一盆艾蒿，插些菖蒲，摆几个老蒜头，母亲把菖蒲剪成剑型，与艾系在一起，让我插在门楣和窗沿上。中午时，父亲开始放鞭炮，然后开始割艾，割下的艾用红绳系着，放在太阳下晒干。乡村的端午，年年如此；端午的农家，家家这样。

这一天，村里弥漫着淡淡似草药味的清香，深深地吸上一口气，顿觉神怡气清，格外舒畅，这一吸，让童趣融融的岁月漂浮着一份浓情，让花落流年点缀着一点乡野。

上初中时，冬天晚上熬夜，腿脚冰凉。夜半，母亲总舀来一盆热水，还取出两支艾蒿，放在脚盆里，一会儿，水的颜色变成了淡黄色，浓浓地香味在房间里弥漫开来。享受着这大自然草木精华的馈赠，我一下从脚底暖到心窝，昏胀胀的头脑瞬间清醒了，看书也更有效率了。从此，在最寒冷的日子

里，艾蒿泡脚成了我的最爱。以后离家，独立生活，再也没有这种享受了。那蒸腾的热水，连同空气里漂浮的清香，成了我收藏的记忆。

在城里生活了二十年，从没插过艾，工作忙忙碌碌，忘却了艾蒿的存在。今年，又是端午，正好放假，我一早到市场，人来人往，挤挤挨挨，见三三两两的人手里拿着艾蒿，一打听，前面路边就有人在卖，花8块钱买了两小把，拿在手里，绿莹莹的，吐着浓烈的香气。回家把根剪除，洗净，一把放在堂前，一把放在书房。那翠色的馨香，给人以清凉。

端午这天，艾草把积蓄一秋一冬一春的香全释放出来，不论你的出身是贵还是贱，不论你的地位是高还是低，也不论你是富有还是贫穷，它都一视同仁地守望着主人的家，用最浓的香气氤氲着一个节日。

艾草就是一种草，它长得很普通，褐色的杆子，毛茸茸的叶子，绿色中泛着浅浅的黄。从根到茎，从茎到叶，从叶到那柔柔的绒毛，散发出来的气味儿，浓烈冲鼻。但在我看来，这艾蒿不单单是草了，它通了人性，有了一份保护人的责任，有了一颗爱护人的心灵。人有时还不如一棵艾草纯洁高贵，朴实厚道。

艾是端午的香草，香草最易触人情思。《诗经》就有这样的恋人采蒿图："彼采艾兮，一日不见，如三岁兮!"青青艾草，初夏风物，采艾女子，倩影绰约。她只顾弯腰低头，一心一意采艾，谁知边上遥看的男子，早已魂不守舍，看傻了眼，想痴了心。一日不见，就如同隔了三年，何其漫长，让相思的人情何以堪? 一抬头好似一天，一眨眼好似一夜，再相见已恍然过了辗转反侧的四季。

艾者，爱也。

2015. 6. 21

迁移的桂花

我懂了，我们年轻时所谓的
到处可以为家，等到上了岁数，
离开故土一步，即到处不可以为家了。

仲秋初夜，小区独步，当皓月之光洒满桂树，金黄的光彩不经意间闯入我的眼帘，我的心不禁为之震颤。我惊诧，移居长江长现代城已经是八年时光，八个中秋，桂树天天在，桂花年年开，可对这近在咫尺的美，我竟然从未留意过，一连好几天夜晚，我带着一种愧疚的心情站在它的近旁仰望，仰望它们于无声处悄然散发着生命的芬芳。除了月光，除了桂香，没有声音。像一个梦，一个安静的梦。

北窗的那棵桂花，比较大，高逾四楼，四周围着木栅栏，叶子密密的，跟巴金笔下南国榕树光鲜亮丽的绿比起来，还是差了一大截，黄色的蕊儿，散发着蜜蜜的甜香。这让我自然想起八年前，它刚移栽来的情形，叶子耷拉着，身上挂着好几个瓶子在吊水，那瓶子挂了足有一年，看来真的是水土不服啊。故土难离啊，植物也是如此。不知它根在何处，家在哪方？是某个村头屋拐，还是某个山洼渠边？由于它，我自然而然地想起家乡的花花朵朵，与这些简直没有两样。近些年，随着拆迁，家乡的树木，移的移，卖的卖，它们离开了最初生长的土地，背井离乡，不得不在异地勉强立足。因为背景变了，花的颜色也褪了，人的情感也弱了，泪，不知为什么流下来。

南窗的那棵桂花，至今打的撑子还在，它们的根无法深入，城市的泥土下面都是水泥，不像家乡的土地，广阔，肥沃，根可以随意生长，岁月越深，根越粗壮，入地也越深，盘根错节，不管什么样的狂风暴雨，都无法松动它的根，也无法吹倒它的身，那才叫傲然挺立，百折不挠。浅薄的泥土，叫它怎么安心生长？环境使然，经不住风吹雨打，根歪身斜，苟延残喘，狼狈不堪。不知为什么，我总觉得这些花树不该出现在这里，它们的背景应该是有山的土，应该是有水的土，应该是有竹篱茅舍的土，应该是有拙重老牛的土，或是可以采菊南山下的土，或是卧看牵牛织女星的土，或是一川烟草满含乡愁的土。

宋末画家郑思肖画兰，连根带叶均飘于空中。人问其故，他说："乡土沦亡，根着何处？"兰犹这样，桂亦如此。乡土，就是根。没有乡土的人，就是失根的兰花，是迁移的桂树，风雨一来，经不住人生的折磨，即四处飘散，自行枯萎。

十几岁，就在外求学，后来工作，一直在异乡漂流，不管见过与童年相同或相异的花草，从未这样不知不觉地流过泪，也未曾想起过家。然而，人到中年，情感突然变了，尤其是最近老家拆迁，92岁的老父亲无处安顿，好说歹说，他才答应到我家来住，单独一个房间，地上全是实木地板，脚沾不着一点灰尘，可他住了一晚，第二天就吵着要回去。家没了，怎么回得去了呢？没法子，只好陪着他到尚未拆的村边人家租了两间旧屋，一番整修，他住得倒心满意足，愉悦怡然。我懂了，故土有他舍不掉的东西，田间弓着的背影，陇上坚实的脚印，水上潮湿的呼吸，也许还有春种秋收的一寸寸阳光，荷锄而归的一丝丝星光，从少到老的一点点回忆。

想想我刚搬到市里来住，也是同样不安心，及至今日，每每忆起故乡，那土地是别样的芬芳，花草是别样的艳丽。候鸟迁移，尚可回来；人一旦迁移，故土难回了。每次回家乡，都要去走儿时的路，看儿时的花花草草，即使雨天，打着伞，踏在湿润的故土上，心里也特别踏实。我懂了，我们年轻时所谓的到处可以为家，等到上了岁数，离开故土一步，即到处不可以为家了。

　　今夜，仰望桂花，顿生人生如萍之感。泪也不知不觉来了，盈满眼眶。

2015. 9. 9

西窗有竹

竹下窗凉，谁人，

能够深谙其中的滋味？一夜难眠，

谁人，能够在竹子里种植月色？阑珊绿影，

谁人，能够重复一朵花开的时光？明媚过后，

谁人，能够依然寸心脉脉，感应相知，百转千回。

西窗有竹，如知音相伴。

记得刚入住长江长小区那年，也是初秋的日子，嫌西窗西晒，便依窗种了一竿新竹。而今，已记不起竹来何处，也不知这竹从何处被我看中移来，却宝贝似地怜惜起来。从此，我的窗前，夕阳西斜，日影浮动；我的心头，青色入帘，绿痕婆娑。

这竿青色的竹，从稚嫩到成熟，就这么立在我的窗前，不知多少岁月，许是人生的一个梦，梦里感觉自己一下灵魂只有21克，是暗示吗？是似若新识的21日，还是弹指悠悠的21年？当初若只如初见，恨不相逢未栽时。难道，从你的竹根降生这世上起，就与我默默期许？而今，那青翠的颜色，与我隔窗相望，开窗可握，今生今世，依我窗而生，伴我身影而长。

乱花迷眼，岁月苍老。萧瑟秋风里，我渐淡忘了你的消瘦，融融春光里，我渐忽略了你独有的清香。

没有记忆的日子，光阴匆匆而过。又是初秋的日子，昨夜一场风雨，心扉又为你打开，那些喧嚣的浮尘蒙住了你的清纯了吗？那些桂花的落瓣，挡

198

住了你安静的叶色了吗？一直担忧至天亮，风清气爽，只道天凉好个秋。凑近窗前，细看竹叶，隔开了墙里墙外，听闻竹外笑语，盈盈入耳，莫不是"隔墙花影动，疑是玉人来"。不是玉人，就是风摇竹影的幻梦，曾梦见你不是来自人间，也不是来自某颗星星，而是来自灵河边的一株仙草，降临凡间二十有一年矣！

我不是爱蝴蝶的庄子，因爱而梦，梦里不知身是客，还是身为蝴蝶。花海朵朵，绿叶点点，我独发现这竿青竹是我的最爱。它不远不近，为我守候在那儿，亭亭玉立，秀色可餐。它不早不迟，专等我来歆羡，脉脉寸心，随手可揽。

舜帝喜竹，有念相陪，寻山觅水，湘妃能认，月下斑竹，悲涕恰恰。

苏轼恋竹，有情相伴，辛苦辗转，朝云能识，窗边竹痕，思卿脉脉。

容若怀竹，有词相随，谁念西风，沈宛能懂，萧萧竹叶，伤心盈盈。

青竹正芳华，我已弹指老。不知是你随我的时光长大，还是我随你的岁月年轻，365个日子，没有把酒临风、横槊赋诗的飘逸，也没有忧谗畏讥、满目萧然的离伤。渐渐，已不需要多愁伤逝的敏感；渐渐，已不需要"来日绮窗前，寒梅著花未"的询问；渐渐，已不需要"明月何时照我还"的企盼。直到今夜，秋色苍老，暮霭沉沉。

黄昏满是雨，流水落花去。竹子没有繁复的花开花落，没有娇柔滴滴的莺声燕语，无论你多匆忙，也不论你走多远，那修竹轻影都会梦中摇曳。也许某一天，我走得越远，却越加怀念，曾经的简单快乐和牵挂担忧。经年之后，也许记不起梨花的白，海棠的红，桂花的香，但那个被风吹着的秋日午时，怎能风消云散？你静静地依在窗前，仿佛梦寐相对，声音那么耳熟，从没见过，眉宇那么清晰，似是前身相逢就在前日昨夜。

竹下窗凉，谁人，能够深谙其中的滋味？一夜难眠，谁人，能够在竹子里种植月色？阑珊绿影，谁人，能够重复一朵花开的时光？明媚过后，谁人，能够依然寸心脉脉，感应相知，百转千回。

2015.9.22

挡不住的桂香

记忆里，却只为与你相遇，即使你纷纷落下，或者你已不在，但你的落下也就如同你的生长，你的不在也就如同你的在。这样，与桂花相伴，我的这一世，也就等于几世了。

10月1日，出差到北京，刚挨到第10天，实在忍不了了。

本来要在北京住一个月，可刚十天，我就归心似箭了。急匆匆收拾行李，坐高铁回芜湖。

这倒不是水土不服，主要是我心里有事，日夜惦念着家四周的桂花树。

记得刚离家时，桂花开得正当时。本有点恋恋不舍，后一想，桂花太普通，哪里没有，何况还是京城呢，应该不会少吧。到了才知，京城的大街小巷桂花很少，多的是槐树和郁达夫描写过的落蕊，早上起得稍早，仍看得见扫帚的细痕，这样渐渐觉得单调。

接着是两场雨，一场在西单，一场在天坛，天气一阵凉似一阵。这下连槐蕊也落尽了。我每天从槐树叶底，细数着一丝一丝漏下来的日光，心里落寞得很。

这让我到底惦念着家乡房前屋后的桂花了。不知家乡是否也在下雨，桂花是否正在褪去芳华。因为桂花开的再盛，坚持得再久，也经不住秋风秋雨，怕只能是香消玉殒了。等我回去，只怕是香魂难觅了。

我很不喜欢琦君描写的桂花零落如雨的情状，摇桂花有何可乐的？我担忧还来不及呢？哪有闲情制造桂花雨的意境。

10月10日，我迫不及待地回到芜湖。车一进市区，熟悉的桂香一下弥漫过来，久违的甜香，挡都挡不住。到了小区，我在房子周围绕了一圈，把每一棵桂花都查看了一遍。我要细瞧，它有无容颜的变化。在夕阳的映照下，桂花开得熟透了，一簇簇紧裹着桂枝，连靠北的一株，也是一种半开、半醉的状态。偶尔有人从树下穿过，碰到了桂枝，千瓣万蕊齐刷刷展眉舒眼，纷纷飘落满头满身。

夜半醒来，推窗探访桂花，一望就是一两个钟头，我知道，花开有时，盛极而衰，今年老天开恩，桂花开了近一个月，再不抓紧看，花期就过了。当然，和苏东坡惜花的痴情相比，我还差距甚远。他老先生，劲头十足，整晚不睡觉，秉烛赏花到天亮，真是蛮拼的。

总有人说满觉陇是赏桂的好地方，我却不大以为然。去年我也去过，那里除了郁达夫《迟桂花》的韵味，徐志摩两度拜访的情怀，胡适黯然神伤的春梦，伊人远逝，只余回望的遗憾。虽是花开满枝，我却匆匆花下而过，不知它含苞的羞涩，不知它绚丽之后的凋零，只是匆匆一瞥，浮光掠影，怎比得上自家的桂花，日日仰望，夜夜厮守，知根知底。一颦一蹙，都上眉头；一欢一恼，皆入心底。看着她从嫩芽到满枝，从暗香到浓郁，像一个少女，怎样从豆蔻年华到情窦初开，再到风情万种。

初阳里，看她枝头微笑；苦恼时，在她身边彳亍。不经意间，时间随绿叶浅淡了，年华随桂蕊苍老了。记忆里，却只为与你相遇，即使你纷纷落下，或者你已不在，但你的落下也就如同你的生长，你的不在也就如同你的在。这样，与桂花相伴，我的这一世，也就等于几世了。

2015. 10. 12

银杏情思

摇曳的小手掌，向我轻轻
招展，是那样的柔软。此时，
你的眼眉，你的腰肢，你的秀发，
晶莹剔透，已是天底下最洁净最纯情的
了。我屏住呼吸，生怕扰乱了此刻的静谧。

自以为，爱物情深，大凡花草树木，皆入我眼，铭心刻骨，但时日一长，却真如一场风过，卷走记忆的痕迹，把丝丝缕缕的情意与思念打磨得平滑光洁，似乎我从未动过真情，连一帘幽梦都无法追忆辨析，似乎原本就是这样水流无痕，静如止水。但我并不是一个忘情的人。午夜梦醒时分，一些花的笑靥、草的呼吸、叶的轻叹、蔬菜的新鲜，纷纷而至，其中就有对银杏的情思。

那时，我在读师范，风华正茂，书生意气。

天蒙蒙亮就晨跑，图书馆一泡就一天，寝室熄灯了闲聊到零点，第二天像太阳落山照样爬起来一样，走在校园的银杏路上，兴奋、快乐，激情旺盛，热力喷薄。

银杏树下，我喜欢漫步静思，捧着泰戈尔的诗集，阳光透过银杏叶子，把一枚枚小巧的手掌印在诗句上。春天里，诗句青翠欲啼；夏日里，诗句绿意盎然；秋日里，诗句金黄欲滴；冬季里，诗句内敛沉潜。三十年后的秋末，我再次回到母校，银杏依然，不离不弃，回忆曾经的过往和那些永不复返的青春岁月，禁不住惘然若失。

谁能忘记那些银杏?!

校园最美的风景，一眼望去，弥漫的是勃勃生机，连呼吸里都是她散发的味道。

记得师范语文有篇郭沫若的《银杏》，背诵过的句子还呼之欲出："你的株干是多么的端直，你的枝条是多么的蓬勃，你那折扇形的叶片是多么的青翠，多么的莹洁，多么的精巧呀!"

我家是水乡，几乎见不着银杏，对银杏陌生的很。课后，我便去找这银杏。在校园东北角，我觅着你了，你小小的手掌，想伸欲缩，显出见了生人有些羞涩的样儿，是否你也在期待我来，所以才这般扭怩。自从我见了你，就时常沐浴在你的树阴里，安然地享受你的气息、温暖和美好。

每当假期，要与你做短暂的告别，看着你默默地站立风中，像一个独守的中年男子，我有点欣赏，又有点爱怜，更有点忧伤。年轻的快乐无忧，是否还够得人生享受? 岁月的感动和心跳，是否还经得起这样的来来回回?

三十年风华岁月，又怎能忘记秋之银杏?

以为她已黝黑苍老，以为她已香消玉殒，而在这个秋末冬初的中午，当我再次来到校园，走向你时，突然收住脚步，不由自主地停了下来——你一树灿烂的金黄迎面而来，是那样的温润。摇曳的小手掌，向我轻轻招展，是那样的柔软。此时，你的眼眉，你的腰肢，你的秀发，晶莹剔透，已是天底下最洁净最纯情的了。我屏住呼吸，生怕扰乱了此刻的静谧。未经期约的初见，突兀而至的偶遇，似曾相识，何曾陌生。枝上的杏叶，像挂着的玉片，细细的纹路和清澈的汁液被阳光精雕细凿，熠熠澄澈。落下的杏叶被秋风熏醉，像一枚枚红唇印在地上。我一下惊呆了，忘记了自己，不懂为什么伫立不动，为什么凝神屏息，为什么如痴如醉。

一片一片的落叶，像轻轻作别的云彩。似乎一切就没有开始，像一缕飘散去的轻烟。剥落所有的浮华，又像再也无法记起的梦境。你的寸心，依旧脉脉，依旧静静，依旧淡然。

银杏，凭我与你的神交，凭我对你的心灵感应，凭我对你的脉脉寸心，我知道，我又何能描尽你舒展的婀娜，又何能画出你想象的美好，我不能，任高手名家也不能一写你的神韵，只有集天地之气，聚钟灵之秀，合万物之灵，才能幻化如此完美的艺术结晶。我以为读懂了你，其实却并没有懂。过去没有读懂，现在又何尝读懂？

碌碌半生，无以为寄，现在总算钟情上了银杏。不知道以后会是什么样子，不知道这份美好是否会随时光渐行渐远乃至消失，不知道将来我老得是否还能再去看你，但对你的好印象和真切的怀念会一直萦绕在心底。

积郁半生，无以为色，现在似乎睹得了杏叶真容。

又谁念，有西风，独自凉，就像银杏；

又谁想，有浓烈，独自惊，就像银杏；

又谁思，有奔放，独自狂，就像银杏；

又谁惹，有浩然，独自醉，就像银杏。

2015. 11. 10

人面桃花

即使是怅惘，也是美丽的怅惘。

去年的花越美，怅惘便越深；追忆中的花越艳，怅惘便越浓。那些光阴悄然离去，带走与我们有关的故事和气息，但快乐的期待在追忆中绕梁，像是满屋子的春暖花开。

去年今日此门中，人面桃花相映红。

人面不知何处去，桃花依旧笑春风。

——崔护《题都城南庄》

书生崔护考试落榜后，清明出远郊散心，见一户人家掩映花木葱翠之中，便上前叩门讨水饮，得遇一美丽女孩，女孩递给他茶水，便倚在门前桃树下，对崔护"目注者久之"。崔护喝完水后，便起身告辞，那少女"送至门，如不胜情而入，崔亦眷盱而归"。等到来年，崔护再来寻访，女孩早已不在了，只有桃花依旧迎着春风盛开。崔护便在门上题了这首诗，怏怏而去。

一首诗，一个浪漫的故事，一段怅惘的情感。从此"人面桃花"这个词，读读就有今非昔比的沧桑感，想想就有物是人非的郁结气。时光飞逝，多少美好的东西，多少触动心灵的瞬间，失去了就永远失去了。

其实人生就是一个不断失去、又不断回望的过程。我们的昨天过去了，它就永远变成了昨天，我们再也不能回到昨天了。我们曾经的欢笑，现在再也不能回到那时的欢笑了。我们曾经的脉脉，现在再也不能回到那时的脉脉了。

跟随多情的诗人，站在那棵经久不衰的桃花树下，目光越过桃花，思绪越过桃花。即使同样的地点，同样的颜色，同样的鲜嫩，此花非彼花也。天空的鸟儿一阵一阵飞过，不可能是唐朝的鸟了；脚下的阳光一寸一寸缩短，不可能是崔护时代的阳光了。有一天你会顿悟，我们也会像这样，所有的牵挂，所有的美好，所有的时间，也都永远不能回来了。

但我相信，所有逝去了的美好，总能成为亲切的回忆。即使是怅惘，也是美丽的怅惘。去年的花越美，怅惘便越深；追忆中的花越艳，怅惘便越浓。那些光阴悄然离去，带走与我们有关的故事和气息，但快乐的期待在追忆中绕梁，像是满屋子的春暖花开。你长发即肩，秀目盈盈，悄声低语，看着我，人面桃花相映红，人面是真的，桃花是我的想象。

而今桃花依旧，曾伫立花下的伊人却不见了，可那眷昐的眼神却挥之不去。

一年的时光，四季的风雨，三百六十五个朝朝暮暮，世事会发生多少变故，如此娇美的人，虽与诗人有寸心之望，却无白首之约。默默期念：你还会待字闺中吗？你何处去了？我只有翘盼，伊人啊，无论在与不在，你的美都在那里；无论看与不看，你的心都在那里；无论懂与不懂，你的爱都在那里；无论嫁与不嫁，你的情都在那里。你的人生，无论参与不参与，你的风景都在我这里。

你知我有多少个不舍，你想我有多少个彷徨，你念我有多少个迷惘。无论忧郁，无论怀旧，如果有一天，我老无所依，请把我埋在，埋在时光里，

206

埋在这样的过往时光里，就埋在这样桃花依旧笑春风的时光里，永远都不出来。

　　一朵桃花开了，那是你微微地笑容吗？一瓣桃花落了，那是你清浅的心事吗？我代崔护低声询问。

2015. 12. 14

月上柳梢

我看你，如看云。我看你时很近，
我想你时很远。正如你说的，最美的
事不是留住时光，而是留住记忆，如最
初相识的感觉一样，哪怕一个不经意的笑容，
便是我们最怀念的故事。但愿，时光，如初见。

去年元夜时，花市灯如昼。

月上柳梢头，人约黄昏后。

今年元夜时，月与灯依旧。

不见去年人，泪湿春衫袖。

——欧阳修《生查子·元夕》

"月上柳梢头，人约黄昏后。"柔情的期待，蜜意的相会。一边是灯火阑珊，一边是幽处静候；一边是花灯如潮，一边是卿卿我我。

那是怎样的一棵柳，柳影下映出两情依依；那是怎样的一轮月，月色下传来情话绵绵。不远处是花，是灯，近身处是月，是柳，这些爱的见证，而今都成了亲切的记忆。

这让我想起家乡的小河，想起当年下放的知青，仿佛山楂树之恋的场景。月白风清之夜，河岸边杨柳依依，他们一对两对，或携手漫步，或倚柳

低语，或水边吹笛，淡淡的月光，隐隐约约，如梦如幻。那是怎样浪漫的一种场景？我们小孩不懂，常常几个人尾随而去，偷窥他们的亲热举止，搞得女青年满脸绯红。多年后，听说也有知青曾来此驻足观望，许是凭吊当年的青春岁月，不知他们是不是感慨：月色依旧美好，柳色依旧青青，环境依旧似当年，而人又如何呢？那昔日的恋人，是否还依然一往情深，幸运的或许成为家人，感伤的或许早已嫁与他人，可叹的或许再相见已成路人。

"不见去年人，泪湿春衫袖。"而今佳人难觅，无可奈何花落去，似曾相识月色来。人生的际遇，情感的未来，谁又能真地把控得住？时光易老，韶华难在，情难如愿。董小宛虽有冒辟疆，却也满腹离殇；"病眼看花愁思深，幽窗独坐抚瑶琴。黄鹂亦似知人意，柳外时时弄好音。"当年的那些知青，而今也只能泪眼看柳柳亦悲，笛声轻吹无人会，月色亦似知人意，河边再无好知音。

古人如此，今人亦然。仍是那栋高楼，仍是那个木房，我想象着你的模样，我焦渴的等待，终于你款款而来，如花初绽。我满心欢愉，你却欲言又止。我轻声吟诗，你低眉浅笑。我柔情万种绵绵，你宛若秋水盈盈。时光流转，月上中天。每一刻都那么珍贵，每一刻都那么飞快。你将要离开，我何忍送别？我无玉佩送你，你也无香囊解下。

问何时再相会，你答：来年元夜时！我记住了，一年的时光，纵是漫长却充满期待。

从此，只有天知道，我有多想你。想得我满脸愁容，满心阴霾，满腹忧愁，满脑胡思乱想，已然是一川烟草、满城风絮，梅子黄时雨了。

——杏花烟雨，红肥绿瘦，只恐夜深花睡去；

——芭蕉分绿，满架蔷薇，日长睡起无情思；

——晚来风急，黄花堆积，独自怎生得黑；

——落梅横笛，孤舟蓑笠，不辞冰雪为卿热。

此身，不知可否等得到元夜来时？此刻你人在何处？可知我在等你？

——寻到去年的商厦，灯光里似映出你的眉眼，盈盈；

——寻到去年的河岸，耳畔似有你温润的软语，喃喃；

——寻到去年的木屋，衣架上似有你粉色的袖衫，甜甜；

——寻到去年的书屋，书海里似有你一行脚印，浅浅。

我看你，如看云。我看你时很近，我想你时很远。正如你说的，最美的事不是留住时光，而是留住记忆，如最初相识的感觉一样，哪怕一个不经意的笑容，便是我们最怀念的故事。但愿，时光，如初见。想你的人自然会来见你，爱你的人会想尽一切办法来到你身边。

往事，虽然抓不到一点痕迹，但并不如烟，我们都有着相同的忧郁，灵犀相通。

相思，有时比烟花寂寞！

你见，或者不见，我就在那里，不悲不喜；你念，或者不念，情就在那里，不来不去；你想，或者不想，爱就在那里，不增不减；你跟，或者不跟我，我的人就在那里，不舍不弃；你握，或者不握，我的手就在那里，不摇不摆——来我的怀里，或者让我住进你的心里，默然相爱，寂静欢喜。

2015. 12. 15

美
人
如
花
隔
云
端

燕来燕走了，我们和春天隔在
云端；月缺月圆了，我们和等待隔
在云端；人来人去了，我们和梦影隔在
云端；缘聚缘散了，我们和沧桑隔在云端。

长相思，在长安。

络纬秋啼金井阑，微霜凄凄簟色寒。

孤灯不明思欲绝，卷帷望月空长叹。

美人如花隔云端！

上有青冥之长天，下有渌水之波澜。

天长路远魂飞苦，梦魂不到关山难。

长相思，摧心肝！

——李白《长相思》

豪情万丈的李白，一下也这么柔软起来。"美人如花隔云端！"读读，芳香绕唇；想想，愁思森森。如此天生丽质的妙句，楚楚动人，一见倾心。

张潮《幽梦影》："花之胜于美人者，生香也；美人之胜于花者，解语也。二者不可得兼，舍生香而取解语者也。"倚花而立，小园香径独徘徊；

211

倚花而眠，人比花儿娇。

美人如花花似梦。那梦中的顾盼神飞，花如何可比？那心底自在的幽香，蕊何能以似？悄然问花，花不语，为谁开，为谁妍？

如花的伊人，只在水云间。一路寻寻觅觅，无论溯洄从之，无论溯游从之，伊都宛在水的那边，可望其美却不能执子之手。

中国诗真美，有时即使不知其意，也倾国倾城。诗经的婉约，汉唐的清越，宋清的缠绵，似一朵朵云上泪痕，怅然又美，似一寸寸相思蔓延，草样疯长，在弦上，在梦里。

"我寄愁心与明月，随君直到夜郎西。"志摩的心，就这么被徽因牵引着，那别离的笙箫，仿佛一弯彩虹似的梦，揉碎在浮藻间，沉淀成榆荫下的一潭清泉。撑一支长篙，寻梦？向青草更青处漫溯。她是他的云端，一直这么飘着，相隔着，相吸着，相恋着。这是一辈子的云端，可以今生，可以来世。

"伤心桥下春波绿，曾是惊鸿照影来。"翩若惊鸿只唐婉，伤心欲绝独陆游。两人渐行渐远，愁绪也渐生渐多，宛若一江春水，迢迢不断，绵绵不绝。登上高楼，远望你离去的背影，顿觉梦魂相依。泪眼蒙胧里，满川绵绵无绝的春草原野，原野尽处，青山隐隐，排闼而来。诸多个的一怀愁绪，与山花青草碧水融为一体，渺不可寻！

那相隔的云端，就像《红玫瑰与白玫瑰》里说的，要么是心口上的朱砂痣，要么是床前的明月光。胡兰成读了张爱玲的《封锁》，尚未相见之时，便觉得世上但凡有一句话，一件事，是关于张爱玲的，即是最好。张爱玲初见胡兰成，高傲的她自觉如一朵花，变得很低很低，低到尘埃里。云端的张爱玲让人半疼半喜半痴狂。

如花的美人，没有"人生若只如初见"的追忆，没有"谁念西风独自凉"的怜惜，有的只是相隔云端的惆怅，有的只是望眼欲穿的唯美距离。

何止美人相隔云端，那些儿时的理想不也就这么隔着了，那些青春的芳华不也就这么隔着了，那些美好的情感不也就这么隔着了。隔着漠漠千山，隔着迢迢万水，隔着花开花落，隔着今生起起落落，隔着来世沧沧桑桑，有多少过往的云端，还有多少未知的云端，在飘着，在牵引着。当你这样想着，我们一下就长大了；当你被这样隔着，我们忽地就老去了。

燕来燕走了，我们和春天隔在云端；月缺月圆了，我们和等待隔在云端；人来人去了，我们和梦影隔在云端；缘聚缘散了，我们和沧桑隔在云端。

2015. 12. 20

处处怜芳草

"记得绿罗裙，处处怜芳草。"天涯
海角也好，风花雪月也罢；若有若无的
伤感也好，低吟浅唱的婉转也罢，记得就好。

春山烟欲收，天淡星稀小。
残月脸边明，别泪临清晓。
语已多，情未了，回首犹重道：
记得绿罗裙，处处怜芳草。
———牛希济《生查子》

如果记得，临别时的一身绿色罗裙，走到哪里，你都会爱上绿草的。一部《诗经》，就是芳草的总集。每每看到那些植物的芳名，就让人生情。那是一个草木的世界，或枝干亭亭，或叶儿鲜嫩，或花瓣妍丽。我想，如果我生活在那个时代，我一定要在萋萋芳草里遇见你，你正在河边采莲采萍，田田莲叶间，你罗裙飘飞，明眸顾盼间，秋水盈盈。我若行者忘路远近，我若劳者忘除其地，我若游子，策马前行，行到水穷处，也记得你的绿罗裙，甜甜的羞涩，慢慢的日月，长长的等候。那远方的鸿雁何时归来，那云中的锦书何日寄来，心正澎澎，手已电麻，脚莫再迟迟徘徊。

　　如果记得，临别时的一身绿色罗裙，走到哪里，你都会爱上绿草的。"制芰荷以为衣兮，集芙蓉以为裳。"你是屈原香草里的美人，也是美人中的香草。我愿像夫子，早上，同饮一杯木兰花上萃取的清露；入夜，共享一顿用秋菊的花瓣烹饪的晚餐，该是怎样的一份奢侈。采芳椒、兰桂，摘辛夷、蕙茞，携石兰、秋兰，佩江离、白芷。把大地当席，与芳草共眠。风，轻悄悄的；草软绵绵的。闭上眼睛，没有了四季，没有了枯黄，所有的芳草变成了童话里的世界。我是渴慕春光的瞽者，你就是春天活泼泼的魂灵，无论多少离愁，无论多少怅惘，就是独自怎生得黑的漫漫长夜，你都不会离我而去。我记得住你低语轻问：明年春草绿，王孙归不归？

　　如果记得，临别时的一身绿色罗裙，走到哪里，你都会爱上绿草的。"荷叶罗裙一色裁，芙蓉向脸两边开。"随着王昌龄的一指，我仿佛看到，在那一片绿荷红莲丛中，采莲少女的绿罗裙已经融入田田荷叶之中，哪分得清孰为荷叶，孰为罗裙？而少女的脸庞则与鲜艳的荷花相互照映，怎辨得出哪个是人，哪个是花？定神细看，人即是花，花即是人。采莲的女子，妖精似的，粉色嫩蕊，生生钻进我的骨子里。世上，怎会有你这样的妖精？而我，喜欢这样一个妖精。

　　"记得绿罗裙，处处怜芳草。"天涯海角也好，风花雪月也罢；若有若无的伤感也好，低吟浅唱的婉转也罢，记得就好。

　　又有花开，又有草绿，又有相聚，又有留恋，又有苦不堪言，又有执迷不悟，相怜就好。

　　芳草有香，让我为你编一枚青草婚戒，戴在你的纤指上，然后放手让人接走，我独向天涯斜阳。

2015.12.23

梅花消息

曾记否，我的问语里归期何日？

曾记否，我也立于花下，一瓣瓣，落
英细密，点点，飘飘，吹送过桥。今日明
朝，怎又不见来到？今日明朝，江南梅信谁寄？

折梅逢驿使，寄与陇头人。

江南无所有，聊寄一枝春。

——陆凯《赠范晔》

《荆州记》上说：陆凯的好友范晔在长安做官，而陆凯在江南，两人很
难见面。为表达对朋友的问讯，陆凯在江南梅花盛开的季节，通过驿使寄给
了范晔一枝梅花，表达思念之情。后来就有了"陆凯寄梅""驿寄梅花"等
典故。

一枝梅，无限春色，几多慰藉，缕缕牵挂，<u>丝丝期盼</u>。

曾记否？"忆梅下江州，折梅寄江北。"不知西州何在，望尽天涯，暮云
霭霭。只盼见你，为爱为欢。你着杏红色单衫，一脸青嫩；你有一头乌黑披
发，秀如瀑布。南风不知我意，梦吹不到西洲。

曾记否？"最关情，折尽梅花，难寄相思。"相思最苦，苦在无人可懂。

疏影一行，溪水一湾，茕茕孑立，悄怆幽邃。斜阳脉脉，关山重重，梅花音信远隔。才子秦观也曾"驿寄梅花，鱼传尺素"，最终落得"砌成此恨无重数"。

曾记否？"寻常一样窗前月，才有梅花便不同。"寻常的窗，日日开与关，寻常的月，静静挂天空，也只是窗与月，是物，是自然之一物。可是，当有梅枝婆娑，当有梅影摇曳，一切便不再一般了，它们，有了灵魂。所以王维才关切地询问："来日绮窗前，寒梅著花未？"也许更让诗人忽然发现不寻常的，可能因有故人来访，西厢不是说"月移花影动，疑是玉人来"么？

曾记否？"砌下落梅如雪乱，拂了一身还满。"李煜啊，穿着红色斗篷，看着如雪的梅花，有的半空中飘然，有的零落成泥，有的随水而逝，他的眉间与眼角定然满是哀伤。他肩上的梅花，侍女帮他轻轻拂去，可拂不去他心头的哀伤。我家小区的梅花至今还没消息，昨早从树下经过，留意看了一眼，芽苞已绽青了，也许她是在等候一场寒雪。也许今夜，我会梦里有你，你这枝梅，正与雪争姝，浪漫，谁如？看着你穿上新娘的婚纱，飘曳着银白的裙幅，确是阆苑仙葩，纯洁如玉的娇柔，更是美玉无瑕。无须再说，你的气质何如？

曾记否，我的空气里都是怅惘？曾记否，我的梦里，春已过半？曾记否，我的问语里归期何日？曾记否，我也立于花下，一瓣瓣，落英细密，点点，飘飘，吹送过桥。今日明朝，怎又不见来到？今日明朝，江南梅信谁寄？

花下而立，梅蕊落了一肩，微风一吹，砌下皆满。我懂，你心中的那份暖从来不会离去。梅即将要开，春天的明媚离我们还会远吗？

2015. 12. 31

莲心

> 一缕莲香，飘过心头，挥
> 之不去。低头，拨弄，成熟的莲
> 子，青青如水。轻轻摘下，那莲心里外
> 红得通透，仿佛一颗心，终于落进了肚里。

采莲南塘秋，莲花过人头。

低头弄莲子，莲子青如水。

置莲怀袖中，莲心彻底红。

——南朝东府民歌《西洲曲》

　　有人说《西洲曲》是"言情之绝唱"，我很认同。尤其是采莲这几句，更是诗之精华。左顾右盼，爱欲不得，只好出门去采莲。心若浮云，飘忽不定，何处可寄心？唯有南塘的莲花，高洁，唯美，生长在记忆里。一缕莲香，飘过心头，挥之不去。低头，拨弄，成熟的莲子，青青如水。轻轻摘下，那莲心里外红得通透，仿佛一颗心，终于落进了肚里。

　　而今，西州何在？我怎么翘首，都望不到你之所在。雕栏玉砌，让人忘记了时间。空空落落，让人百无聊赖。立于西窗，帘卷西风，人比黄花瘦。风亦有情，如梦悠悠。你同样会愁绪满怀，对吗？你亦期待来我梦里，是吗？你的目光像极了阳春三月，柔柔的，暖暖的，欲说还休，默默不语。一颗莲心，知为谁苦？

伊人诵读《诗经》，可有锦书寄来？伊住江之头，我住江之尾。碧空、湖水，无边无际，缠绵不绝。风紧，霾重，露浓。仰望远天，看云卷云舒，传不来你的消息，我无以为寄。回想当日，雁字回时，月满西楼，你轻解罗裳，独上兰舟。而今，我是怎样的焦灼不安，不知所措，无端的清欢，暗自的轻叹。温柔的想念，花开的呢喃，真想就这样枕着你的目光长眠不起。一颗莲心，知为谁苦？

白居易感慨《长恨歌》，人生自是有情痴。"临别殷勤重寄词，词中有誓两心知。"这是你珍爱的诗句。开辟鸿蒙，谁为情种？屡屡晨曦，丝丝晚霞。你轻吟的唇齿，让我看到了那丝透过来的阳光。即使是在不对的时间，但总算遇到了对的人，虽没有"梁兄，英台"的一应一答，但未语人已痴。一执手，便冷暖两相知；一凝视，便悲喜两相忘。一颗莲心，知为谁苦？

杜甫吟咏《月夜》："香雾云鬟湿，清辉玉臂寒。何时倚虚幌，双照泪痕干。"这是杜甫最儿女情长的一首诗，本是自己思念闺中人儿，却遥想闺中人在思念自己。不情深，何至如此遥怜？眼中看的是泪痕，心中不知密布多少阴云。当相聚之日，定是执手相看，泪眼婆娑，无语凝噎。一颗莲心，知为谁苦？

荷叶年年绿，莲心彻底红。人说，心有灵犀一点通。我想问：此时的你是不是也如我？

2016. 1. 5

还来就菊花

今夜恰好有月，摘几缕月光，装饰你的发丝。如果有雪就好了，可以掬几抔梅上的雪，这样的白雪，和着月光，温上一壶，与你对抿。

故人具鸡黍，邀我至田家。
绿树村边合，青山郭外斜。
开轩面场圃，把酒话桑麻。
待到重阳日，还来就菊花。
　　　　　　——孟浩然《过故人庄》

"待到重阳日，还来就菊花。"你来，带着满心的欢喜，与我谈谈菜地，说说韭菜的嫩，瓠子的老，说说芹芽的白，茄子的紫。为迎候你重阳日的到来，我可以晨露湿衣，荷锄晚归，种一院的菊花，为践一场菊花酒会之约。一声承诺，许了谁的等待？一句再来，忙了谁的四季？

"花间一壶酒，独酌无相亲。"你来，一片月色，一寸寸蔓延开来，在心里，在梦里，有花与酒的光阴里。你来了，再不需要举杯邀明月了，你比明月更皎洁。你来，对着你的影子酣酣而笑；你不来，数着你的名字，能闻出

220

芳香。今夜恰好有月，摘几缕月光，装饰你的发丝。如果有雪就好了，可以掬几抔梅上的雪，这样的白雪，和着月光，温上一壶，与你对抿。

"应怜屐齿印苍苔，小扣柴扉久不开。"你来，满园早已春色，有海棠红，有梨花白，更多的是杏花粉。小径已青苔遍布，光洁的石椅，粉色的身影，你手握一枝沾满了春露的杏花，一头长发，为君而留，一袭白裙，为君而妆。转身，一缕冷香，清清幽幽。回眸，一丝笑意，浅浅淡淡。来世，有佛来渡，可愿？

"何当共剪西窗烛，却话巴山夜雨时。"你来，带着所有的惦记，我们进行一整夜的畅谈，说说你轻轻走时的担忧，不带走西边一片云彩的决绝。说说此去经年，虚设的那些良辰好景。说说夜色深重，大雨阻路，还有关山一万重的艰难。还要说说分别的每一日，比三秋还漫长的煎熬。一颗归心，虽不能至，却早已奉上了。缱绻西窗，不知东方之既白。

"自在飞花轻似梦，无边丝雨细如愁。"你来，飞花，轻盈似梦。你去，丝雨，细密如愁。我默然凝望，你越走越远，许多淋湿的记忆，贴在前额。泪眼问花花不语，乱红飞过秋千去。人花莫辨，有开有谢，有兴有败，聚散苦匆匆。无计留春住，一任风吹过。楚萧独奏，过影婆娑。哀怨，缠绵，凄凉。明日，不知与谁同？

一杯菊花酒，有你，不再独醉；有你，时光停住了脚步；有你，曾经不知的，如今知了；曾经不懂的，如今懂了。

2016. 1. 8

有个字叫芳

小轩窗前，一树梨花正倚着一株海棠，红白相间，似两个忘年知己。风起了，一片梨瓣滑落海棠蕊上，轻轻微颤。那一株海棠芳，望之在眼，嗅之入鼻，想之留心。

众芳摇落独暄妍，占尽风情向小园。

疏影横斜水清浅，暗香浮动月黄昏。

霜禽欲下先偷眼，粉蝶如知合断魂。

幸有微吟可相狎，不须檀板共金樽。

——林逋《山园小梅》

有个字叫芳，焕发林逋诗情勃发。摇落的众芳，不足为惜。只要此芳暄妍，婉约依在，心就不会流浪。那柔美的资质，那婆娑的情影，赏之不足。那淡淡的幽香，那脱俗的清丽，闻之不够。那一束梅芳，握之在手，揽之入怀，吻之湿唇。

芳，真美。《说文》释为"香草也"。屈原最喜用"芳"字，《离骚》里像芳芷、芳草、芳菲等，不下十处。"偷来梨蕊三分白，借得梅花一缕魂"。海棠真香草也，集梨花的白、梅花的雅于一身。小轩窗前，一树梨花正倚着一株海棠，红白相间，似两个忘年知己。风起了，一片梨瓣滑落海棠蕊上，轻轻微颤。那一株海棠芳，望之在眼，嗅之入鼻，想之留心。

芳，真香。《玉篇》释为"芬芳，香气貌"。司马相如《美人赋》形容美人住处"芳香芬烈"，或是美女自身散发的芬芳，或是花草沐浴飘溢的芳香。一曲《凤求凰》，琴声里都是芳香，思念里也是芳香弥漫，无怪卓文君经受不住，芳心暗许。那香，一闻就是一世，那不仅是人的气息，更是心的气息。早晨，心情随花苞开放；黄昏，心情随花瓣飘飘；夜晚，心情在花下入眠。心情包裹着花的香气，流连在一个又一个美梦里，期待的心情美丽又芬芳。那一缕香芳，萦之在室，漫之入云，味之盈口。

芳，真好。那一天，与我一道站在窗前，手捧一本诗词，看着阳光轻轻透过窗帘，你吟咏的诗句如清泉般悦耳。想起那年那日，你款步走近，虽与我一桌之隔，似乎早就相识。那清爽的眉心，那盈盈的眼波，那浅浅的笑容，那长长的秀发，那修长的身段，五百年前佛前就已相许，是宝黛初会的惊心一诧，是西厢共读的会心一笑，是容若人生邂逅的初见。从此夜夜只有好梦，梦里独上高楼凭空远望，只望见芳菲邈邈，似在非在，似有非有。那一帘轻愁，挂之如月，散之似烟，念之如水。

那个叫芳的字啊，幻化成了多少自成语境的香甜，芳菲、芬芳、芳华、芳馨、幽芳、芳泽、芳草、芳香、芳心、芳辰、满庭芳、十步芳草、芬芳馥郁、芳年华月、斗艳争芳、群芳争艳、流芳百世，每个词，都似隔花闻笑的伊人，外形清丽高挑，读音糯软婉约，含义活色生香。

2016. 1. 18

雪梅

不忍再接嫩蕊，怕接出殷红汁液。

依在梅边，只觉得雪似梅花，又觉得梅花似雪，这似和不似，恰似西厢待月而来。

墙角数枝梅，凌寒独自开。

遥知不是雪，为有暗香来。

——王安石《梅花》

那天，说给你听的，路边那株梅。没有到苍老遒劲的地步，只是显得有些岁月罢了，怎能比牡丹艳、海棠红。你忍不住，走到梅边，轻轻抚摸一树的梅苞。是不是涨得满满的，鼓得饱饱的，像刚发育成熟的青春，很是完美啊！那天虽然阳光很好，但梅就是没开苞。梅在等一场雪，洋洋洒洒的雪才是梅的兴奋剂。

那天，指给你看的，水边那株梅。梅不算年轻，但也不老。梅依水而立，因水而活，也因水而生神韵。小区的这潭水，在冬天很安静，也很清澈，有了梅的疏影，水被激活了，有了风花雪月的滋润，有了婆娑倩影的婉约。你也蛮喜欢"疏枝横玉瘦，小萼点珠光"的模样。

今天，折给你赏的，雪里那株梅。昨晚，就开始雪花飘飘情思邈邈了。一觉醒来，梅枝都白了，白梅都肿了。不知是梅花的白让雪肿的，还是雪的白让梅花肿的，力度这么轻柔，居然都肿了，真是娇嫩，不忍再挼嫩蕊，怕挼出殷红汁液。依在梅边，只觉得雪似梅花，又觉得梅花似雪，这似和不似，恰似西厢待月而来。

2016. 1. 21

目送芳尘

你站在花下，阳光透过桂叶，
洒在你脸上，一缕一缕的香，在
院子里飘逸，空气也变得酥软酥软
的。你一抬头，一枚花瓣恰好擦你鼻翼而
过，你莫不是花神，花瓣滑落也要与你告别？

凌波不过横塘路，但目送，芳尘去。

锦瑟华年谁与度？

月桥花院，琐窗朱户，只有春知处。

碧云冉冉蘅皋暮，彩笔新题断肠句。

试问闲情都几许？

一川烟草，满城风絮，梅子黄时雨。

——贺铸《青玉案·凌波不过横塘路》

有一个叫贺铸的词人，在一个叫横塘的地方，有了一段牵肠挂肚的偶遇。看着她的倩影渐行渐远，却不敢走近，只是在心里暗思：锦绣华年，谁将与度？茕茕孑立，试问伊人：闲愁轻笼，谁将知我？

你是否桥上踏月？镜湖柳丝，梢头挂雪，清清寒水，圈圈涟漪。两个人，在别人诧异的目光中，沿着湖堤漫步。天色已暮，你的长发随风而飘，幽香随风轻荡。月上拱桥，脚下轻雪，冷的月，白的雪，粉的衣，衬着你粉的脸。湖上，唯长堤一痕，粉点一个，缓步慢移，与天地水浑然一体，与长廊雪月交相辉映。青春的回眸里，怎能少了月色迷蒙？

你是否院落赏花？一座庭院，种了牡丹芍药，一棵桂花，枝叶蓬勃，俯上你的窗台。你站在花下，阳光透过桂叶，洒在你脸上，一缕一缕的香，在院子里飘逸，空气也变得酥软酥软的。你一抬头，一枚花瓣恰好擦你鼻翼而过，你莫不是花神，花瓣滑落也要与你告别？青春的回眸里，怎能少了花香袅娜？

你是否窗前望云？一扇木窗，雕着纤细的花纹，油着淡雅的清漆。你坐在一把藤椅上，穿着细花格子，一片游云，把影子投在《今生今世》上。你抬头看云，清澈的眸子里，平添了一点愁，沈从文说，美丽总是愁人的。这下懂了吧，你的美丽确信无疑。胡兰成说："人是有欠有还，才会相逢。"你看云时，那温柔的眼神，让人怦然心跳。正如胡兰成说的，好的东西原来不是叫人都安，却是要叫人稍稍不安。青春的回眸里，怎能少了淹然百媚？

一川烟草，匝地皆是；满城风絮，穿帘入户；黄时梅雨，绵延不绝。

2016.1.22

谁怜一片影

佛说：一花一世界，一叶一如来。是的，花开花谢，是因为懂得了对岁月的珍惜，鸟飞鸟歇，也是因为懂得了对浮生的念想。世间万物皆有情，有谁怜惜一片影？

孤雁不饮啄，飞鸣声念群。

谁怜一片影，相失万重云？

望尽似犹见，哀多如更闻。

野鸦无意绪，鸣噪自纷纷。

——杜甫《孤雁》

杜甫的岁月，似乎都与动乱联系着，从没安定过。杜甫的相貌，似乎永远那样沧桑，从未年轻过。杜甫的声音，似乎一直沉郁顿挫，从没高昂过。

一只鸟飞，他听出是孤雁离群的哀鸣。一个身影，他看出是天涯远隔的伤心。一个眼神，他悟出是谁怜惜的呼唤。连他自己，漂泊人生，浩渺天空，杜眼独看独悟，飘飘何所似，天地一沙鸥也。

雪地里，不知是谁，张网捕鸟，两只鸟，那么不幸，生生地被细丝缠着。是贪恋邻家的菜花，还是想飞得更高。自由之身，何能解脱？

一只斑鸠，哀鸣声声，好像在呼唤同类的解救。也许，他的伙伴就在眼前，却无法施救。

一只野鸽，翅膀扑扑，好像在挣脱丝绳的捆缚。也许，缠绕的还有对红尘的不舍。

佛说：一花一世界，一叶一如来。是的，花开花谢，是因为懂得了对岁月的珍惜，鸟飞鸟歇，也是因为懂得了对浮生的念想。世间万物皆有情，有谁怜惜一片影？

悬挂网上的鸟，不知是什么时候上网的，无水喝无食啄，只是一个劲地折腾，一个劲地哀号，又有谁来怜惜他们呢？

是你们来得太急，飞得太猛，以为白茫茫一片大地，就可以英姿飒爽纵横驰骋了，以为你们有矫健的身躯，就可以英雄有用武之地了。天下万物，来去应时，哪怕最微小的，都是芸芸众生中最美好的一个。

如果是杜甫见了，定会感叹："可怜的鸟儿啊，我不正和你一样凄惶么？天壤茫茫，又有谁来怜惜我呢？"一句沉重的唉声叹气，成了流年里的浪花浮沫。所有的艰难苦恨都添满霜鬓，一生潦倒，百年多病，谁怜一片栖遑之影？

如果是三毛见了，定会默念："如果选择了自己结束生命的这条路，你们也要想的明白，因为在我，那将是一个更幸福的归宿。"三毛，22岁的芳龄，依然18岁般的天真，幻想，冲动，22岁的文字，22岁的样貌，22岁的爱情，那份纯真和温婉，是能融化冰块的暖。可斯人已逝，有谁怜惜昔日一片倩影？

可我见了，却感觉麻木，虽有恻隐之心，却无恻隐之举，疏忽了另一个生命的呐喊和眼神的绝望，未伸出温暖之手，一解困厄之窘，一抚伤痛之翅，任其挂着伤了，任其逮着去了。一心之念未泯，一善之举未施。再回首，已相失如万重云外，有谁怜取一片心影？

昨日之日，已不可再现，今日之日，只有暗自忏悔。一呼一吸，浮华寂静，当知珍惜便是最长久的拥有。

谁怜一片影，相失万重云？

2016. 1. 27

一个名字

"则为你如花美眷，似水
流年……"这一笔一画，这一
生只画与你一人看，也只你一人能懂。

日月千回数，君名万遍呼。

睡时应入梦，知我断肠无？

——无名氏《晚秋》

　　敦煌残卷中的组诗，有60首，皆佚名，但抒发的情思都充满人情味，有"万里山河异，千般物色殊"的塞外风光，有"斑斑泪下皆成血，片片云来尽带愁"的羁愁孤愤，有"旋知命与浮云合，可叹身同朝露晞"的飘转不定，更有羁縻日久"不知君意里，还解忆人么"的思亲念远，而其中最刻骨铭心的，就是这首千回万遍呼唤芳名的诗了。

　　梦中向谁而啼，千回万遍而呼，直至入梦，惦记之深，愁苦之重，让人动容。这是一个怎样的名字，那么牵肠挂肚。名字的背后，一定是芳菲如许的回忆。每念叨这个名字，唇边就甜丝丝的，耳边就柔软软的。寒冬里，每呼一遍，身上如暖阳普照；炎夏里，每呼一遍，心里如凉风吹过。

当代旅美诗人纪弦就有首诗——《你的名字》，很是激情。

用了世界上最轻最轻的声音，

轻轻地唤你的名字每夜每夜。

写你的名字，

画你的名字。

而梦见的是你发光的名字：

如日，如星，你的名字。

如灯，如钻石，你的名字。

如缤纷的火花，如闪电，你的名字。

如原始森林的燃烧，你的名字。

一个名字，让他如此着迷，绝非一般名字。那定是个芳菲怡人，甜蜜温馨的名字，那或许是个与青春、与激情焕发有关的名字，那也可能是与岁月、与生命紧密联系的名字。

我想起了《红楼梦》"龄官划蔷痴及局外"一回，龄官暗恋贾蔷，相思无计，躲到蔷薇花下，用簪子在地上划着一个又一个"蔷"字，连雨落在衣衫上也浑然不觉，痴"蔷"入迷。在无人的角落，默默地写着心爱之人的名字。蔷薇花，贾蔷，花与名字，相映芬芳，而每一份的相思都化作缠绵，萦绕在离人的心间。

"则为你如花美眷，似水流年……"这一笔一画，这一生只画与你一人看，也只你一人能懂。

记得，你很钟情宛君的名字，应该是琼瑶小说里的。梦竹、依萍、忆湄、紫菱、雨菡，琼瑶的女主人，个个如雨后荷花，芬芳美丽。宛君，从你眼里，宛如我一般，谦谦君子，不乏温润若玉。宛君，从我眼里，宛如你一般，温婉端庄，不乏人面桃花。宛君，比行到水穷，坐看云起更宁静，比花开花落，云卷云舒更动人。轻轻地，你拥她入怀，一声丝竹，一泓月光，一缕会意的微笑。轻轻地，我握她入手，一江春水，一季莲花，一眸缱绻的凝视。

有一个名字，要多美丽就多美丽，要多芬芳就多芬芳，要多遐想就多遐想。

有一个名字，拥之则安，伴之则暖，亲之则香，失之则伤。有生之年，有幸遇见，不会有第二个。

在婉约的江南，陌上花开，你的名字，就像荷塘菡萏，等候在季节里，沐浴着涟漪的清波。

在摇曳的时间，月下抚琴，你的名字，就像银杏叶子，生长在风尘里，蘸满着灿烂的阳光。

一个名字，谁在默念，顾盼而留恋？一个名字，谁在轻唤，心往而神驰？

2016. 1. 29

雪从今夜白

雪的白，是别离后，牵挂中的一缕白发。雪的白，是梦醒后，回想中的一片迷茫。雪的白，是初见时，回眸中的一低头的温柔，不胜凉风的娇羞。

轮台东门送君去，去时雪满天山路。

山回路转不见君，雪上空留马行处。

——岑参《白雪歌送武判官归京》

一夜飞雪，千树万树点缀得如梨花盛开。岑参与好友，不能共赏玉树琼枝，却只能望着雪地上的一行脚印，由近而远，深深浅浅，直至雪影成点，才收回视线。心底默念一声：雪满天山，前路好走否？愁云惨淡，终点几时达？此去经年，何日是归期？

这种心情，在下雪天我也曾有过。晓看天色暮看雪，行也思君，坐也思君。

"下雪啦！"

天刚黑下来，雪就开始飘飘洒洒了。我迫不及待地发短信，不期有回音，只想与她分享，分享这洁白的精灵，她很快就回信了"雪从今夜白"。

我想，此刻，你正站在阳台看雪，或许如我一样想，我会在哪看雪。你懂的，我肯定是站在书房，透过整面的玻璃，望着外面的雪，树枝上已挂了一层白，你发现了吗？

　　也许，此刻，你兴奋地走到外面来了，正用手机在拍摄雪景。我看到了你拍的雪覆芭蕉图。雪把芭蕉点白了，白枝白叶，纷披轻垂，只有尖顶和尾梢还露着点绿，真地好像一只只白鹤。有的振翅欲飞，有的收翅待归，有的侧颈回首，有的低头蹒跚，你还真会抓景。

　　相思一夜白鹤来，忽到窗前疑是君。

　　你问我是否也出来了，你懂的，我在等，等雪再厚些，我会去竹边，折一截竹枝，在雪地上画字，字里自然有你的名字。雪上画字虽然徒劳，一会儿就会被雪抹去，但我依然会继续画，等到雪停，字就镌刻进雪里了。

　　你在雪地里，时间够长的了，鼻尖应该冻得通红了，肩上也应落满雪花了吧！

　　不用惦记我，我在雪地里，倚着一树梅花，守望它与雪花一起开放，这样，梅就不会逊雪三分白，雪也不会输梅一段香了。

　　赏雪归来，你饿吗？我只会做青菜面，一把自种的小青菜，一缕长面，雪白雪白。

　　你问我冷不冷，怎么不冷。我的两只脚是最冰凉的，但我不忍心让你手焐。虽然脚突然回暖，漫天漫地的雪花，也有了温度。

　　雪从今夜白，伊人知不知？

　　雪的白，是别离后，牵挂中的一缕白发。

　　雪的白，是梦醒后，回想中的一片迷茫。

　　雪的白，是初见时，回眸中的一低头的温柔，不胜凉风的娇羞。

　　今天立春，春天很快就要来了。对了！我们还没有一起走过春天呢，好期待这个春天，扑面而来的，大把大把的芬芳。

待到春草明年绿，不知伊人归不归？

桃花开了，梨花开了，牡丹花开了，满世界的姹紫嫣红啊。

待到春深花儿红，伊人归不归？

2016. 2. 4

小芳

今生的小芳已杳杳相隔如在云端，
那及腰的长发，那如花的笑靥，那明媚
的皓齿，那修长的身材，都随时间而远去了。

村里有个姑娘叫小芳，长得好看又善良

一双美丽的大眼睛，辫子粗又长。

谢谢你给我的爱，今生今世我不忘怀。

谢谢你给我的温柔，伴我度过那个年代。

多少次我回回头看看走过的路，

衷心祝福你善良的姑娘。

多少次我回回头看看走过的路，

你站在小河旁。

——李春波《小芳》

这是一段美丽的情感。

每个知青，都有一段难忘的岁月。每个难忘的岁月，都有一个怀念的小
芳。想起小芳，心底深处就心潮澎湃，或烂漫，或隐痛。

小芳，多么清纯，多么美丽，曾经占据他的心灵，是他精神的寄托。想起小芳，就想起一次又一次的月下漫步，就想起牵手荷塘采莲的人面，就想起送别小桥边回眸的眼神。

这是一个伤感的回忆。

当年的小芳，已随风而逝。若再遇，或已白发苍苍满手老茧，或已腰身佝偻眼神呆滞，或已步履蹒跚反应迟钝。相见不如不见。今生的小芳已杳杳相隔如在云端，那及腰的长发，那如花的笑靥，那明媚的皓齿，那修长的身材，都随时间而远去了。

杜牧在扬州遇到十三岁的张好好，惊叹道："娉娉袅袅十三余，豆蔻梢头二月初。春风十里扬州路，卷上珠帘总不如。"在湖州，又偶遇一十三岁女孩，当即约了十年之期。十四年后，杜牧才来湖州，当找到当年的女子，却已是三个孩子的母亲了，悲哀之余，作诗一首："自是寻春去较迟，不须惆怅怨芳时。狂风落尽深红色，绿叶成荫子满枝。"

想起丁立梅的一篇文章《从来不曾忘记你》。一有妇之夫的中学代课老师与一个19岁的女学生相爱，她看见他，想个世界都是金光闪闪的。他看着花样年华的她，周遭的每一寸空气，都是香甜的。后遭重大变故，女孩远走他乡，其实她已有身孕，只是没告诉他，她吃尽千辛万苦把儿子抚养成人成才，四十年后，女孩再找到这个男人，她说，等了一辈子，只求晚年能够在一起，傍着他住，日日看见，便是心安。可一切却不能回头，她最终为他绝食而亡。好一个伤感的小芳。

张好好不就是杜牧梦里惆怅的小芳吗？唐婉不就是陆游一生牵挂的小芳吗？林徽因不就是徐志摩终生遗憾的小芳吗？

2016. 2. 4

杏花

一仰头，一瓣杏花飘入眼
帘，宛若一个梦，一个痴痴的幻
想。一低头，正与你隔着花的距离，
不远不近，彼此能感觉到心跳的声音。

苏溪亭上草漫漫，谁倚东风十二阑。

燕子不归春事晚，一汀烟雨杏花寒。

——戴叔伦《苏溪亭》

溪边亭上，春草碧色，春水渌波，也唤醒了人的离愁。春草的青绿一直
伸向天边，把人的思绪也带到天边。

那斜倚阑干的人是谁？手若明玉，眼若秋水，凝眸沉思的样子，是在把
谁眺望？

哦，原来是你。慵懒地，斜倚着，看那一枝红杏，也慵懒地伸出墙外，
妖娆，妩媚，撩拨院外那来往的风。呆呆地，对着那些花，茶不思，饭不
想，心随花开。

燕还未归巢，是在贪恋美好的春光，还是被斜风细雨阻拦？燕儿，快归
来啊，岁月无情，春光有期，莫待春花凋零，热情耗尽，青春已无回头路。

游子不归，红颜将老。

只一夜，柳枝已着轻烟；只一梦，杏花已闹春意。

晓风轻寒。

那杏花，有烟雨的滋润，有东风的抚拂，美得让人有点哀愁，而这哀愁却是清浅的，淡如江南初春的柳烟。"小楼昨夜听风雨，小巷明朝卖杏花。"陆游真是浪漫，听着春风春雨，就想象明朝的杏花，沾着雨滴，晶莹莹，鲜嫩嫩，加上少女的叫卖声，水灵灵，脆生生。能不一见倾心？

满汀的烟雨，满汀的杏花，满汀的美丽，满汀的轻寒。能不一见陶醉。

眼是水波横，眉是山峰聚。你的眉眼，最有江南的神韵。能不一见忘我。

漠漠春光，你曾为哪一朵杏花驻足停留，又有哪一朵杏花为你绽放娇媚？你属意的一朵是否正是为你摇曳的那朵。如此，则人生圆满。

如果，我为你焦灼期待，而你却迟迟不开，再一厢情愿，满汀的杏花，也是凄楚可怜。

如果，你对我春水荡漾，而我却落花无意，再海棠容光，满汀的美丽，终是虚设惆怅。

恰好是我，也恰好是你，不管如何料峭，不管几春几季，你恰娉娉袅袅，豆蔻梢头，我恰策马驰过，频频回顾。一仰头，一瓣杏花飘入眼帘，宛若一个梦，一个痴痴的幻想。一低头，正与你隔着花的距离，不远不近，彼此能感觉到心跳的声音。

雪小禅说："人恍恍惚惚的，什么都干不下去，只觉得心里长了什么似的，这'什么'又诱着人，坐在花树下，坐久意未厌。一个人，也可以就着这连绵的杏花，吹个玉笛到天明。"

如果你来，恰好一起吹奏玉笛，暗自飞声，飞花逐梦，丝雨如愁。

如果你不来，我采撷一支，粉香扑鼻，入画入诗，悄悄寄给你。待你打开，暗香浮动，心在杏花里慢摇，刹那间永恒。

好一朵杏花，开得没完没了，缠缠绵绵。

好个江南一枝春，眼里都是你，心里全是你，想的，念的，就是你，不是一阵子，而是一辈子。

初春尚寒，我若不来，你就别开。

杏朵还小，你若不来，我就不老。

2016. 2. 22

玉兰花

"隔帘轻解白霓裳。"那轻解的白霓裳点醒了多少冷漠，暖意洋洋，绵绵不绝。最美的东西，不是独自占有，而是与人分享。最美的东西，仅用眼睛是看不见的，只有用心才能看清楚。

翠条多力引风长，点破银花玉雪香。

韵友似知人意好，隔帘轻解白霓裳。

——沈周《咏玉兰》

江南的花，朵朵都是诗篇，柳绿，桃红，杏白，梨花带泪，写满枝头。

早春时节，玉兰花树，翠色枝条，与风相约，牵手春天，好似拉着春风一起生长。

初开的玉兰，一抹纯白，如银似玉又像雪，是干净的透明，加上淡雅的香气，氤氲成一团明媚。

盛开的玉兰，依然花色纯净，像白衣飘飘的仙子，俏立枝头，深情婉约，俯视人间，让人尽情欣赏。

春风吹来，一片片的玉兰花瓣，飘飘，云霓一样的衣裳，落落，衣袂轻解的动作。飘飘落落，何花能比其摇曳。

沈周，不愧明代大才子，一树玉兰花，浮想如许，妙喻联翩，何人能及。

昨夜，春雨潇潇，雨雾蒙蒙。

我撑着雨伞，在三潭印月散步，借着灯光，不经意间的一瞥，有几棵树头上顶着一朵朵的玉兰花，像高台上玩杂技的，艺高人胆大，脚尖上顶着高脚杯，洁白如玉。居高花更美，非是借春风。细雨滑过花瓣，晶莹若泪的样子，诗意，凄美，唐诗宋韵。

回想起二十多年前，第一次去安师大的情景。我那时特崇拜刘学锴先生，就想报考他的唐宋文学研究生。那也是个春雨霏霏的季节，我怀着激动的心情，去拜访刘先生，可他不在，我留下了我的信。当我走出校园时，回望那些古旧的老楼，虽历经岁月，却显得厚重。沿围墙的一行白玉兰，隔开了城市的喧闹，一下让人心静如初。虽一直没见到刘学锴先生，也没成为他的学生，但却收到了他寄给我的书信，至今珍藏着。如今想起来，当年的师大，因为有了大师的支撑，才有了吸引人的魅力。因为有了白玉兰的垫衬，温柔古朴间，才散发出幽幽清香。

春寒料峭，夜色中似知人意的玉兰，似在娓娓叙说过往，或深或浅，似在静静凝想人事，或浓或淡。

"隔帘轻解白霓裳。"那轻解的白霓裳点醒了多少冷漠，暖意洋洋，绵绵不绝。最美的东西，不是独自占有，而是与人分享。最美的东西，仅用眼睛是看不见的，只有用心才能看清楚。

白色朵朵，简约而不简单，朴素却很丰满。

高大的植株，肥厚的花瓣，居高而不自傲，迎风却不自矜。

隐约之间，我感受到了它奕奕的气质，难以言喻，潜滋暗长。

2016. 2. 20

桃
花

在桃花的世界里，唐寅是那么的
癫狂。"酒醒只在花前坐，酒醉还来
花下眠；半醉半醒日复日，花开花落年
复年。但愿老死花酒间，不愿鞠躬车马前。"

桃花浅深处，似匀深浅妆。

春风助肠断，吹落白衣裳。

————元稹《桃花》

元稹的这首《桃花》，字里行间，都可见他一往情深的惆怅。怎么读，都觉得风流蕴藉。眼中的桃花，就是心中浓妆淡抹总相宜的美人。一阵暖暖的春风，吹落一袭白衣，那一低头的温柔，不胜娇羞，让人心疼得纠结。

也许就在第一朵桃花绽开的瞬间，元稹又想起了谁？是崔莺莺，花影玉人的一颦一笑？是韦丛，共度清贫的刻骨铭心？是薛涛，曾经沧海的万水千山？应该是他人生路上，鲜花怒放的好时光。

元稹携着娇美的她，正在几棵桃花树下穿过。那桃花，只一夜，就深深浅浅地开放了；只一角，就远远近近地映红了；只一眼，就灼灼其华地陶醉了。

阳光暖暖的，轻风香香的。

你着一袭红色风衣，穿花而过，是桃花映亮了你的暖颜，还是你点燃了桃花的红瓣？是等闲识得春风面，还是人面桃花相映红？

你拿出相机，要拍下花影，正有一只蜜蜂，嘤嘤嗡嗡，一会停在这朵瓣上，一会钻进那朵蕊里，你蹑手蹑脚地跟着这小精灵，或侧身，或仰脸，或低眉。香汗盈盈，娇喘细细。恰好，蜂采花粉，被你捕捉，好一幅活色生香的照片。

你被一朵最艳的吸引，轻轻凑过去，闭着眼，浅闻花香，最是这一低头的妖媚，满含缱绻的眷恋。

你出得花来，身上沾着花瓣和花粉，发上，肩上，眉上，衣上，连呼吸都是香的。你浅浅一笑，那朵笑容，甜到极致的笑容，让人惦念了一生。那一刻，我愿意相信，包括后来，在他的生命里，她犹是春闺梦中人。

你看她的妆，不浓不淡，恰好相宜；你看她的态，不高不低，若即若离；你闻她的香，半醉半醺，美到你的心底深处。

这一季，有多少花开，赶趟似的，有些风景再好，终不属于自己。

这一季，有多少人来，串马灯似的，有些情感，路过交错，已然是最好的回忆。

这一季，有多少雨至，一幕一幕的，有些瞬间，却能温暖整个曾经。

我只愿，花不谢，我就不神伤；

我只愿，雨不来，我就不销魂；

我只愿，你不离去，我就不惆怅。

在桃花的世界里，唐寅是那么地癫狂。"酒醒只在花前坐，酒醉还来花下眠；半醉半醒日复日，花开花落年复年。但愿老死花酒间，不愿鞠躬车马前。"

红楼佳人，在桃花面前，是那样娇滴滴，羞答答。"帘外桃花帘内人，人与桃花隔不远；东风有意揭帘栊，花欲窥人帘不卷。桃花帘外开仍旧，帘中人比桃花瘦；花解怜人花也愁，隔帘消息风吹透。"

　　生命何其短。有如此绝色，何必远远相隔着。此生能沾桃花色，能沾桃花香，还能与桃花肩并肩地相依，何其美也。

　　鲜花何其多。为桃花而醉，何必假装正人君子。醉就醉了，为美而醉，醉的是性情，醉的是纯真，醉的是心驰神往。

　　我们起个誓：下辈子，一起转世做桃花。嘿嘿！

2016. 2. 22

青
菜

青菜，嫩的煮着吃，大了炒
着吃，老了腌着吃。你想吃就吃，
随时伺候。青菜穿肠过，四季胃中知。

青菜，叶绿，杆绿，通身绿。

初春时节，刚长出两片叶子，青青的，嫩嫩的，摘了，打汤，汤色青
盈。若嫌单调了，可放点蘑菇，或打两个蛋，一搅，其味真鲜。每天喝个两
碗，美哉，养人啊！

惊蛰刚近，青菜纷纷长苔了。一棵青菜，四周生出许多菜苔，尖嫩的，
像千手观音似的，今早上掐了，第二天早上又长出来了，还沾着春露，翠色
欲滴。随手掐一把，油锅里一滚，即可炒起，盛入青花瓷盘，碧盈盈的，养
眼，可口。

青菜苔还有一种吃法，就是把鲜嫩的青菜苔，放滚开的热水里，一焯，
立马捞出，放一个锅里，迅速用盖闷起来，待凉好后，取出，切成小段，拌
以调料。筷子一夹，送入口中，你会尖叫："哇！这么有味道！"是的，那味
道真叫一个好！

过了春分，青菜渐渐老了，但不是人老珠黄的那种老，它老得贵气，有

247

韵致。成熟的菜薹，摘了，不用水洗，撒上盐，用手来回地揉，等把菜汁揉出来，即可装坛，封口。一月后，抓出来，黄莹莹的，可炒肉丝，可炒辣椒，可煮个腌菜汤，酸酸的，酸得够味。

青菜，嫩的煮着吃，大了炒着吃，老了腌着吃。你想吃就吃，随时伺候。青菜穿肠过，四季胃中知。

青菜，是菜中常菜，是真正的家常菜。

2016. 3. 10

韭
菜

韭菜，唤醒了我的乡愁。自
己种几垄韭菜，没准比做富翁还
要幸福。我那一亩三分地，在哪里
呢？我的锄头、剪刀、竹篮，在哪里呢？

夜雨剪春韭，新炊间黄粱。

主称会面难，一举累十觞。

十觞亦不醉，感子故意长。

明日隔山岳，世事两茫茫。

——杜甫《赠卫八处士》

公元759年春天，杜甫与老友卫八重逢，主人喜出望外，冒雨去剪自己
亲手栽种的春韭，热酒鲜菜盛情款待。他们回首往昔，共叙友情；他们连饮
十觞，感叹人生。饮酒话别之后，杜甫写了这首诗，诗有24句，我最记得
的就是"夜雨剪春韭"了，它使韭菜一下成了唐诗里的经典名句。

一千多年前，一个春天，一个细雨霏霏的夜晚，一畦春韭，就这么被
杜甫保鲜在一首诗里。

平凡之物，凡是入画进诗的，便温文尔雅了。齐白石画大白菜，憨态可

掬的样子，比虾似乎还有灵性。辛弃疾觉得荠菜更贴近春天的真谛："春在溪头荠菜花。"朴素的荠菜也像春天般美好了。

我喜吃韭菜，与这首五言诗很有关系。五言句式，加以依依情思，与韭菜精致的模样很般配。天然的韭菜，娇细的身材，柔嫩的品相，与诗人细腻、爱怜的情思，是很相宜的。

诗画里的韭菜，就该和田间地头的韭菜一个样子，朴素本分，安然单纯，像乡村的女孩，也不乏露水盈盈的样子。

一般人眼中，杜甫，沧桑，骨瘦，垂老，其实他比李白小十一岁，他的心思比李白细腻，温柔，是个典型的暖男。唐朝那些诗人，像李白关心的是酒，像王维关心的是禅，像岑参关心的是边塞，像杜牧关心的是风月，杜甫则不一样，他关心的是他人，是身边可爱的植物。老友来了，夜雨迷蒙，他立马跑到菜地，割一把新长的韭菜，炒给老友下酒。仅仅这份纯情，就很让人感动。从此，若有人问我春天的代表诗是哪句，我首先会想到"夜雨剪春韭"，若有人问我春天的代表菜是哪种，我首先会想到韭菜，经过一夜春雨的滋润，韭菜叶子绿得像用颜料画出来的。

袁枚《随园食单》："韭，荤物也，专取韭白，加虾米炒之便佳。或用鲜虾亦可，蚬亦可，肉亦可。"由此可见，袁枚对韭菜的吃法，也很有研究，可他独好韭白，我却不大认可。韭菜的绿，才是最正宗。舍绿而取白多可惜。

韭菜配芽菜炒，韭的绿，与芽菜的白相搭，绿白相间，在桌上芸芸众菜中会脱颖而出。

韭菜炒鸡蛋，是我比较拿手的。先把鸡蛋两面油煎，熟至嫩黄，揿起来。再猛火快炒韭菜，然后把鸡蛋倒入，即可。这样，韭绿，蛋黄，相衬相托，垂涎三尺。

韭菜是长菜，可以吃到开花，未开的骨朵儿，连同掐得动的嫩茎，一道割了，可以炒螺蛳肉，那可是时鲜的菜，品尝一次就会念念不忘。品着这样的小炒，似乎就在品着泥土的芬芳，雨水的清冽，春夜的轻暖，还有杜甫的诗句。一道韭菜，能不忆连连？

　　韭菜，唤醒了我对田园生活的期待。人虽住城里，心却像飘浮的气球，这样空空然的飘久了，就更加怀念乡土的气息，怀念菜地本色的韭菜。

　　韭菜，唤醒了我的乡愁。自己种几垄韭菜，没准比做富翁还要幸福。我那一亩三分地，在哪里呢？我的锄头、剪刀、竹篮，在哪里呢？

2016. 3. 14

油菜花

就这么满身熏染着油菜花香，断断续续，似有还无。夕阳西下的时候，油菜花看起来，竟那么像梵高的向日葵，勃勃地生长着，直逼你的眼睛，直冲你的心房。

春色自在油菜花，蜂乱蝶忙竟繁华。

东君无意披锦缎，西子多情浣彩纱。

——无锡·明月清风《油菜花》

一夜的风，不知吹落了多少花瓣。一晚上就这么忧虑着，天明一看，确实没有昨天的明艳了。

被风吹去，落得干净，总比帘外雨潺潺的好，不致花色污损，花容不堪。

昨天去菜地，满眼是闪耀的金黄，走在油菜花的田埂上，有点心跳加速的感觉。童年的时光都被油菜花包围着，并没有什么特别的感觉。花开了，金黄了，香消了，花落了，结籽了，收割了，榨油了。一切平平常常。而今回乡，带着半生的经历，半衰的鬓毛，再看油菜花，有种恍然隔世的沧桑。曾经灿灿的明黄，就那么一片，一片的，开在梦里。

没有离开过故土的人，是不识乡愁的。离开了故土，而没有追踪蹑迹，再回来看看的，是难懂乡愁滋味的。

春风吹皱一潭水，菜花不改旧时黄。

故乡的雨照下，故乡的风照吹，故乡的花也一样照开。只是，你也不是你，不是从前身在故乡的你。

故乡的那条小河，还是蜿蜒曲折，倒映着油菜花的影子，疏柳的影子，蓝天白云的影子。故乡的那条高埂，虽不再像儿时那么高大，但却是俯瞰油菜花的绝佳地点。人与花，拉开点距离，就相互保留了一层神秘。身在油菜花里看花，就那么一大片，一大片的，满满的，久了，不知不觉就倦了。在高处看，就不一样了。中间有麦地的青青，隔开一点，还有潭水的盈盈，淡化一点，像被画家调和了色彩，呈现出层次美来。眼睛即使看长了，也不会倦怠，那是在赏一幅一幅的卷轴画。

就这么满身熏染着油菜花香，断断续续，似有还无。夕阳西下的时候，油菜花看起来，竟那么像梵高的向日葵，勃勃地生长着，直逼你的眼睛，直冲你的心房。

就这么默默看着油菜花，有谁解风情？遇见即是缘，离别相安好。不知何时起了一阵微风，花粉、花瓣轻轻飘下，落成花雨，有一种惆怅之美。

故乡，我只是一个曾经熟悉的过客，静静地看一阵风起，脉脉地看一朵花开，不惊，不扰。

故乡，在流年里，我随花而来，随花而去，轻轻，悄悄。

今生，这么看花飞花落还能有几回？

2016.3.24

海棠

我小心地摘下一朵，肉红
色的，很鲜艳。我轻轻抚摸花
身，那花瓣柔的似唇，拨开一层层的
花唇，唇包裹着花心，花心里有盈盈的湿润。

二月巴陵日日风，春寒未了怯园公。
海棠不惜胭脂色，独立蒙蒙细雨中。

——陈与义《春寒》

陈与义早期的诗词，像"杏花疏影里，吹笛到天明""及至桃花开后却匆匆"清婉秀丽。后历靖康之难，词风大变，浸染伤感，《春寒》即是。

早春二月，诗人身在巴陵，感受到的不是丽日和风，而是凄风苦雨；花园里，昨天还是花娇叶嫩，不知今天是否飘零萧瑟了，诗人正忧心忡忡，猛然瞧见，一株娇嫩的海棠，被雨晕湿，却毫无惧色，依然灿烂地开着。

陈与义对雨中海棠的担忧，迥别于李清照"知否？知否？应是绿肥红瘦"轻愁。陈与义对海棠的深情，也有别于苏轼"只恐夜深花睡去，故烧高烛照红妆"的留恋，更不同于姜夔"留无计，惟有花边尽醉"的风韵。陈与义就是一朵海棠，一朵在乱世奔波的海棠。风雨岁月，楚楚一枝，飘飘

254

摇摇。

昨夜小雨，浥湿轻尘。北窗三株海棠相约而开，酒盏一样轻轻，薄雾一样盈盈，像从唐诗宋词里走来的女子，含羞敛眉，遇着幸运遇着的人，温婉一笑间，原来你也恰在这里。

长得恰似我梦中的模样，披发如瀑，红唇若丹，眼波轻转，流光潋滟。一种风情，二分暗香，三春温婉，四季轻愁。你是清流里的一尾鱼，款款而游，隔水的花影，可否邀我同行？

我是你匆匆的过客吗？我低问海棠。有骄阳的日子，穿一件你喜欢的素色纱裙；有雨的日子，撑一把结着丁香愁怨的纸伞；有风的日子，挽一头秀色的长发，在小园香径，独自徘徊，我懂你此刻的风情。

我小心地摘下一朵，肉红色的，很鲜艳。我轻轻抚摸花身，那花瓣柔的似唇，拨开一层层的花唇，唇包裹着花心，花心里有盈盈的湿润。我凑近花唇，吻着花心，也许是胡子太硬，刺得花唇、花心微微颤动，我揽镜自照，胡尖上还粘了细密的花粉。

我要赶着去上班，恋恋不舍地离开了。一整天都在想着它，等下班的时候，我会再去看它。如果晚上再小酌几杯，待至微醺，然后在花边逡巡，举杯相邀，惜芳之心，化作呢喃，恰好三人。想起唐诗人郑谷对海棠的痴情："朝醉暮吟看不足，羡他蝴蝶宿深枝。"

想做一只蝴蝶，飞飞停停，自来自去，何时想拥你而卧即可，何时想钻你花心还可，何时想吮你花液也可。

海棠不惜胭脂色，独蒙蒙细雨中。

2016. 3. 31

255

梨花

清月半轮，映在梨花瓣上，似乳，似雪。心里戚戚然，今夜月下伴梨花，何夜花落离人愁？今年梨花若初见，明年不知识我否？如此梨花清明景，我生还有几回赏？

梨花淡白柳深青，柳絮飞时花满城。

惆怅东栏一株雪，人生看得几清明。

——苏轼《东栏梨花》

此时，窗外，正是应景，一树梨花，色白如雪，边上衬以深青柳色，正是深春景致。

时光真不待人，前几日还是梨绽新苞，柳透心芽，眨眼就春深如许，春愁若酒了。

原以为，春天的颜色就是万紫千红，花团锦簇，自读了苏轼的《东栏梨花》，看了窗前的一株梨花，我顿悟了。白色也是春天，尤其是梨花的白色，柔嫩，有质感，如雪轻盈，哪怕就这一株，足以彰显春天别样的气色，这就是动人春色不须多的原因吧！

人生看过了桃红，看过了柳绿，看过了草青，再看淡白的梨花，或盛开，或飘落，那纯洁的白色，一样璀璨，一样让人为之动容。

我和苏轼一样的惆怅，不错的，惆怅，一种纯美的惆怅，从眼角滑过，到眉梢微蹙，点点滴滴，穿心而过，在记忆里轻流、蔓延。梨花愈热烈，纯白愈如雪，愈引人惆怅。

是洗尽铅华的白，是历经沧海的白，是宁静清明的白。我想问，能这么静静地，看这么纯白的梨花，还有几回？在这污浊的人间，能这么超然物外，品出这么清欢的滋味，还有几人？

苏轼真性情，一生三次遭贬，黄州惠州儋州，命运萧瑟，却能淡然处之，自道也无风雨也无晴。他凭着东栏，看着栏杆外的梨花，虽然满城柳絮在癫狂的飞舞，梨花却依旧静静的开着，仿佛雪一样的清丽。

深春的晚上，我也一人在窗前，清月半轮，映在梨花瓣上，似乳，似雪。心里戚戚然，今夜月下伴梨花，何夜花落离人愁？今年梨花若初见，明年不知识我否？如此梨花清明景，我生还有几回赏？

心头的惆怅不断翻滚，我也仿佛成了一株雪，轻吟小诗：

心中何所有？窗前梨如雪，独处自怡悦，相见持赠君。

你问我窗前有什么。我轻轻地告诉你，红花已开过，只有一株白，纯白若遐思，我独能拥有。虽然在深春，只要看到它，揽它入我怀，若你来相见，一瓣赠与你，你能慰我心。

天地悠悠长，人生何其短，花落还会开，人生不复来。生命经不起流年辗转，慢慢苍老，一起苍老的还有每个忧伤的春天以及惆怅的梨花。

2016. 4. 14

水
草

生在水里，长在水里，

飘摇在水里，跟清风、白云、

落日、诗书一样，融在我的意象里。

软泥上的青荇，油油的在水底招摇；

在康河的柔波里，我甘心做一条水草！

那榆荫下的一潭，不是清泉，是天上虹；

揉碎在浮藻间，沉淀着彩虹似的梦。

——徐志摩《再别康桥》

有几人，学得徐志摩，把人生诗化。在康河里寻梦不得，就甘心沉浸在柔波里，做一条招摇的水草。真是浪漫得不行。

自从读了徐志摩的《再别康桥》，水草，在我的印象里，就满是诗意了，每每见到，或每每想起，也让我甘心沉醉了。

年少时，更多地喜欢春花秋月，荷风吹香，在无忧无虑中消磨清浅岁月。而今，世事经历的多了，问题看得深了，视角也渐渐发生着转变。风中的叶，雨中的鸟，水中的草，感觉人生就是这么浮沉不已，摇摆难定。

今天，回老家，忽然又嗅到了水草香，那淡淡的清香，是从小河里飘来的。我正在菜地里除草，微微地出了点汗，风里夹着的水草香，让我贪婪地吸了几口。忽然想起鲁迅《社戏》里的意境："两岸的豆麦和河底的水草所发散出来的清香，夹杂在水气中扑面地吹来。"我一瞬间竟有些迷离，忽而又若有所失。如果要是有月色朦胧在这水气里，那就更迷离了。

但我只是一个匆忙的过客，那水的浅吟，那草的低唱，虽丝丝扣入心扉，也只是些片段而已。

但我终究难忘，那飘摇的水草，一潭清影，空澈人心。

一根水草，一缕思念。

水草密密匝匝，思念密密匝匝。袅袅娜娜，长在心田，浮上心头。

像江南的杏花，像江南的烟雨，像江南窈窕的淑女。水是柔柔的，草是柔柔的，芳香是柔柔的，孕育出来的气质，也是柔柔的。

站在你的面前，我仿佛浮起来一般，轻盈，虚幻。用眼睛亲吻你的肌肤，用耳朵听闻你的呼吸，用心触摸你的湿润。

现在，要是让我随手采撷一个意象，那就是水草。

生在水里，长在水里，飘摇在水里，跟清风、白云、落日、诗书一样，融在我的意象里。

油油的色泽，肥厚的凝滑，招摇的姿态。

静水里，温婉，安谧，邻家闺秀。

流水里，袅娜，风情，台上舞女。

一个梦呓，迷迷离离，揉碎在浮藻间，轻轻的。

一段记忆，朦朦胧胧，沉淀在水月里，静静的。

一个目光，划过心海，水草一样灵动，软软的。

我没有更多的语言来描绘，我愿意学徐志摩，做一条水草，游在你的康河里。

2016. 5. 7

259

睡
莲

原以为，水上生物，无
根无绊，遇风云突变，漂浮
不定本是自然，却不料，睡莲虽随
风飘摇，却能守住本心。这柔弱的生命，
不屈于外界环境的威压，活在自己的美好里。

浮香绕曲岸，圆影覆华池。
常恐秋风早，飘零君不知。

——卢照邻《睡莲》

睡莲花开，虽不像荷花亭亭玉立，香远益清，但也有细细馨香，别样风
情，更像凝眸的小才女，安安静静的，睡在小池塘里，一点都不张扬。你关
注它时，它开着花，你不关注它时，它依然开着花，它住在自己的美好里。

我们区政府大门前是个池塘，这个季节，睡莲正悄然绽放。白白的花，
绿绿的叶，把单调的池塘衬得生机盎然。每天吃过午饭，我都喜欢围着它转
一圈，小亭，廊桥，水草，小鱼，还有星星点点的睡莲，依着一池碧水，相
依守望，相得益彰。

新区成立10年来，日出日落，花飞花谢，平常少有人在池边驻足。即
使睡莲花开，也少有人逗留。政府从开始的百把人膨胀到现在的四五百人，

很少有在池边看花的，也许是看多了，熟视无睹，也许是每个人都忙，无暇去看，其实忙什么，也许他们自己都不知道。偶尔有几个在池边徘徊，也是在等人办事的，一旦事情办完，就匆匆而去。恐怕也只有我，喜欢在这里慢慢走着，有时把脚放在花池上，慢慢地看花，慢慢地看鱼，慢慢地想心思。

有些事，想不通的时候，看看山水，看看花草，看看风云，一下会豁然开朗。

政府大门广场上，花坛里有很多花草，最艳丽的要数月季了，枝繁花茂，开得任性，泼辣。睡莲虽少，但不雍杂，很有精神，不像月季，过于姹紫嫣红，少了几分内敛和安静。

我家三面环水，曲曲折折的人工池塘，水清清澈澈。初夏，半池睡莲，恰到好处。黄昏雨后，几滴水珠，像轻快的乐曲，在睡莲上轻轻滑过，将那几朵花和飘浮的叶衬得婉约楚楚。

我与妻儿沿着花池散步。我们正欣赏睡莲，妻突然问为什么叫睡莲。儿子说，它浮在水面上，像睡着的样子，所以叫睡莲。我说，它贪睡吧，以水为枕，是懒花。妻笑说，你以为像你一样懒。它与水相亲相依，睡莲心思你懂吗？呵！呵呵！

睡莲心思？谁懂啊。谁懂它悄然开着，是给谁看，又有谁在欣赏。也许它就这么无心，随意，到了花季，它就将自己的美展现出来，不在乎有没有谁来赏识。

想想有些人为了博得别人的青睐，弄巧成拙地粉饰外表，为追逐昙花一现的浮名，花费心思地揣摩人心。当你看看睡莲，情思在不知不觉中会变得湿润，原来它是开在自己的美好里啊！

昨夜，一场大风，吹破了半池睡莲。记起苏轼秉烛照海棠的情事，我也担忧起来，睡莲毕竟立根水中，遭此大风，还能稳得住吗？我拿出手电筒，从窗口照下去，白天开的花，全都闭合了，尖尖的角儿把莲心紧包。原来的圆叶，平铺水面，像绿色罗裙，现在被风掀开了半边，只见它似乎在尽力地掩着，竭尽全能地要恢复原样。风静了，睡莲依然平铺未变，安安静静。

原以为，水上生物，无根无绊，遇风云突变，漂浮不定本是自然，却不料，睡莲虽随风飘摇，却能守住本心。这柔弱的生命，不屈于外界环境的威压，活在自己的美好里。

2016. 5. 13

丁香花

紫色的眼泪，是你在风雨中无
限的惆怅。眼里模糊成一个充满幻
想的身影，只有蒙蒙烟雨，仍在烟雨蒙蒙。

楼上黄昏欲望休，玉梯横绝月中钩。
芭蕉不展丁香结，同向春风各自愁。

——李商隐《代赠》

"芭蕉不展丁香结，同向春风各自愁。"好摇曳的宛转情致，好个一种相思两处闲愁的徘徊。清人陆鸣皋说："妙在'同'，又妙在'各自'，他人累言不能尽者，此以一语蔽之。"这样的诗句，越读越觉得美，美得难以言表，美得忧伤孤绝。那份忧伤，让人欲罢不能，欲望还休。

戴望舒在长长的雨巷遇见了那把油纸伞，那是个丁香姑娘，丁香一样的颜色，丁香一样的芬芳，丁香一样的忧愁，停留雨中，哀怨，彷徨。如此的丁香，如此的迷蒙，多少年来，迷蒙了多少人的情思。

月色下，环绕着三潭公园散步，刚绕过映月桥，就有缕缕幽香随风飘来，啊，是丁香花开了。淡紫色，粉白色的花，一簇一簇地，夹杂在翠绿的叶片中间，随风摇曳，缕缕生香。

丁香花开了，从前我从没注意到它会这么美。花瓣纤细，花蕊玲珑，清新，淡雅。看上去，没有牡丹花硕大繁多，没有菊花颀长柔软的花丝，它长在道路两侧，散散落落，难以引起人的注意。有了蓓蕾，悄悄开放，细密的小花，密密地缀在花枝上，细细的。今夜，我置身其间，才懂得它的美。

临风远眺，就会闻到丁香的芳香。即使无风，它馥郁的花香弥散在公园的每一个角落，似乎把其他花的气味都覆盖了。行走其间，我的眉宇发梢都暗暗生香，所有的心思都被浸泡着，深深吸气，幽幽的香有种彻骨的清凉。我想，每个经过丁香花畔的人，都会盈一身芬芳，著一份沉醉，抒一声感叹。

我记起，多年前曾在一个村小学听课，就感受过这花有多香。坐在三楼教室里，那香一阵阵的直往鼻子里钻，扰得人如醉如痴。课后跑到跟前细看，丁香花一朵挨着一朵，就像许多穿紫裙的小女生紧拥在一起，一团团，一簇簇，清风徐来，弥漫校园，多么舒畅啊！

我闭上眼睛深深吸一口，就好像到了梦一样的香海中。风一吹，那幽香被送得很远很远。

"丁香空结雨中愁"，那南唐的丁香，花蕾，丛生，如结。李璟静静伫立雨中，拾一片细雨的寂寞，眉头，缀满淡淡花香，心头，葳蕤紫色忧郁。

夜雨开始飘起了，我站在三潭印月的桥上，惟见细雨丁香，挂着一片片紫色的温柔。知我者，谓我心忧，不知我者，谓我何求。

紫色的眼泪，是你在风雨中无限的惆怅。眼里模糊成一个充满幻想的身影，只有蒙蒙烟雨，仍在烟雨蒙蒙。

2016. 5. 15

杜鹃花

> 山中的落日，被树木分割成一缕
> 缕的，然后斜射在杜鹃花上，那花红得
> 鲜亮，红得耀眼，同地球上任何颜色都不一样。

闲折两枝持在手，细看不是人间有。

花中此物是西施，芙蓉芍药皆嫫母。

——白居易《杜鹃花》

白居易是个爱花的诗人，他曾把花比作自己的夫人，"少府无妻春寂寞，花开将尔当夫人。"花本是无情之物，可白居易却赋花以优雅的称呼。他赞美杜鹃，说在百花之中，杜鹃花是花中的美女西施，芙蓉芍药之辈都是丑妇嫫母。

今天节气是小满，早晨，拉开窗帘，眼前一片红艳，啥时候杜鹃花就这么蓬蓬勃勃地开啦？好笑，花啥时开难道还得通知你，非得让你知道？呵呵！小满的节气花木就是杜鹃花，有句箴言说："当见到满山杜鹃盛开，就是爱神降临的时候。"看来今天应是爱神降临的日子，而且巧得很，今天是5月20日，谐音"我爱你"。我想如果要立爱情节，5月20日恰好。

微信上跳出宣师校友的一篇美文，叫《宣城师范：你是我的眼，我用你来看世界》，一下触动了我的神经，我想起读宣师时，我们"敬亭诗社"爬山采杜鹃花的往事。那年五月的敬亭山，杜鹃花满山都是。一到山脚下，我就被红扑扑的杜鹃花吸引了。我是水乡人，以前从没见过杜鹃花，便问同学，他们告诉我，是杜鹃花，中文课上不是刚学过李白的《宣城见杜鹃花》。"哦！"我喊道，"这就是杜鹃花，李白诗中的杜鹃花，也是白居易最爱的花。"那天怎么登上山的，怎么看孤云独去闲的，已记不清了，只记得采风回来每人都抱了一大束杜鹃花，养在寝室的脸盆里，鲜艳了好几天。记得我还写了首诗，登在校刊上，诗社评奖时，还得了个一等奖第一名，奖品是托尔斯泰的《复活》。现在想想，是那束杜鹃花，引发了我对花草树木的钟情。假如可以重来，我会不远迢迢，把它移植在我的房前屋后。不管岁月怎么流逝，有敬亭杜鹃花相伴，人生就相看两不厌了。

　　有一次，我与妻子到南陵绿岭，去看她外婆，老人慈眉善目，清清丝丝。说是外婆，其实一点血缘关系都没有，外婆年轻时收养了妻的母亲，后来妻子出生，也寄养在那里，直到16岁才离开。那个村子藏在深山里，叫姚沟。那天妻子带我去爬山，那山叫风云山，从山脚到山腰，最多的是栗子树，还有夹杂其间的杜鹃花。山中的落日，被树木分割成一缕缕的，然后斜射在杜鹃花上，那花红得鲜亮，红得耀眼，同地球上任何颜色都不一样。下山的时候，我们手里已是一大把的杜鹃花了。妻把花送到外婆手里，外婆捧着花，花照眼明，仿佛连天空都给染红了。那样的情景，现在只能意会神领了。

　　人到中年，已没有爬山去看杜鹃的兴头了，只喜欢平地看花赏草。沿窗四周，随眼而望，春是丁香紫，秋是桂花黄，冬是梅蕊白，夏是杜鹃红，一年四季，花开不断，谁看了这样的境界，不兴会淋漓的呢？每年小满开花时，翠叶红花，把西窗照得一片亮红。

一个"小"的前缀加在"满"前，也提醒我，任何事，都无法达到十全十美的圆满。美满还有一段距离，但喜悦就在似乎触手可及的期待之中。人要懂得惜缘，珍惜，幸福才会长长久久，不是吗？

2016. 5. 20

石榴花

许许多多的花，缤纷的，嘈杂的，眼前一晃，一朵，一朵的，随风飘荡着，随雨零落着，随水浮流着，待全部落尽，只有你，清水芙蓉，风烟俱净，看着就天空山明，一片缥碧。

乳燕飞华屋，悄无人、桐阴转午，晚凉新浴。手弄生绡白团扇，扇手一时似玉。渐困倚、孤眠清熟。帘外谁来推绣户？枉教人、梦断瑶台曲。又却是，风敲竹。

石榴半吐红巾蹙。待浮花浪蕊都尽，伴君幽独。秾艳一枝细看取，芳心千重似束。又恐被西风惊绿。若待得君来向此，花前对酒不忍触。共粉泪，两簌簌。

——苏轼《贺新郎·夏景》

苏轼本词所传达的情绪，带些怀旧，有点伤感，是那种慵懒懒的、思微微的。说起来无谓，不说又神摇意动。

犹喜下半阕咏石榴花的文字，让人会意而心疼。

那半开的石榴花宛如红巾褶皱，它晚开独放，无意与百花争春。待到那些浮花浪蕊纷纷凋谢已尽，只有石榴花陪伴你，为你排遣幽寂。折一枝秾艳的石榴花，细细看去，花瓣重重，恰似芳心紧束。花开总有花落时，只恐怕一阵西风，红花落尽，只剩下片片残绿，真让人心惊！又怕那西风骤起，吹得只剩下一树空绿。如果等得美人来，怕也是对着酒杯在花前不忍触摸，只有残花与粉泪，零落两簌簌。

不知是谁，触动如此深的相思，在心田，生了根，发了芽，初夏来临，刻进了骨头里，晚凉扇不走，新浴洗不去，这一世，恐怕再也无法抹去了。

还记得，那个月白风清的夜晚，路上早已没了人影，我们一路走着，走了有多远，至今已记不清。只记得，你几次弯身弄鞋，应该是脚已生疼吧，但你没有一句埋怨，我很想抚着你走，但不敢靠近，不知当时你心里是怎么想的，多年过去，依然不得而知。常常臆想，要是说声我背你，或走过去牵着手，会是怎样的情形。那欲近又远的感觉，你知，我也知。

喜看花间集，着迷某些婉约诗句，虽是些细碎的美，且是些小得不能再小的个人感受，却能触发我的情思，每每读时，只觉得口齿噙香对月堪嚼，自己也有无尽的婉转低回。我想，金戈铁马的壮志未酬，大江东去的豪言壮语，又如何比得上心中那轻轻地颤动呢？

"待浮花浪蕊都尽，伴君幽独。"蓦然痴了，惊得待了半天。许许多多的花，缤纷的，嘈杂的，眼前一晃，一朵，一朵的，随风飘荡着，随雨零落着，随水浮流着，待全部落尽，只有你，清水芙蓉，风烟俱净，看着就天空山明，一片缥碧。

透过浮花浪蕊般的浮云，才看到清澈的眼眸。

拂去纷扰的红尘，才能感动心空如明镜。

芸芸众生，乱花迷眼。只有经历众里寻她千百度的波折，才能体验弱水三千，只取一瓢饮的宁静和满足。

"若待得君来向此，花前对酒不忍触。共粉泪，两簌簌。"痴痴地等待，只为你的到来，共饮一杯酒，共看一树花，共枕一帘梦。花若再见，花也憔悴；人若再逢，徒叹苍颜。世事难料，物是人非，只有门前那镜湖的碧水，在春风吹拂下泛起一圈一圈的波纹，还和几十年前一模一样。落花时节，花落簌簌，泪落簌簌，人花两簌簌。

在三潭公园散步，路边的棵棵石榴，恰是榴花照眼明。晚风吹拂，石榴树恰枝叶婆娑葳蕤。

石榴花，春风十里，我只执子之手，伴君幽独。

2016. 6. 14